Das Schwarze Auge

VON MENSCHEN UND MONSTERN

Erzählungen

herausgegeben von Ina Kramer

Dreißigster Band
aus der
aventurischen Spielewelt

begründet
von
Ulrich Kiesow

Originalausgabe

WILHELM HEYNE VERLAG
MÜNCHEN

HEYNE SCIENCE FICTION & FANTASY
Band 06/6030

Umwelthinweis:
Dieses Buch wurde auf
chlor- und säurefreiem Papier gedruckt.

Redaktion: Ragnar Thalov

Printed in Germany 1998
Umschlagbild: Manfred Halder
Kartenentwurf (Seite 6/7): Ralf Hlawatsch
Umschlaggestaltung: Atelier Ingrid Schütz, München
Technische Betreuung: M. Spinola
Satz: Schaber Datentechnik, Wels
Druck und Bindung: Presse-Druck, Augsburg

ISBN 3-453-13358-7

Inhalt

Yeti-Land
Ifirns Ozean
Riva
Norburg
Bornland
Orkland
Festum
Thorwal
Lowangen
Baliho
Warunk
Mittelreich
Beilunk
Nostria
Havena
Gareth

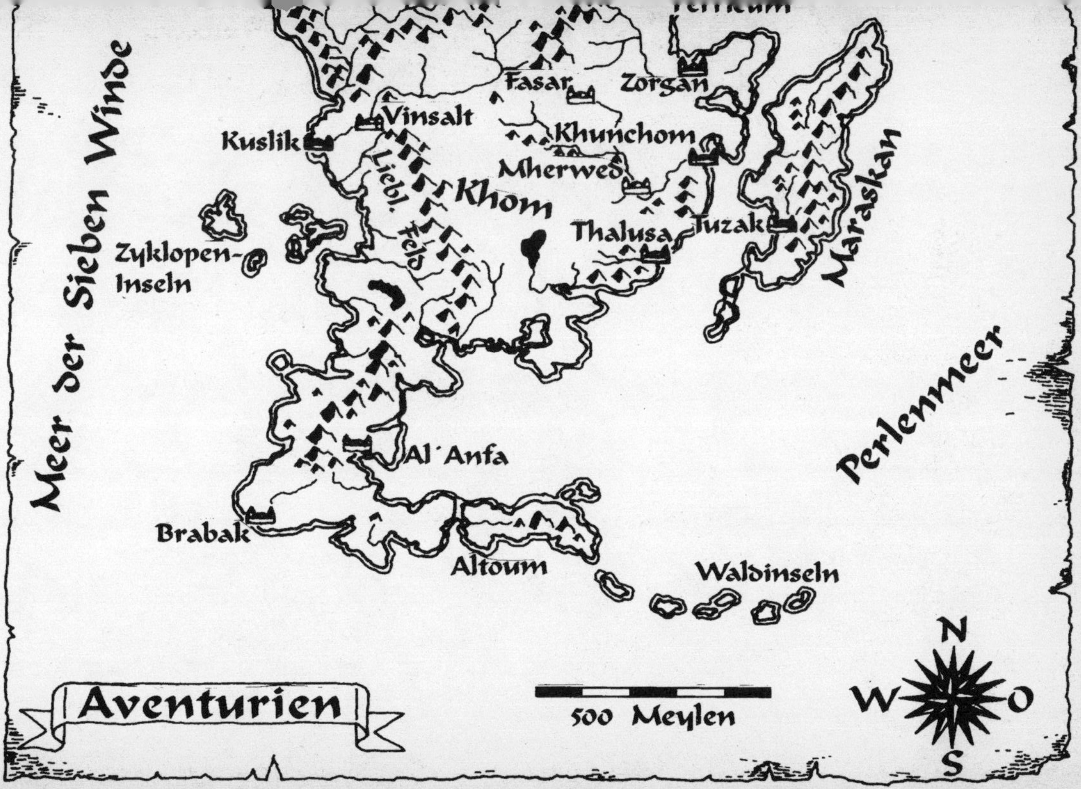

Meer der Sieben Winde
Fasar
Zorgan
Vinsalt
Kuslik
Khunchom
Mherwed
Liebl.
Fels
Khom
Thalusa
Tuzak
Maraskan
Zyklopen-
Inseln
Perlenmeer
Al´Anfa
Brabak
Altoum
Waldinseln
Aventurien
500 Meylen
N
W
O
S

Barbara Büchner

DAS WESEN IM SCHLOSS

Merle blieb stehen, als sie mitten auf dem Waldweg einen Raben liegen sah.

Es war ein so zerzauster alter Rabe, mit so steifen Federn und so trüben Augen, daß sie erst dachte, er sei tot. Aber als sie sich zu ihm niederkauerte, verdrehte er den Kopf ein wenig, klappte den Schnabel auf und krächzte: »Wasser.« (Alle Raben, die im Bornwald leben, können sprechen. So erzählen es sich jedenfalls die Bauern, die am Waldrand hausen, aber die Vögel tun es nur dann, wenn es absolut notwendig ist. Auf keinen Fall wollen sie nämlich den berühmten und berüchtigten Riesen Milzenis durch ihr Geplapper belästigen.)

Merle, die ein gutes Kind war, stellte augenblicklich ihr Erdbeerkörbchen hin und lief los, um Wasser zu holen. Ganz in der Nähe gab es eine Quelle – daran konnte man sehen, wie schwach der arme Rabe war, da er nicht einmal mehr diese Quelle erreicht hatte, die nur ein paar Schritte entfernt zwischen den hohen, schwarzbärtigen Bäumen lag. Sie schöpfte hastig Wasser und träufelte es dem Raben in den aufgerissenen Schnabel, und mit jedem Tropfen, den er trank, ging es ihm besser: Seine Augen glänzten wieder, seine Federn glätteten sich, er stellte sich auf die Füße, und zuletzt war er ein großer tintenschwarzer Rabe mit klugen, glänzenden Augen und einem langen scharfen Schnabel. Er trippelte auf dem Waldweg hin und her, putzte vorn und hinten sein Gefieder, und als er mit seinem Aussehen endlich zufrieden war, legte er den Kopf schief, guckte Merle an und krächzte: »Schönen Dank auch.«

»Nichts zu danken«, erwiderte sie höflich. »Wenn es Euch nur wieder gut geht, Exzellenz.« (Raben sind eine eigene Sorte Vögel, und es ist sehr empfehlenswert, höflich zu ihnen zu sein.)

Dem Raben gefiel es auch, mit ›Exzellenz‹ angeredet zu werden. Er gab ein Krächzen von sich, als lachte er, dann rollte er seine dunklen, glänzenden Augen hin und her und sagte: »Gutes Kind, gutes Kind … vielleicht darf man sich ein wenig aufsetzen? Ich bin noch etwas zittrig auf den Beinen.«

»Bitte sehr«, sagte Merle. Ihr wurde zwar ein wenig ängstlich bei der Vorstellung, daß der Rabe seine Vogelkrallen auf ihre zarte Schulter setzte und ihr blaues Kleid, ihr einziges, das die Mutter am Abend noch einmal frisch gewaschen und gestärkt hatte, damit beschmutzte und zerriß, aber dann dachte sie daran, daß der Rabe nahe war und die Mutter fern, ja, daß sie sie wahrscheinlich nie wiedersehen würde, und so sagte sie nur: »Ist es Euch so angenehm?« und hob eine Schulter hoch, so daß er sich bequem draufsetzen konnte.

»Sehr angenehm, danke, mein Kind«, krächzte der Rabe. (Die Bornwalder Raben sind sehr höflich, solange sie einem wohlgesonnen sind.) Er setzte sich auf ihre Schulter, und Merle trug ihn weiter, den Weg zwischen den alten schwarzen Bäumen und den rotblühenden Rhododendren entlang. Eine Weile schwiegen sie, dann fragte der Rabe: »Wohin denn des Weges, wenn man fragen darf?«

»Zum Schloß hinauf«, antwortete Merle.

»Aha«, sagte der Rabe. »In Geschäften?«

»Bitte?«

»Ich meine«, erklärte er, »was hast du dort oben zu tun?«

»Ich soll dem Herrn die Erdbeeren bringen.« Sie hob das Körbchen hoch, das sie trug, und zog das weiße Spitzentüchlein beiseite. Darunter lagen zuhauf die dicksten, rötesten und süßesten Erdbeeren, die man am Rand des Bornwaldes um diese Jahreszeit, den frühen Rondramond, finden kann.

»Aha«, sagte der Rabe. »Deswegen bist du wohl auch so schön angezogen und frisiert?«

Sie nickte. Sie wollte ihm nicht sagen, daß sie lieber nicht so hübsch angezogen und frisiert gewesen wäre. Die ganze Nacht über war ihr strähniges rostrotes Haar auf Papierchen gewickelt gewesen, so daß sie den Kopf voller harter Röllchen gehabt und kaum hatte schlafen können. Auch hätte sie sich viel wohler in ihrem alten schwarzen Kittelchen gefühlt als in dem steifen blauen Kleid mit der großen Schleife am Rükken, aber ihre Eltern hatten gesagt, der Zaubermeister im Waldschloß wollte nur schöne Kinder sehen; also mußte man sie so schön machen, wie es eben ging, wenn ein Kind von Natur aus häßlich war.

»So ist das also – mhm-hm!« machte der Rabe.

Merle erschrak so, daß ihr ganz kalt wurde, denn sie war sicher, daß sie kein lautes Wort gesagt hatte. Sie wandte ein Stückchen den Kopf, um zu prüfen, ob der Vogel jetzt böse auf sie war, aber er saß nur da, guckte hin und her, und gelegentlich fuhr er blitzschnell mit dem Schnabel durch sein Gefieder, packte eine kleine Feder, die sich verdreht hatte, und glättete sie. Raben sind, wie man weiß, sehr auf ihr Äußeres bedacht.

Schließlich nahm er das Gespräch wieder auf. »Da wird er dir wohl ein Geschenk geben, wenn du ihm so schöne Erdbeeren bringst?«

»O ja.« Merle, die die halbe Nacht an dieses Geschenk gedacht hatte, nickte eifrig. Nachdem sie jetzt wußte, daß es keinen Sinn hatte, dem Raben etwas verschweigen zu wollen, erzählte sie ihm alles. »Die Eltern sagten, er würde mir Brei mit Zimt und Honig zu essen geben, und Küßchen auf die Wangen, und ich dürfte wohl auch in seinem Bett schlafen. – Was meinst du?«

»Oh – gewiß, gewiß«, stimmte der Rabe zu. »Aber haben sie dir auch gesagt, was er danach tun wird?«

»Nein.«

Der Rabe flog auf, schüttelte seine Schwingen aus und ließ sich dann auf Merles anderer Schulter nieder.

»Nun«, sagte er und wiegte den Kopf hin und her, als webte er in der leeren Luft, »danach wird er Dinge tun, über die ich in Anbetracht deines zarten Alters nichts Näheres sagen möchte, und er wird dir mit seinem scharfen Messer die Augen ausstechen und dein Herz herausschneiden, und was von dir noch übrig ist, wird er in einem Topf kochen, bis die Beinchen nackt und weiß sind, wie er's mit allen Kindern gemacht hat, die auf sein Schloß kamen. Geh lieber nicht hin.«

Merle schwieg. Sie hörte ihr Herz in den Ohren klopfen, als er das von dem scharfen Messer und dem Topf sagte, aber dann fielen ihr die Küßchen und der Brei mit Zimt und Honig ein, die sie doch gerne gehabt hätte.

»Wer weiß, ob's stimmt«, sagte sie.

Der Rabe neigte sich zu ihr und zwickte sie mit seinem harten Schnabel so fest ins Ohr, daß es blutete. »Benimm dich!« krächzte er. »Und widersprich mir nicht! Und was die Frage angeht, ›wer weiß, ob's stimmt‹ – deine Eltern wissen es ganz genau, und es wird ihnen nur recht sein, wenn du im Topf endest wie ein dummes Huhn. Aber wie's beliebt, lauf nur zu!« Damit flatterte er auf und tat, als wollte er wegfliegen.

»He, warte!« rief ihm Merle nach und begann zu laufen. »Warte doch!«

Über die höchst merkwürdigen Raben, die im Bornwald hausen, erzählt man sich viele Dinge, unter anderem, daß sie alle verzauberte Feen oder von Hesinde gestrafte Zauberleute seien. Die einen sagten, die Raben wollten den Menschen nur Böses, die anderen waren sich sicher, daß die klugen Vögel schon manchem der Einödbauern, die in der Nähe des Waldrandes ihre Höfe hatten, in schlechten Zeiten beigestanden hätten – und schlechte Zeiten gab es viele für die armen Leute, die dort wohnten, wo es niemandem der Mühe wert schien, sie fortzujagen. Ja, Merles Eltern und die anderen Siedler am Waldrand konnten viele Geschichten von den Waldraben erzählen – eines aber stand für sie unverbrüchlich fest: Raben sind sehr leicht beleidigt. Darum mußte auch Merle eine ganze Weile laufen und rufen und dem Raben gut zureden, so daß sie richtig heiß und atemlos war, bevor er sich endlich wieder herabließ, sich auf ihre Schulter zu setzen. Die ganze Zeit waren sie jedoch immerzu den Pfad weitergegangen, der sich durch den Wald (einen finsteren Wald, in dem glänzender Efeu und scheckige Stechpalmen wuchsen und zottige Lianen die Bäume umschlangen) hinaufwand zum Schloß, und Merle wurde klar, daß sie sich rasch entscheiden mußte. Sie seufzte auf.

»Ich muß an den süßen Brei denken«, sagte sie.

»Denk an den Topf«, sagte der Rabe.

Als sie keine Antwort gab, fuhr er fort: »Du kannst mir glauben; ich habe schon viele Kinder diesen Weg entlang und ins Schloß hineingehen gesehen, aber keines ist jemals wieder herausgekommen. Er ist ein böses Tier, das Kinder frißt wie eine Katze die Vöglein, und wenn er dir Brei und Küßchen gibt, dann nur, damit du ihm danach besser schmeckst.«

»Sieht er denn auch recht greulich aus?« fragte Merle.

»Nein, gar nicht«, antwortete der Rabe. »Er sieht aus wie die Tollkirschen, saftig und süß und glänzend, aber innen ist er voll Gift und Verderben.«

»Ich kann's nicht glauben«, sagte sie. Natürlich *wollte* sie es nicht glauben, denn seit dem vergangenen Abend freute sie sich auf den Brei, und wer will schon schlecht über jemanden denken, der eine ganze Schüssel voll Brei mit Zimt und Honig hat?

»Ich sehe schon, du bist so dumm wie die anderen«, sagte der Rabe. »Aber dumm hin oder her, du hast mir Wasser gegeben, und das soll nicht unbelohnt bleiben. Hör zu!«

Sie horchte aufmerksam.

»Nimm mich mit ins Schloß, und dann tu, was du willst, aber sag ihm kein Wort davon, daß ich sprechen kann. Hörst du? Kein Sterbenswörtchen davon. Er ahnt nämlich nicht, daß wir sprechen können. Stammt eben nicht von hier, der Herr. Hält sich für wunderschlau, weiß aber doch nicht alles … Man fragt sich, warum der alte Milzenis den Mann überhaupt in seinem Wald duldet. Manchmal glaube ich, der Riese nimmt den seltsamen Kerl gar nicht wahr, weil der Zaubermann so völlig anders als andere Menschen ist – eigentlich gar nicht richtig menschlich, wenn ich's recht bedenke … Naja, aber davon verstehst du sowieso nichts. Du mußt dir nur eines merken: Wenn du nicht verrätst, daß ich sprechen kann, dann will ich zusehen, daß ich dich lebendig herausbekomme. Wenn du's ihm aber sagst, werde ich morgen deine armen Knöchlein sehen.«

Merle wurde schwindlig vor Angst und Aufregung, als ein Diener sie durch den langen dunklen Gang zu den Herrschaftsgemächern führte. Sie war froh, daß der Rabe mitgekommen war und immer noch auf ihrer Schulter saß, obwohl er sich jetzt wie ein stummes, dummes und nur heiser krächzendes Tier gab, während er seine Füße putzte und in seinem Gefieder herumstocherte. Sie wußte einfach nicht, was sie denken sollte, und das Schlimmste war der Gedanke, der Schloßherr könnte doch greulich aussehen – wie ein schwarzer Bär mit roten Augen oder wie eine große schwarze Katze mit fünf krummen Messerchen an jeder Pfote. Es war so schrecklich, daß sie sich mit ihrer freien Hand die Augen zuhielt, als der Diener eine reichgeschnitzte Türe öffnete und sie einführte.

Durch die Finger hindurch sah sie, daß in dem Raum Kerzenlicht brannte und große Schatten sich bewegten. Und dann sagte eine Stimme: »Oh, sieh an, was wir zum Nachtisch haben!«

Da wurde ihr einen Moment lang schwarz vor Augen.

Als sie wieder zu sich kam, saß sie ziemlich hoch oben (auf einer Tischkante, wie sie später feststellte), und jemand saß vor ihr und hielt sie mit beiden Händen fest, damit sie nicht herunterfiel. Sie öffnete vorsichtig ein Auge und schielte. Das erste, was sie sah, waren Augen: Zwei große, länglich geschlitzte Augen unter schweren Lidern. Sie waren nicht rot, wie sie befürchtet hatte, sondern grüngelb wie brennender Schwefel, und sie waren heiß; sie glühten und lohten in den Höhlen wie zwei Flämmchen. Dann schloß der Mann, der übrigens einen schwarzen, mit lustigen Sternen und Monden bestickten Umhang trug, plötzlich seine Augen, und als er sie wieder aufschlug, war nichts Feuriges mehr darin – nur grün waren sie noch immer, ganz einfach grün, wie reife Trauben.

Er wandte sich zu dem Diener, der aufwartete, und sagte: »Ich muß wohl über Nacht alt und häßlich geworden sein, daß die Damen bei meinem Anblick in Ohnmacht fallen… Komm, gib ihr zu trinken, aber nichts zu Starkes, sonst zerspringt ihr das Herz. Gib Wasser hinzu.«

Merle war tatsächlich zumute, als würde ihr Herz jeden Augenblick in Stücke springen, und sie trank ganz vorsichtig einen kleinen Schluck aus dem Becher, den er ihr reichte. Was darin war, schmeckte süß und maischig wie überreife Pflaumen und brannte in der Kehle. Sie trank einen Schluck und dann einen zweiten und noch einen.

»Seht nur an, wie sie schleckt und schluckt«, sagte der Schloßherr und lachte, und die beiden anderen Männer im Raum lachten mit. »Sicher will sie noch mehr davon haben.« Merle hätte gerne noch etwas von dem süßen Getränk gehabt, aber da hackte sie der

Rabe, der auf dem Tisch herumspazierte, von hinten, und so sagte sie: »Nein danke, nichts mehr«, und gab den Becher zurück.

Als sie sich vorsichtig umblickte, sah sie, daß sie sich in einem langen Raum befand, an dessen beiden Enden Feuer in Kaminen mit steinernen Drachenköpfen brannte. Der Tisch, auf dem sie saß, war fast so lang wie der Raum; es hätten leicht zwanzig oder mehr Leute daran sitzen können, aber nur an einem Ende standen ein paar Sessel, und die drei Männer waren so dicht zusammengerückt, als sei ihnen kalt oder unheimlich in dem Zimmer. In einer Wand befanden sich viele schmale Fenster nebeneinander, durch die man (wie ein in Streifen geschnittenes Bild) den schwarzen Wald, den grauen, dämmernden Abendhimmel und das goldene Madamal sah.

Jetzt hatte sie auch den Mut, den Schloßherrn anzusehen. Sie hatte schon bemerkt, daß er keineswegs wie ein Bär oder eine große Katze aussah. Er sah aus wie ein gewöhnlicher Mann, mit dem Unterschied, daß er viel schöner war als alle Männer, die sie kannte. Unter seinem schwarzen Umhang war er in dunkelroten und tief violetten Damast gekleidet, mit vielen kleinen kirschroten Knöpfchen an der Vorderseite des Leibchens, und sein dunkles Haar war so glatt und glänzend wie die Mähne eines Rappen, der jeden Tag gebürstet wird, und sah so weich aus wie der Pelz junger Kätzchen. Er hatte ein schmales, schwarzes Bärtchen, wie ein Ziegenbock, das gut zu seinen Augen paßte, und sein Gesicht war so weiß und bleich wie die Gesichter von Leuten, die gerade gestorben sind. Sie war überzeugt, daß es sich kalt anfühlte, wenn man den Handrücken an die Wange legte. Seine Hände jedenfalls waren kalt, so sehr, daß sie die Kälte durch ihr Kleid hindurch spürte.

Er hatte das Erdbeerkörbchen auf dem Tisch abgestellt, jetzt nahm er eine Erdbeere unter dem weißen

Tüchlein heraus und schob sie sich in den Mund (seine Lippen waren so rot wie die Erdbeeren) und dann nahm er eine zweite und schob sie ihr in den Mund (es war ein gruseliges Gefühl, als seine schneekalten Finger sich zwischen ihre Lippen zwängten).

»Herzlichen Dank für die Erdbeeren, mein liebes Kind«, sagte er höflich. »Wie heißt du?«

»Merle.«

»Was für ein hübscher Name. Und du bist gewiß ein gutes und frommes Kind?« Dabei nahm er von neuem eine Beere und steckte sie ihr in den Mund, wobei er mit der Spitze des Mittelfingers nachhalf, sie hineinzubefördern, und ihr hernach mit denselben Finger die Lippen sauber abwischte.

»Nun – vielleicht nicht«, antwortete sie vorsichtig. Nach dem Erlebnis mit dem Raben war sie nicht mehr sicher, ob der Schloßherr nicht vielleicht alles wußte, was sie dachte. Vermutlich war es besser, ehrlich zu sein. »Jedenfalls nicht immer.«

Sie ärgerte sich, als sie sah, wie die beiden Diener, die hinten im Schatten standen, jeder die Hand an den Mund legte und ein Kichern erstickte, aber dann freute sie sich wieder, denn der Schloßherr lachte sie nicht aus. Er stützte den Kopf auf eine Hand und lehnte sich so weit vor, daß er ganz nahe bei ihr war (sie hätte ihm einen Kuß geben können, wenn sie sich nur ein ganz wenig vorgebeugt hätte, und sie hätte es gerne getan, denn er gefiel ihr mit jedem Augenblick besser).

»Oh«, sagte er, wobei er seinen kleinen Finger zwischen die Zähne steckte und sanft hineinbiß. »Das ist aber traurig zu hören. Da mußt du wohl häufig Schläge bekommen?«

Sie nickte nur.

»Was für ein interessantes Kind du bist«, bemerkte er. Er zog plötzlich eines seiner langen Beine hoch und streckte es an ihr vorbei auf dem Tisch aus – mitten zwischen den silbergefaßten Weinkaraffe den Bechern und den Kerzen! – und dann das andere. Und dann lehnte er sich in seinem geschnitzten Sessel zurück und verschränkte die Hände hinter seinem Nacken, wobei er sie sehr aufmerksam betrachtete. »Ich wette«, sagte er zuletzt, »du bist nicht immer so fein angezogen wie heute.«

»Nein, gnädiger Herr«, sagte sie.

»Und du hast gewiß Kletten in den Haaren und kohlschwarze Füße.«

»Ja«, sagte sie, jetzt überzeugt, daß er wirklich alles wußte, »und ich habe es gerne so.«

Sie wartete ängstlich, ob er ihr das übelnehmen würde, aber er sagte: »Na, sieh einer an!« und lachte, und die beiden anderen Männer lachten ebenfalls.

Dann fragte er ganz ernst: »Bist du denn gerne schmutzig?« Und als sie nickte (was sollte sie schon sagen?), beugte er sich weit vor und flüsterte: »Ich auch. Was sagst du? Sieht so aus, als hätten wir beide denselben exquisiten Geschmack. Wir sollten uns einmal gemeinsam schmutzig machen.« Sie verstand nicht ganz, warum er und seine beiden Diener alle drei so laut und wüst darüber lachten, daß sie zuletzt kaum noch Luft bekamen und ihnen die Augen tränten. Als er schließlich zu lachen aufhörte, sich die Seiten klopfte und das Wasser aus den Augen wischte, sagte er: »Aber hübsch eins nach dem anderen.«

Plötzlich sprang er auf und stand so hoch und dunkel vor ihr, daß sie erschrak. Aber er lachte erneut, als er eine ihrer sorgfältig eingeringelten Locken faßte und mit den gespreizten Fingern hindurchfuhr, so daß ihre Haare, die ohnehin nur widerwillig hielten, schlaff wurden. Das tat er auf beiden Seiten, bis ihr Haar fast so strähnig war wie immer. Dann hörte er auf zu lachen. Mit einem harten Griff zog er sie an sich – ganz dicht an sich. Sie spürte das glänzende dunkle Tuch seiner Kleider und sah die großen roten

Tropfen, die darin eingewebt waren und wie Blumenkelche, Tränen und Blutstropfen aussahen. Sie spürte seine Rippen unter ihren Kleidern und atmete den sonderbaren Duft ein, der von seinem Körper und seinen Kleidern ausging, ein Duft, wie sie ihn bislang nur in Kirchen gerochen hatte und der nach tropfendem heißen Wachs und Räucherwerk und erdigen kalten Gewölben roch. Seine Hände glitten über ihre Schultern nach hinten und begannen, das blaue Kleidchen aufzuknöpfen.

Sie fühlte sich, als würde eine Schnur um ihren Hals zugezogen. Einerseits war sie sehr froh, das Kleid loszuwerden, das so steif und heiß und unbehaglich um sie herum raschelte, aber als es plötzlich an ihr herabrutschte und auf den Tisch fiel, kam sie sich in ihrem Hemdchen sehr kühl und leer vor, und trotz der Hitze der Kerzen und der beiden Feuer im Saal war ihr kalt. Sie blickte sich rasch nach dem Raben um, aber der suchte hinten das schwarze Wandgetäfel nach Holzwürmern ab und kümmerte sich nicht mehr um sie. Einen Moment lang wurde ihre Angst so groß, daß sie sich nicht anders zu helfen wußte, als beide Hände fest an das Tuch mit den blutigen Tropfen zu klammern. Obwohl *er* es war, den sie fürchtete, war es besser, sich an ihm festzuhalten als an gar niemand.

Sie spürte, wie er verharrte und einen schweren Atemzug tat. Dann strich seine Rechte ihren Rücken herauf, so kalt und glatt wie frischer Schnee, und tastete jedes Wirbelknöchlein einzeln ab, bevor sie zuletzt auf ihrem Nacken zur Ruhe kam und sie wie ein Kätzlein hinter den Ohren kraulte. Seine Augen begannen zu funkeln, so hell und wild, daß er sie rasch ein paarmal auf und zu machte und mit der flachen Hand darüberfuhr, damit es wieder aufhörte. Er schluckte zweimal, bevor er sagte: »Du siehst jetzt hübsch aus.«

»Oh.« Sie war so verblüfft, daß jemand sie mit ihrem

ungekämmten Haar und im Hemd hübsch fand, daß sie an sich herabblickte und ihre dünnen weißen Arme und Beine betrachtete. Damit brachte sie ihn wiederum zum Lachen. Er hob sie plötzlich hoch, so daß das Kleid auf den Fußboden fiel, wo er es mit einem Fußtritt ins Dunkel unter dem Tisch beförderte. Dann stellte er sie auf den Tisch, hob den Leuchter mit den zwei brennenden Kerzen hoch und betrachtete sie ernsthaft von allen Seiten. Merle stand ganz still, als er – ein großer schwarzer Schatten – um sie herumging und sie rundum beleuchtete und beguckte, und sie kam sich sehr knochig und x-beinig vor. Er fand sie aber immer noch hübsch. »Du bezauberst mich«, sagte er. »Willst du mir die Ehre erweisen und mit mir essen?«

»Brei mit Zimt und Honig?« fragte sie.

»Was du wünscht. Aber du mußt hier auf dem Tisch sitzenbleiben, damit ich dich gut sehen kann.«

So aß sie mit dem bösen Wesen zu Abend.

Es gab den Brei, nach dem sie so sehr verlangt hatte, und außerdem eine Menge anderer Leckerbissen, die der Schloßherr aber meistens alleine aß, weil Merle, die nach dem Brei so satt war wie ein genudeltes Gänschen, nichts mehr hinunterbrachte. Da er so viel größer war als sie, hatte er natürlich auch einen ganz anderen Appetit.

Sie saß, wie er es gewünscht hatte, zwischen den silbernen Platten und Schüsseln hinter seinem Teller auf dem Tisch und dachte daran, daß es abscheulich ungezogen war, so gewissermaßen mit dem nackten Hintern (obwohl sie das Hemdchen anhatte) mitten im Essen zu sitzen, und daß ihre Eltern es nie erlaubt hätten, aber dem Schloßherrn machte es noch Vergnügen. Er hatte überhaupt Vergnügen daran, sich schlecht zu benehmen und die ungezogensten Dinge zu tun, so daß sie im einen Augenblick lachte und im nächsten erschrak und dann wiederum lachte.

Es gab in Branntwein eingelegte Kirschen – sie kostete davon, aber sie waren so scharf, daß sie wie Feuer in ihrem Mund brannten, und sie spuckte, nieste und kniff die Augen zusammen. Also aß er sie allein, und jeden Kern spuckte er über den Tisch, einen weiter als den andern. Es gab jedesmal ein Geräusch, ein kleines *Plip*, wenn der Kern auf der schwarzen polierten Tischplatte aufprallte wie ein winziger hölzerner Ball.

Die längste Zeit hatte niemand auf den Raben geachtet, der auf dem Tisch herumging und in die Ritzen pickte, aber als ihn einer der Kerne unvermutet traf, flatterte er auf, und der Schloßherr bemerkte ihn.

»Sieh an!« rief er. »Wem gehört denn der struppige alte Flederwisch? Dir vielleicht?«

»Ja«, sagte Merle. Und weil sie sich ärgerte, daß er so abschätzig über den klugen Raben sprach, fügte sie hinzu (was sehr unvorsichtig war): »Und er ist gar kein Flederwisch. Er ist sehr klug.«

Da wurden die grünen Augen des Schloßherrn plötzlich ganz schmal, er legte den Kopf schief und fragte: »Ach ja? Sehr klug? Da kann er wohl sprechen?«

Merle erschrak fürchterlich, aber sie erwiderte rasch: »Ja, aber er sagt immer nur Krah, Krah, Krah.« Und sie begann zu kichern wie ein dummes Kind.

»Sonst nichts?« fragte der Schloßherr argwöhnisch.

»Nein. Nur Krah.«

Er sah sie mit seinen grünen Augen von der Seite an, aber Merle hatte immer gut lügen können, und so glaubte er ihr. Er sagte: »Das ist dein und sein Glück, denn ich kann sprechende Raben auf den Tod nicht ausstehen. – Raus mit dir, Flederwisch, oder ich schneid dir den Kropf ab.« Er schnappte sich eins der abgenagten Bratenknöchlein auf der Silberplatte und warf es nach dem Raben, der lärmend aufflatterte und zum Fenster hinausflog. Die anderen Knöchlein warf er nach seinen Dienern und rief ihnen zu, sie sollten sich in die Niederhöllen scheren. Merle kam aus dem Staunen nicht heraus, wie unmanierlich der Herr, von dem ihre Eltern immer so ehrfurchtsvoll sprachen, sich nun benahm – und dabei war er doch so schön und vornehm!

»So«, sagte er zuletzt, als er mit ihr allein war. »Jetzt sind wir ungestört.« Dann faßte er ihre bloßen Füße, jeden mit zwei Fingern am Knöchel, und stellte sie links und rechts von seinem Teller hin und fing an, Dummheiten zu treiben, für die jeder andere furchtbar Schläge bekommen hätte. Aber da er erwachsen, reich und mächtig war, konnte er es sich natürlich erlauben. Er legte auf jede ihrer bloßen Zehen eine feuchte, schnapsgetränkte Kirsche und paßte auf, daß sie nicht hinunterrollten, und als er das bei allen zehn Zehen getan hatte, beugte er sich darüber und nahm die Kirschen eine nach der anderen mit den Lippen auf. Merle wurde ganz wunderlich zumute, als er das machte. Der Branntwein, der auf ihrer Haut verdunstete, war kalt, und die Lippen, die sie berührten, waren noch kälter, und oft erwischte er nicht nur die Kirsche, sondern gleich auch ihre Zehe dazu und faßte sie mit den Zähnen an, so daß es gerade nur ein bißchen weh tat – etwa so, als zwickte einen ein roter Kneifkäfer. Dann leckte er den rosaroten, duftenden Saft ab, und das war noch wunderlicher, denn er tat es so zierlich und adrett wie ein Kätzchen, aber ihr wurde ganz kalt und schwindlig dabei: Seine Zungenspitze kitzelte sehr, wenn er damit zwischen ihre Zehen geriet, und sein Mund fühlte sich so an, daß sie nicht wußte, ob er glühend heiß oder eisig kalt war. Sie bekam immer mehr Angst und hätte ihn gerne gebeten, damit aufzuhören, aber sie ahnte, daß er ihrer Bitte nicht nachgekommen wäre.

Zuletzt schob er seinen Teller weg, zog sie ganz an sich heran, legte den Kopf zwischen ihren Füßchen auf den Tisch und sagte: »Kratz mich hinter den Ohren – aber daß du mir's ja recht sorgfältig und ordentlich machst!«

Merle gab sich Mühe. Er hatte viele Haare, durch die ihre Hand sich erst hindurchwühlen mußte, so daß sie schließlich bis zum Handgelenk darin steckte; weiches, schweres, schlüpfriges Haar, das ihre Haut knistern machte. Sie wühlte darin herum, bis sie die Stelle hinter den Ohren gefunden hatte, wo er es am liebsten hatte (das merkte sie daran, wie er schnaufte und schnurrte), und dann kratzte sie ihn einmal sanft und einmal fest. Sie merkte bald, daß sie es gut machte, denn er hielt seine Augen behaglich geschlossen, und seine Hände, die er lose auf dem Tisch ausgestreckt hatte, öffneten und schlossen sich rhythmisch wie Katzenpfoten, wenn es den Tieren gut geht. Er wandte den Kopf einmal nach links, einmal nach rechts, damit beide Ohren gleichmäßig drankamen, und einmal verdrehte er ihn richtig, weil er es auch im Genick haben wollte, dort, wo am Hinterkopf das Grübchen ist. Er war sehr anspruchsvoll – da wollte er es weich haben, und dort etwas härter, und verschieden lange, und einmal mit einer und einmal mit beiden Händen. Es war wirklich nicht leicht, ihn zufriedenzustellen. »Fest!« befahl er, und dann: »Noch fester!«, und Merle scharrte so wild mit ihren kleinen dünnen Händen, daß er völlig zerrauft und zerwühlt wurde. Plötzlich bat er mit einer ganz leisen weichen Stimme: »Mit den Nägelchen, bitte!«, und als sie gehorchte, stöhnte er so lange und laut, daß ihr noch unheimlicher wurde als zuvor, und er blieb danach eine ganze Weile still liegen.

Schließlich hob er den Kopf und putzte mit dem kleinen Finger sein Bärtchen, indem er ihn mehrmals hintereinander ableckte und damit darüberfuhr, und dazu sagte er: »Du bist so bleich, kleines Schätzchen.«

»Das kommt vom Kerzenlicht«, sagte Merle.

»Nicht von der Angst?« fragte er leise und legte je eine seiner Hände auf ihre Knie. Sie spürte an seinem Griff, wie stark er war. Sie war sich ganz sicher, daß er ihr mit einem Griff den Hals umdrehen und alle ihre Knochen zerbrechen konnte. Dann schob er die Hände langsam an ihr entlang, so daß er sie erst an den Hüften und dann an den Schultern zu fassen bekam. Er streckte sich lang und länger und drängte sie immer weiter nach hinten, bis ihr Kopf auf dem Tisch lag. Seine weißen Hände legten sich wie die Pranken eines Raubtiers auf ihre Brust, als er so über sie gebeugt stand, sie anstarrte und anhauchte und ein Gesicht machte, als überlegte er, wo er zuerst hineinbeißen sollte.

Sie hatte gar keine Lust mehr auf die Küßchen, auf die sie sich zuerst ebenso gefreut hatte wie auf den Brei, aber sie bekam sie, zwei auf jede Wange und das letzte, das schlimmste von allen, auf den Mund. Es war, als hätte ihr jemand fünf harte eisige Schneebälle ins Gesicht geworfen, die dort haften blieben und immer kälter wurden, bis ihr Fleisch ganz tot und taub war.

Plötzlich hob er sie auf und hielt sie so, daß sie ihre Arme um seinen Hals legen mußte, wenn sie nicht hinunterfallen wollte, und so schritt er mit ihr aus dem Zimmer und den langen Gang hinunter, in dem es mehr Schatten als Licht war. Die Kerze, die er in der Hand trug, warf wilde gelbe Lichter auf die buckligen weißgetünchten Mauern, an denen in Abständen unheimliche Dinge hingen: schwarze Helme mit eisernen Zähnen, alte rostfleckige Waffen und hölzerne Hirschhäupter mit blinden blauweißen Augen, von denen die Farbe abgeblättert war. Merle war überzeugt, daß er sie nur irgendwohin schleppen wollte, wo er sie in aller Ruhe bequem auffressen konnte. Jetzt fiel ihr wieder ein, was der Rabe gesagt hatte: das scharfe Messer, der Topf und die gekochten Beinchen, und ihr wurde schlimm zumute.

»Hast du Angst, kleines Schätzchen?« fragte der unheimliche Zauberer, der Katzenmann …

»Nein«, erwiderte sie trotzig.

Er lachte leise. »Warte nur, das kommt schon noch … Wir haben noch die ganze Nacht vor uns.« Damit öffnete er eine der vielen Türen aus dunklem Holz, die in Nischen in den Mauern des Korridors lagen, und trat ein.

Als sie drinnen waren, schlug er schnell die Türe zu und drehte den Schlüssel um. Dann setzte er Merle auf dem Boden ab. Sie blickte sich angstvoll um. Das Zimmer, in dem sie standen, war niedrig, mit einer mehrfach gewölbten Decke. Nirgends war ein Fenster zu sehen, nur eine einzige, kleine, vergitterte Luke öffnete sich in einer der Wölbungen. Es gab nur ein Möbelstück: Ein Bett, so groß, daß man beinahe darin wohnen konnte, mit einem glänzend schwarzen durchbrochenen Bettgiebel, der zu einer schwarzen Hecke aus Zweigen und Rosen und langspitzigen Dornen geschnitzt war, und ebenfalls durchbrochenen Seitenteilen, die am Kopfende so hoch wie das Betthaupt waren, zum Fußende hin aber in sanftem Schwung abflachten und dann völlig verschwanden. Auf jedem der beiden Knäufe am Fußende hockte ein holzgeschnitztes Tierchen, links ein Äffchen, rechts ein Kätzchen, beide hübsch glatt und glänzend. Das Bett war voll rosiger, seidener Kissen und scharlachroter Decken, die bis auf den Boden herabhingen.

»Nun geh schlafen, mein Täubchen«, sagte das böse Wesen. Dabei hob er Merle hoch und setzte sie mitten auf das gelbseidene Bett. »Und sei nur brav und laß mir das Türchen im Winkel in Ruhe, das geht dich nämlich gar nichts an. Schlaf gut, Kleines.« Er beugte sich rasch zu ihr und küßte sie auf die Stirn. Dann verschwand er durch die Türe, die er gerade nur so weit aufmachte, daß er sich selbst hindurchquetschen konnte. Sie hörte draußen den Schlüssel im Schloß knirschen.

Merle horchte an der Türe, aber als draußen nichts zu hören war, wandte sie sich dem Türchen im Winkel zu. Es war ein Tapetentürchen, das man gar nicht sah, wenn man nicht darauf aufmerksam gemacht wurde.

Sie näherte sich ihm und probierte an der kleinen Klinke, und sofort ging es auf, so leicht und leise, als ob es frisch geölt sei. Die Kerze flackerte, als sie sie hochhob und in den schmalen kleinen Raum hinter dem Türchen hineinhielt, aus dem schlechte Luft entwich.

Danach wußte sie zweierlei: Das böse Wesen hatte ihr ausdrücklich befohlen, das Türchen in Ruhe zu lassen, nur um sie neugierig zu machen – und der alte Rabe hatte ganz recht gehabt, mit allem, was er gesagt hatte.

Sie hatte gerade noch Zeit, die Kerze abzusetzen, bevor ihr das Zimmer vor den Augen verschwamm.

Sie erwachte, als jemand durch ihr Haar fuhr. Es fühlte sich an wie ein einzelner harter Finger. Einen Augenblick lang dachte sie, das böse Wesen sei schon zurückgekehrt, aber dann spürte sie, daß es ein Rabenschnabel war.

Merle schlug die Augen auf. Die Kerze war fast abgebrannt, das Zimmer war von gespenstigen Schatten und Lichtern erfüllt, die schwarze Fratzengesichter und die Silhouetten von Ungeheuern auf die Wand zeichneten. Es war sehr heiß. Sie lag auf dem Bett ausgestreckt, auf das sie gefallen war, und vor ihr saß auf einem seidenen Kissen der Rabe.

»Na«, krächzte er, als er entdeckte, daß sie wieder bei Bewußtsein war, »nun sitzen wir ja schön in der Klemme, was?«

Merle seufzte schwach. Ihr war erbärmlich zittrig zumute, vor allem, als ihr wieder einfiel, was sie hinter dem Tapetentürchen gesehen hatte. »Du hast recht gehabt«, flüsterte sie.

»Gewiß, gewiß – ich habe praktisch immer recht«, bestätigte der Rabe. »Und wenn du ihn jetzt sehen könntest, wärst du noch mehr davon überzeugt, denn eben jetzt machen seine Diener Feuer und setzen den Topf auf, und er selbst schleift sein Messer und leckt sich die Lippen dabei – na, nun fall bloß nicht wieder in Ohnmacht. Wir müssen jetzt unseren Verstand zusammennehmen.«

Merle dachte, daß es viel leichter wäre, nicht in Ohnmacht zu fallen, hätte er ihr das vom Messerschleifen und Lippenlecken nicht erzählt und hätte sie nicht in die kleine Kammer geblickt, in der die Kinderköpfchen haufenweise herumlagen wie die braunen Äpfelchen auf dem Speicher und so grausig mit all ihren blanken Zähnen grinsten, als wollten sie sagen: »Gestern wir, heute du.«

»Wie bist du denn hereingekommen?« fragte sie.

Der Rabe deutete mit seinem Schnabel. »Durch die Luke da oben. Aber schwätz jetzt nicht; er wird bald wiederkommen, und dann geht's schnell.«

Da war Merle zumute, als fahre eine große kalte Hand durch ihre Rippen hindurch und packte ihr Herz mit allen fünf Fingern, um alles Blut herauszupressen. Ihre Knie zitterten, und sie spürte, wie jedes einzelne Haar sie in der Kopfhaut stach, als wäre es trockenes Stroh. »Was soll ich nur tun?« rief sie.

»Hm – ja – hm«, machte der Rabe. »Dein Glück, daß ich mich das schon vor einer Weile gefragt habe, sonst könntest du jetzt gar nicht mehr viel tun, als hier hocken und warten, bis er dir die Kehle durchschneidet. Nun ja – ich hoffe sehr, es wird dir eine Lehre sein. Ein großes Glück, daß er nicht allzu klug ist; wir werden ihn schon drankriegen. Gib mir deine Hand.«

Sie streckte ängstlich die Hand aus. »So?«

»Ja. Ich werde dich hacken; laß dann drei Tropfen Blut in meinen Schnabel fallen.«

»Das tut weh«, sagte sie.

»Na«, krächzte er, »wenn du meinst, es tut nicht weh, die Kehle durchgeschnitten zu kriegen, dann kannst du's ja abwarten. Also hopp, hopp .«

Sie sagte nichts mehr. Der Rabe hackte in ihre Hand mit seinem starken glänzenden Schnabel, und sie ließ drei Tropfen Blut in seinen Schnabel träufeln.

»So«, sagte er. »Und jetzt verschwinde unterm Bett und rühr dich keinen Fingerbreit, was auch geschieht; ich komme dich dann holen.«

Merle kroch gehorsam unters Bett. Dort war ganz finster, weil das geschnitzte Bettgestell so tief reichte und die Decken darüber bis zum Boden hingen, und alles war voll Staub. Aber da waren auch noch andere Dinge, kleine, längliche, trockene Dinge mit knubbeligen Enden, und kugelig runde Dinge, und weil sie ahnte, was es war, kroch sie lautlos und am ganzen Körper zitternd ganz in die Mitte und lag so still, wie sie nur konnte, um nur ja keines dieser Dinge zu berühren. Es roch auch unbehaglich, so trocken und beißend und dumpf wie in einem Beinhaus.

Dann kam das böse Wesen zurück.

Sie hörte die Türe aufgehen und einen leisen weichen Schritt eintreten. Sie konnte nichts sehen, aber sie konnte sich sehr gut vorstellen, wie er da im Kerzenschein stand, mit dem langen frischgeschliffenen Messer in der Hand, und sich darauf freute, ihr die Augen auszustechen und das Herz herauszuschneiden. Er fauchte vor Enttäuschung, als er sie nicht fand. Das war ganz deutlich zu hören.

Und dann griff plötzlich eine Hand unters Bett.

Er mußte doch klüger sein, als der Rabe gedacht hatte. Denn als er den ganzen Haufen Decken und Kissen umgewühlt hatte und nichts darunter fand, kam er leise zurückgeschlüpft, legte sich flach auf den Bauch und streckte die Finger unters Bett.

Merle sah sie kommen, fünf lange weiße Finger mit

bunten Ringen daran, und dahinter ein Arm im damastenen Ärmel, der immer näher und näher an sie herankroch und sich suchend nach allen Richtungen bewegte. Einmal rührte er an einem der kugeligen Dinger (die sie jetzt deutlicher sah, als ihr recht war) und stieß einen heiseren Freudenschrei aus, als er dachte, er hätte sie schon gepackt, aber dann fühlte er, was es war, und rollte es unters Bett zurück, daß es kreiselte und kugelte und eine Menge Lärm machte.

Er war schon ganz nahe dran, sie zu erwischen, als es mit einem Male hinter der Tapetentüre rappelte, als hätte sich dort drinnen etwas bewegt. Der Arm verschwand blitzschnell. Sie hörte, wie er aufsprang, und unter dem Rand des Bettes hindurch sah sie, daß er auf seinen Fußballen hockte und sich oben auf dem Bett abstützte. Dann dachte er wohl, sie hätte sich in dem Kämmerchen versteckt, denn sie hörte, wie das Tapetentürchen aufgerissen wurde und wie er hineinstürzte und zornig alle darin befindlichen Totenköpfchen auseinanderwarf, daß sie rollten und rumpelten wie Winteräpfel, die aus einem umgestoßenen Korb purzelten.

»Wo bist du, Kind?« rief er wütend. »Wo bist du nur?«

»Hier draußen, Herr, da wasch ich mich!« rief Merles Stimme draußen vor der Türe.

Hätte ihr der Rabe nicht so sehr eingeschärft, sich nicht zu bewegen, sie wäre vor Schrecken unter dem Bett herausgekrochen, denn es war ihre Stimme gewesen, und sie hatte doch nichts gesagt! So lag sie stocksteif und lauschte, wie das böse Wesen bei der Türe hinaussprang und seine glühenden grünen Augen links und rechts in den dunklen Gang wandte.

»Wo bist du?« schrie er so wild, daß es den ganzen Gang entlanghallte.

»Hier unten, Herr, hier kämm ich mich!« rief Merles Stimme zum zweiten Mal.

Da packte er sein Messer und rannte in die Richtung, aus der die Stimme kam. »Wo?« brüllte er.

»Hier drinnen, Herr, da schmück ich mich!« rief die Stimme zum dritten Mal, und dann gab's einen wüsten Krach, als eine Tür ins Schloß fiel, und das Schreien und Rufen verstummte.

Merle machte die Augen erst wieder auf, als es vor ihr raschelte und der Rabe unters Bett gehüpft kam.

»Raus mit dir«, sagte er. »Er wird zwar nicht so schnell aus dem Zimmer herauskommen, in das ich ihn eingesperrt habe, denn seine Diener sitzen in der Küche, kochen Wasser und warten darauf, daß er herunterkommt, aber wir wollen doch lieber sehen, daß wir von hier verschwinden.«

Merle ließ sich das nicht zweimal sagen.

HADMAR VON WIESER

TRONDE, GEHT FEIERN

Es war damals unter unserem seligen Kaiser Reto, den sie den Eroberer nennen und nach dem man auch mich benannt hat. Das Reich war noch ein ganzes Stück größer und die Beutel an den Hüften der Leute klingelten noch deutlich lauter. Jedenfalls hörte man damals noch nichts von Ogerheeren, die ganze Städte fressen, Orkarmeen, die das halbe Reich abfackeln, und untoten Dämonenhorden, die gleich die ganze Welt verderben wollen.

Ich will ja nicht in den Chor aller alten Männer einstimmen, die herumjammern, daß früher alles besser war – aber früher war nun einmal wirklich alles besser. Was haben wir gelacht damals! Wieviel Fässer und Flaschen haben wir geleert, und was haben wir alles angestellt, was Praios verboten hatte. Heute zwackt mich meine Leber so, daß ich nach einem Glas vom Feinsten schon keine drei Strophen mehr von ›Das Feuer von Prem‹ zusammenbringe. Und im Kreuz habe ich es derart, daß ich kaum noch zum Fenster hinauskomme, wenn ich mal mit einer Krämerin der Rahja opfere und uns der Ehemann überrascht.

Ich war schon ein Kerl damals. Das heißt, eigentlich war ich auch damals weniger ein Kerl als der kleine, unterernährte Typ, der sich auf seine Geschicklichkeit und sein Glück verließ und darauf, notfalls einem Praios-Geweihten seine Robe abzuschwatzen. Aber die Leute, mit denen ich Umgang pflegte – das waren echte Kerle.

Elgor Eisenbeiß etwa, ein verkrachter Absolvent der ›Kaiser-Raul-Akademie‹ in Gareth, der später als Söldner mit den Karawanen zog. Ein Mann, der nur knurren mußte, und kein Stadtgardist hatte mehr Lust, sich näher mit ihm zu beschäftigen. Aber er war dämlich genug, sich zur Eroberung Maraskans freiwillig bei den ›Leichten Plänklern‹ zu melden. Statt eines Ordens von Kaiser Reto – Boron habe ihn selig – bekam er dann einen Giftpfeil von einem maraskanischen Freischärler.

Dann zog ich einige Jahre mit Dedlana der Katze herum. Sie war ziemlich klug, vertrug fünf Maß vom stärksten Ferdoker und hatte einen geradezu orkischen Humor. Außerdem sah sie recht appetitlich aus und hatte derartig prachtvolle Rahjasfrüchte, daß wir jedesmal, wenn sie einen neuen Brustpanzer brauchte, beim Schmied eine Sonderanfertigung bestellen mußten. Denn sie war meistens wie eine Amazone ausstaffiert, obwohl sie nicht einmal einen Kriegerbrief hatte. Wir waren nicht nur Saufkumpane und Spießgesellen, sondern auch ein Paar. Aber eines Tages ließ sie mich wegen eines Rondra-Geweihten stehen, der ihr Wunder was von Kriegerehren erzählte und sie nach einem Jahr sogar heiratete – ganz rondrianisch mit Schwertspalier und Blutopfer. Nun ja, inzwischen ist sie noch üppiger geworden und hat ein halbes Dutzend Kinder und Enkelkinder, die allesamt auf die Kriegerakademie von Perricum gehen.

Aber der härteste Kerl von allen, der größte Raufbold und Trunkenbold, härter im Nehmen und Austeilen als jeder andere, spendabel, vergnügungssüchtig und der beste Kumpan, den man sich wünschen kann, das war eindeutig Tronde Torbenson.

Jawohl, der Tronde Torbenson, der heute oberster Hetmann aller Thorwaler ist und auch schon auf die Sechzig zugeht. Diesen Seeräuberfürsten lernte ich kennen, als wir beide noch kein Vierteljahrhundert auf dem Buckel hatten. Jetzt fragt ihr euch sicherlich, wie kommt Retolieb, der Streuner aus dem Orkendorf, dazu, einen Mann zu treffen, der immerhin damals auch schon der Sohn einer Herrscherin über hunderttausend Krieger und fast tausend Schiffe war.

Es muß im Jahr 11 Reto gewesen sein, also 7 vor Hal. Ich weiß das noch so genau, weil ich genau ein Jahr später in Zorgan einem anderen Thorwaler, der sich als Trondes Vetter herausstellte, die folgende Geschichte erzählte. Und in Zorgan war ich damals, als Kaiser Reto sich anschickte, Maraskan zu erobern. Ich war mit den Soldaten mitgezogen und versuchte, ihnen ihren Sold beim Würfeln schneller abzunehmen als die Marketenderinnen mit ihren besonderen Diensten. Außerdem versuchte ich, Elgor wiederzufinden, der sich ja zur Armee gemeldet hatte.

Aber ich komme ins Schwafeln. Zurück nach Havena, in jenem elften Jahr Retos. Es war ein lauschiger Ingerimmstag, der sich dem Ende zuneigte. Die Sonne versank travienrot über der untergegangenen Altstadt Havenas und zauberte merkwürdige blau-rote Blitze auf das düstere Wasser. Vom Fischmarkt wehte es wohl besonders abgehangen herüber – das tut es immer im Frühsommer.

Ich war im Nalleshof in jener Gasse unterwegs, wo auch damals die vielen Tavernen Tür an Tür lagen. Ich hatte am Nachmittag wohl billig im ›Leuchtturm‹ gegessen, im ›Schipperkrug‹ ein paar Neuigkeiten gesammelt und in der ›Kapitänskajüte‹ ein paar Kapitäne ausgehorcht – das war so die übliche Tour. Dann ging ich in das ›Salzfaß‹: Das war damals in den ersten Nachtstunden die richtige Adresse. Voll mit kantigen Matrosinnen, denen die Heuer locker saß und die für ein paar vielversprechende Komplimente gerne ein paar Bier spendierten.

Ehe die liebeshungrigen, aber wenig reizvollen Seebärinnen dann Ernst machten, verdrückte ich mich gewohnheitsmäßig. Im ›Drachenschiff‹ nebenan war wie üblich der Oger los. Bei den Kraftmeiern, die dort verkehrten, mußte ich meine Taschenspielchen vor Mitternacht erledigt haben, bevor die Burschen so besoffen und bösartig wurden, daß sie beim ersten Verdacht zuschlugen.

Ich wollte eben unter dem geschnitzten Schild eintreten, als die Eingangstür aufflog und ein Thorwaler herauskam. Er war gar nicht so groß wie die meisten dieser Totschläger – das heißt, mit seinem Hörnerhelm maß er gerade zwei Schritt –, aber er hatte eine kurze, zweiblättrige Skraja in der Linken. Ich duckte mich schon an der Tür. Was wagte ich, mich einem Thorwaler in den Weg zu stellen? Außerdem war das ›Drachenschiff‹ für mich gelaufen. Wo ein Thorwaler ist, da sind üblicherweise auch an die zwei Dutzend weitere, nämlich die Besatzung eines echten Drachenschiffes.

Zum Glück drehte sich der rotblonde Hüne nochmal zum Schankraum um und brüllte im breitesten Thorwalsch hinein: »Woll'n ma' seh'n! Ha! Vergnügungsschiff!« Aus der Taverne antwortete beifälliges Gebrüll und Gelächter, und ich glaubte mehrfach den Namen Tronde zu hören. Der so Verabschiedete wandte sich zum Gehen, wobei seine Drehung eine Faust mit einem Krug Premer Feuer bedrohlich in die Richtung meines Versteckes schlenderte. Ohne mich zu sehen, latschte er die Tavernengasse hinunter auf die erste Abzweigung Richtung Hafen zu.

Der Nordländer trug eine ärmellose Lederweste voll mit Goldplättchen und Wolfszähnen und eine Wollhose mit grellen orangefarbenen und blauen Streifen. Im Gürtel steckte ein Schneidezahn, die Skraja schlenkerte lässig in der Linken. Auf dem Kopf trug er wie erwähnt einen gehörnten Helm. Er hatte offensichtlich schon reichlich Luft in den Krug gelassen, aber dennoch bewegte er sich noch mit der trägen Eleganz eines Panthers.

»Das Vergnügungsschiff Thetis – das könnte ich auch wieder einmal versuchen«, dachte ich mir und folgte ihm. Ich konnte mir nicht vorstellen, daß man den jungen Seeräuber auf das Schiff ließ, das jenseits des Großen Flußes an der Kaimauer am Stadtrand lag. Ich konnte mir auch kaum vorstellen, daß man mich auf das Schiff ließ. In den drei Jahren, seit Ludilla das Schiff eröffnet hatte, war ich höchstens dreimal eingelassen worden, und jedesmal war ich in Begleitung einer großzügigen Bürgerin und außerdem, da nach einer Glückssträhne, gerade etwas feiner ausstaffiert. Den beiden Söldnerinnen an der Tür genügte oft bereits ein Ausdruck des orkendorfischen Gassenjargons, und sie deuteten wortlos Richtung Kaimauer. Und wenn man dann nicht schnell ging, dann flog man eben an Land.

Andererseits war dieser Tronde vor mir offensichtlich wohlhabend. Auch wenn das Gold an seiner Kleidung vermutlich vom letzten Überfall auf die Sklavenminen von Hylailos stammte, machte er damit trotzdem Eindruck. Wiederum andererseits war er ziemlich barbarisch bewaffnet – und vor allem offensichtlich Thorwaler. Es reizte mich plötzlich zu sehen, ob der Mann Erfolg hatte.

Unternehmungslustig begann ich das Lied vom ›Einhändigen Taschendieb‹ zu pfeifen und folgte dem Thorwaler in zwanzig Schritt Abstand. Genug, wie ich hoffte, um mich in eine Seitengasse verdrücken zu können, falls er einen der unerklärlichen Anfälle seiner Rasse bekommen sollte. Wer war ich, mich mit einem Thorwaler in einer Gasse aufzuhalten?

Als der junge Pirat in die Gasse zum Hafen bog, schloß ich dennoch mit einigen flinken Schritten bis zur Ecke auf. Es war ein hübscher Anblick, wie der Wilde mit Hörnern, Axt und Krug auf das Hafenbecken zumarschierte, in dessen dunklem Wasser sich das Mondlicht spiegelte.

Während ich ihn wieder Abstand gewinnen ließ, überprüfte ich meine eigene Garderobe. Ich trug ein Hemd aus Kusliker Leinen, das zuletzt weiß gewesen war, als ich es im Vorjahr von einem Kaufmann beim Würfeln gewonnen hatte. Darüber hatte ich eine schwarze ärmellose Weste, die wie Garether Samt aussah, vermutlich aber höchstens aus Abilacht kam. Das Halstuch aus Brabaker Seide, damals wahrscheinlich mein bestes Stück, trug ich gewohnheitsmäßig um die Hüften: die Masche mit dem tulamidischen Liebhaber zog damals bei den Damen am besten. Hastig knöpfte ich das Tuch um den Hals, zupfte mir die Ärmel zurecht und befürchtete seufzend, daß es wohl noch immer nicht für das Vergnügungsschiff Thetis reichte.

Tronde hatte sich indessen bei den Fuhrhöfen einen von den Fischerjungen herangepfiffen, die sich vor Mitternacht mit dem Boot ein Zubrot verdienen, ehe die ganze Familie aufs Meer hinaus muß. Damals gab es die Prinzessin-Emer-Brücke ja noch nicht, und die Fähre fuhr nachts nicht in die Feldmark. Aber die meisten Gäste leisteten sich das Boot erst drüben in den Unterfluren und nicht hier, eine halbe Meile flußabwärts. Diesem Piraten mußte sein Geld wirklich in der Tasche brennen!

Zu seinem eigenen Glück hatte der Fischerjunge den Verstand, den Fährpreis mit dem Seeräuber auszuhandeln, bevor er ihn im Boot hatte. »Das wohl!« hörte ich den Thorwaler grunzen und ins Boot springen mit der Sicherheit eines Menschen, der sein halbes Leben auf See verbracht hatte. Ich hingegen hatte nur die Wahl, den Weg zu Fuß zu machen. Während ich neben mir die Ruderblätter leise ins Wasser platschen hörte, verließ ich zügig die Nalleshofer Gegend. Bis zur alten Zollbrücke hatte ich keine Probleme, mit der kleinen Jolle mitzuhalten. Dann entnahm ich dem Grölen, das vom Fluß herkam, daß es dem Thorwaler zu lang dauerte. Kurz entschlossen griff er selbst nach den Riemen und zeigte dem Burschen, ›wie in Thorwal gerudert wird‹. Als das Boot jenseits der Zollbrücke wieder zum Vorschein kam, zog es mit delphinartiger Geschwindigkeit hinunter zum Fluß.

Ich fluchte und spuckte aus. Mir blieb nichts übrig, als durch die gesamten Gassen der Unterfluren zu laufen und hinten bei den Bauernhöfen eine Jolle aufzutreiben. Also rannte ich zur besten Nachtzeit durch Bäckergasse und Fleischerstraße, mitten durch die in Samt und Pelz gekleideten Handwerksmeister und ihre vollbusigen Gattinnen, die vom Abendspaziergang, Verwandtenbesuch oder allenfalls einem Glas Wein in einem Gasthof heimkehrten. Ich erntete mehr als eine Handvoll böser Blicke, aber da mir niemand nachlief, blieb es dabei.

Als beim Perainetempel die Patrouille um die Ecke bog, konnte ich mich gerade noch in den nächsten Türbogen flüchten. Das Siechenhaus! Geistesgegenwärtig versteckte ich mich im Schatten und begann perainenerbärmlich zu husten. Wie erwartet ließ mich die Garde unbehelligt; Kranke kontrollieren die nie freiwillig.

Kaum hatte ich meinerseits die Ecke beim Perainetempel hinter mir gelassen, begann ich wieder zu laufen. Hundert Schritt weiter mußte ich dann gar landeinwärts rennen, um den Ausläufern der Stadtmauern auszuweichen.

Als ich um den letzten Turm bog, sah ich direkt südwärts von mir, jenseits der Kornfelder, den Großen Fluß und das Vergnügungsschiff Thetis. Und natürlich erschien da auch schon hinter der Mauer mein Thorwaler, der das erbeutete Boot vorantrieb, als gälte es, das Vergnügungsschiff zu rammen.

Also lief ich flott den Feldweg entlang, rechts die Mauer, links das hüfthohe Frühsommerkorn. Aber es war klar, daß, ehe ich auch nur das diesseitige Ufer des Großen Flusses erreicht hatte, Tronde bereits an Bord des Schiffes sein würde.

Als ich das Überschwemmungsgebiet erreichte, das um diese Jahreszeit natürlich nur ein Kiesstrand war, bog ich flußaufwärts ab, auf das Haus des Fährmanns zu. Wie erhofft, hingen hier gleich mehrere Jungen und Mädchen mit Booten herum. Ich ging schnell durch ihre Reihen und suchte nach einem bekannten Gesicht. Mein Berufsstolz verlangte, daß ich zunächst einmal versuchte, kostenlos über den Fluß zu kommen.

Glück gehabt! In einem der Boote, das halb im Wasser schaukelte, lag die hübsche Tsaja Sandström. Bei der hatte ich etwas gut. Ich hatte ihr nicht nur beigebracht, wie man der Liebesgöttin opfert, ohne auch gleich Peraines Segen zu empfangen, sondern ihr vor einigen Wochen auch einen betrunkenen Seebären, der nicht nur ihr Boot mieten wollte, buchstäblich vom Hals geschafft. Nicht, daß ich gewohnheitsmäßig Ritter Rondralieb spiele, aber der Mann war erstens eindeutig sturzbetrunken, zweitens kleiner als ich – und drittens drehte er mir den Rücken zu. Dieser Menschenschlag wird erfahrungsgemäß schnell kleinlaut, wenn man ihm den eifersüchtigen Verlobten mit dem scharfen Dolch vorspielt; vor allem, wenn der Dolch das erste ist, was sie sehen, sobald sie keuchend und prustend wieder aus dem eiskalten Wasser des Flusses hochkommen.

Also, Tsaja Sandström würde mich bestimmt kostenlos über den Fluß schaffen. Offensichtlich war sie bei der langen Warterei eingeschlafen. Das arme Kind! Die ganze Nacht auf See, den ganzen Vormittag am Fischmarkt, und ein wenig leben wollte sie ja auch noch. Unter diesen Umständen brauchte ich sie nicht einmal zu wecken. Statt dessen zupfte ich ihr fürsorglich die Decke zurecht.

Ich zog die Halteleine unter dem Stein hervor und warf sie ins Boot. Dann schob ich es schnell ins tiefere Wasser und sprang hinterher. Tsaja maunzte kurz im Schlaf auf, aber ein kurzes, unverbindliches männliches Gemurmel meinerseits beruhigte sie. Dann legte ich mich in die Riemen.

Auf halbem Weg über den Fluß kam mir der Fischerjunge entgegen, der diesen Tronde gefahren hatte. Es schien, als wollte er sich zu seinen Freunden gesellen. Offensichtlich hatte der Thorwaler ihn also nicht mehr gebraucht. Das bedeutete, daß der junge Seeräuber schon seit mindestens fünf Minuten in dem Vergnügungsschiff war. Ärgerlich! Ich hätte zu gerne gewußt, wie er das angestellt hatte. Ob ich mir auch eine zweiblättrige Skraja zum Spazierengehen zulegen sollte? Aber vermutlich waren es doch die alanfanischen Dublonen, die er sich um den Hals gehängt hatte.

Langsam ließ ich mich auf den Rumpf des Schiffes zutreiben. Ich überlegte, ob ich Lust hatte, mich von den zwei Söldnerinnen an der Tür abweisen zu lassen. Andererseits ergab sich ja vielleicht in der Nähe des Schiffes irgendeine Gelegenheit. Ein wenig abzuwarten schien das richtige zu sein.

An dem gesamten Rumpf des Vergnügungsschiffes war ein Fallreep stegartig befestigt, so daß man auch von der Flußseite her an Bord gehen konnte. Hier hingen zwei weitere Fischerboote, deren Besitzer auf eine Fuhre warteten. Da ich nicht riskieren wollte, von irgendwelchen Freunden Tsajas angepöbelt zu werden, ließ ich das Boot noch etwas weiter treiben und vertäute es erst am Bugende des Schiffes, direkt neben der prächtigen Chorhopper-Galionsfigur.

Über mir spielte sich das gute Leben ab. In echtem Blattgold stand der Name des Schiffes auf dem schwarz-rot lackierten Bug. Die gesamten Aufbauten waren in der Art einer noblen Taverne gehalten, die Fenster waren damals sogar noch mit echtem Glas verkleidet, hinter dem vergoldete Kandelaber voll gelber Kerzen leuchteten. Ich hatte mir übrigens sagen lassen, daß die Glasscheiben der Hauptgrund waren, warum nur unverdächtige Leute an Bord gehen durften. Es soll nach einer Schlägerei über zweihundert Dukaten gekostet haben, die Fenster der einen Seite in Kuslik neu gießen zu lassen, und nach dem dritten Mal hat Ludilla, die Wirtin, dann ja auch darauf verzichtet.

Ich lag gemütlich im Boot, die Füße auf dem Bug, den Kopf auf den Schenkeln der noch immer schlummernden Tsaja. Mein Blick ruhte auf all der Lichterpracht und all den schönen Menschen darin. Nun ja, schön waren die meisten nicht, aber in Garether Samt, Brabaker Seide und Drôler Spitzen kann man sich auch ein Gesicht wie ein Ork erlauben. Ich bekam einen meiner gefürchteten tiefgründigen Anfälle.

Verträumt fragte ich mich, ob man unbedingt eine Galeone plündern, eine Kaufmannswitwe heiraten und beerben oder den Orkenhort finden mußte, um einen gerechten Anteil am Leben zu bekommen. Mit ehrlicher Arbeit war natürlich nichts zu machen – und selbst die unehrliche reichte gerade für das Notwendigste. Mein Vater war ein Wucherer gewesen, der Fischern und Bauern das Geld für ein Boot oder eine Kuh borgte. Danach kassierte er binnen weniger Wochen das verborgte Geld mit Zinsen und schließlich auch das Boot oder die Kuh. Was der alte Gauner sich da wie ein Blutegel zusammenraffte, reichte schließlich für eine würdige Garderobe. Gerade, als er meine Mutter und mich auf die Straße gesetzt hatte, um die Hand der Schwester des alten Rastburger anzuhalten, stachen ihn Unbekannte nieder und brannten sein Haus ab. Ich habe keine Ahnung – und es ist wohl auch egal –, ob es die von unten waren, die sich für die Wucherzinsen rächen wollten und die aus seiner genauso gierigen Schicht waren oder die von oben, die verhindern wollten, daß er hinaufkam.

Wieder einmal spielte ich mit dem blödsinnigen Gedanken wegzugehen: ins ›Liebliche Feld‹, wo die Leute angeblich viel reicher waren, nach Gareth, wo es von liebeslustigen Prinzessinnen nur so wimmeln sollte, nach Al'Anfa, wo jeder reich werden konnte, der Glück hatte, oder gleich ins Güldenland, wo die Straßen mit Gold gepflastert sind. Aber ich wußte natürlich, daß das Märchen waren. Die Hälfte der Städte hatte ich schon abgeklappert. Außerdem: Wieso kämen sonst so viele einarmige Söldner aus Al'Anfa, uneheliche Adelsbastarde aus Gareth und bankrotte Krämer aus Kuslik –, um sich ausgerechnet in Havena niederzulassen? Und warum waren unsere Vorfahren überhaupt aus dem Güldenland nach Aventurien gekommen, wenn es dort viel schöner war?

Das Grölen eines Auerochsen weckte mich aus meinen Träumereien. »Vergnügungsschiff! Ha!« brüllte Tronde und stieß einen dicken Händler mitsamt Pelzmantel vom Fallreep. Während der Mann noch japsend in den Großen Fluß klatschte, tobte der Thorwaler schon weiter. »Brüllen verboten! Saufen verboten! Raufen verboten!« Er fuchtelte mit der zweiblättrigen Skraja und einer Weinflasche umher, als wollte er einen Vogelschwarm in Stücke hacken, und kam mit schweren Schritten auf mich zugetrampelt. »Vergnügen nennen die das?« schrie er in meine Richtung, ehe er sich umwandte und zur Reling hinaufbrüllte: »Mittelländer, Robbenschänder! So nenne ich das! Jawohl!«

Ich war gerade erst hochgekommen und balancierte in dem leicht schwankenden Boot. Da sprang Tronde mit einem einzigen Satz an mir vorbei ins Boot. Ich konnte mich im Sturz gerade noch an der Bordwand festhalten, während Tsaja hinter mir in die Höhe geschleudert wurde.

»Riemen her!« brüllte der leibhaftige Rondrikan vor mir. »Ich kenn den Preis. Zwei Heller.« Während ich mich zwischen Tsajas Schenkeln kauernd noch festhielt, hatte er schon die Halteleine gelöst und legte mit Riemenstreichen los, die Efferd selbst alle Ehre gemacht hätte.

Ich blickte auf seine an- und abschwellenden Armmuskeln, auf denen blaue Wale, rote Drachen und grüne Schiffe tanzten. Sein Kopf mit den buschigen Augenbrauen und den seltsamen rot-gelbbraunen Bartstoppeln zuckte beim Rudern vor und zurück, als wolle er mich mit seinem Hörnerhelm aufspießen. Wer war ich, um einem Thorwaler zu erklären, daß das nicht mein Boot war?

Hilfesuchend hielt ich mich an Tsajas hübschen Waden fest und erinnerte mich plötzlich an die eigentliche Besitzerin. Ich drehte den Kopf nach ihr um und flüsterte: »Efferd mit Dir, Nixchen!« Tsaja blickte schlaftrunken und fassungslos auf mich, auf den schwer atmenden Barbaren und das entschwindende Vergnügungsschiff.

»Habt ihr hier noch mehr solche Traurigkeiten?« herrschte der Krieger mich jetzt an, als wäre ich der Bürgermeister von Havena. »Efferdtempel ohne Wal, Vergnügungsschiff ohne Vergnügen. Wofür baut ihr'n überhaupt so 'n große Stadt?«

Ich holte vorsichtig Luft und überlegte, ob ich ihm einträglicherweise irgendwelche Adressen nennen sollte. Aber wenn er auf das Vergnügungsschiff Thetis derart reagierte, wagte ich nicht, mir vorzustellen, was er von einem einfachen Bordell hielt. Außerdem: Wer war ich, um einem Thorwaler Ratschläge zu geben?

Inzwischen hatten wir, flußabwärts fast dahingaloppierend, bereits wieder die Einmündung zum Südhafen erreicht. Tronde schien sich etwas beruhigt zu haben. Er atmete schwer, aber regelmäßig, und seine Ruderschläge waren das einzige, was die Stille durchbrach.

Das Madamal stand inzwischen strahlend über uns, es war bereits nach Mitternacht. Für kurze Zeit fiel der Schatten der Zollbrücke über unser Gefährt, in dem wir Havener betreten kauerten, während die Thorwaler es mit unermüdlicher Kraft vorantrieb.

Überraschenderweise fuhr der Nordländer an den Fuhrhöfen und Lagerhäusern von Nalleshof vorbei und bog erst bei der Boroninsel nordwärts ein. Augenscheinlich hatte er nicht vor, zu seinen Saufkumpanen im ›Drachenschiff‹ zurückzukehren. Ich war mir sicher, daß sich dieser geborene Seemann nicht verirrt hatte. Er steuerte gezielt die große Hafenmole bei der Fürstenallee an. Ruckartig holte er die Riemen ein und ließ das Boot mit letztem Schwung an den Steg im Schatten zweier großer Karavellen rumpeln.

Ächzend erhob sich der Thorwaler, wobei er ansatzlos wieder Skraja und Flasche in den Fäusten hielt, und streckte sich, daß es krachte wie im Genick eines Ochsen beim Schlachtermeister. Noch im Boot stehend, setzte er die schlanke Tonflasche an den Mund und trank sie gurgelnd leer. Dann warf er sie lässig über die Schulter ins Wasser und grunzte: »Dreckszeug, sonniges!«

Mit einem Sprung war er an Land. Mit der nun freien Rechten griff er in die Weste und kramte zwei im Mondlicht blitzende Münzen hervor. »Zwei Heller!« sagte er und legte sie mir in die offenen Hände. »Ich kenn'n Preis. Aber ihr rudert mir zu langsam hier. Jawohl!« Mit diesen Worten wandte er sich um und stapfte auf die Gassen des Orkendorfes zu, unbeirrbar in der Dunkelheit wie ein Darpatbulle, der sich kurz mit einem Mistfladen aufgehalten hat.

»Was ist geschehen?« zwitscherte Tsaja, zwischen deren wohlgeformten Beinen ich noch immer lehnte. »Retolieb? Was für einen Ärger hast du mir diesmal bereitet?«

›Wieso diesmal?‹ fragte ich mich insgeheim. Eine Meinung haben die Leute alle von mir ... »Nur keine Aufregung, Nixchen«, sagte ich und drückte ihr großzügig einen der Heller in die Hand. »Du hast es ja gesehen. Dieser wahnsinnige Thorwaler hat mich für den Fährmann gehalten. Und wer bin ich, um einem Thorwaler zu widersprechen?«

Sie schien mit der Erklärung halbwegs zufrieden, war aber noch immer schlecht gelaunt. »Dir passieren immer so merkwürdige Dinge. Raus jetzt aus meinem Boot. Mein Vater und meine Geschwister warten schon aufs Auslaufen. Und her mit dem zweiten Heller.«

Ich blickte sie fassungslos an. »Ich habe dir doch schon einen gegeben. Wer hat denn gerudert, während du geschlafen hast?«

»Der Thorwaler! Aber meinetwegen. Ich habe keine Lust, mich mit dir zu streiten. Efferd mit dir.«

Bei diesen Worten stieß sie das Boot mit einem der Riemen vom Ufer ab. Ich täuschte ein wenig Hilfe am Bug vor, machte mir aber nicht mehr die Füße naß.

Als sie losruderte, flötete ich ihr nach: »Bis zum nächsten Mal, Nixchen. Du hast noch immer die schönsten Beine am ganzen Großen Fluß.« Sie lachte und legte sich ins Zeug: »Gute Nacht, du Halunke.«

Während die kleine Seehexe Richtung Fischerort in der Nacht entschwand, versuchte ich zu klären, wohin der verrückte Tronde nun marschierte. Tatsächlich steuerte er nicht die Fürstenallee an, sondern verschwand gezielt in einer der Gassen des Orkendorfes. Das heißt, ganz gezielt ging er nun auch nicht mehr. Seit ich ihm folgte, hatte er alleine einen Krug – unzweifelhaft – mit Premer Feuer und eine Flasche Wein geleert. Inzwischen ahnte man doch auch in der Dunkelheit, daß der schwere Schritt nicht nur von der Seefahrt und vom schweren Körperbau herrührte. Nicht, daß er deswegen für mich weniger gefährlich wirkte.

Für irgend jemanden da vorne schon! Der bullige Schatten war kaum zwischen den einzigen anständigen Fachwerkhäusern in der ersten Gasse verschwunden, als ich zwei dumpfe, drohende Stimmen hörte. In einem plötzlichen Anfall von Hilfsbereitschaft rannte ich los. Tronde hatte mindestens fünfzig Schritt Vorsprung.

Die Gasse war eine düsterschwarze Schlucht, gebildet von mindestens dreistöckigen Häusern zu beiden Seiten, deren Dachränder oberseits keine zwei Schritt Abstand hatten. Wäscheleinen voll alter Hemden taten ihr übriges, so daß sich da oben zwar freundlich das Mondlicht spiegelte, aber unten die Düsternis einer Schlangengrube herrschte. Und eine Schlangengrube war es, in die mein besoffener Thorwaler da getreten war. Ich konnte genau auf halbem Weg seine Silhouette sehen, dahinter, ihm zugewandt, zwei gedrungene Gestalten, die beiderseits der Gasse mit gezückten Entermessern auf ihn zukamen.

Ich weiß nicht, was dann über mich kam. Vielleicht war es meine seltsame Neigung zu echten Kerlen. Elgor Eisenbeiß hatte ich damals gegen die Maraskaner nicht helfen können. Jedenfalls dachte ich nicht einen Augenblick an das einzig Sinnvolle, nämlich mich zu verdrücken, sondern rannte spornstreichs in die Gasse.

»Hinter dir, Tronde!« brüllte der Selbstmörder in mir. Tatsächlich war links hinter dem anscheinend doch schon recht angeschlagenen Hünen ein dritter Halsabschneider aus der Deckung gekommen, ein rostiges Entermesser bereits zum Schlag erhoben.

»Wahnsinnig geworden, ihr Popelfresser?« grölte der Thorwaler. Die zweiblättrige Skraja lag plötzlich in seiner Rechten, und fast mit der gleichen Rückhandbewegung, mit der Tronde zuvor die leere Weinflasche hinter sich geworfen hatte, fuhr das kleine Beil dem Wegelagerer in den Hals. Ich sah, wie dieser ruckartig gegen die Hauswand taumelte, das Entermesser klirrend zu Boden fiel und seine Hände sich röchelnd um die Kehle krampften.

Ich war noch auf keine fünf Schritt heran, als mir klar wurde, daß ich nicht einmal eine Waffe hatte. Die beiden vorderen waren indes mit wenigen Sätzen an Tronde herangekommen, auf dem besten Weg, ihn an die Wand zu nageln.

»Drecksstadt«, brüllte der bedrängte Thorwaler entrüstet. »Efferdtempel ohne Wal«, als er den Waffenarm des linken der zwei Wegelagerer ergriff, »Vergnügungsschiff ohne Vergnügen«, als er dem völlig überrumpelten Gegner die Skraja seitwärts in die Rippen fahren ließ. »Aber hordenweise Hühnerquäler, Kreuzerzähler!«

Der dritte Angreifer kam mit rudernden Armen zum Stehen, als er den ersten seiner Spießgesellen von der Wand vornüber aufs Gesicht kippen sah, während der zweite in Trondes Streckgriff aufheulte wie ein Hammel beim Schlachter.

»Kojennässer auch noch«, schnappte Trondes Stimme beinahe über, als er anscheinend endgültig in die Walwut geriet. Der Wegelagerer hatte sich nämlich schlagartig gewendet und versuchte unübersehbar zu fliehen. Angewidert schob Tronde den Räuber vor sich beiseite, die Linke direkt ins Gesicht gedrückt, weswegen der Mann krachend mit dem Kopf in den Hausputz knallte.

Gleichzeitig liefen Tronde und der verbliebene Räuber los. Ich kam inzwischen fassungslos zum Stehen. Soeben sackte auch der zweite Mann in die Knie und fiel, dem Vorbild des ersten folgend, mit dem Gesicht voran in den Schlamm der Gosse. Schnell bückte ich mich nach dem Säbel des ersten Räubers und trat weit zurück, aber der Mann röchelte nur, die Hände verzweifelt um den Hals gekrallt.

Der Fliehende war nach wenigen Schritten links in einem Torbogen verschwunden, vermutlich da, von wo er auch hergekommen war. Der wutschnaubende Tronde tobte einfach hinterher. Ich hörte das Trampeln schwerer Schritte auf Holztreppen und das Krachen eines Fasses, das losgetreten die Treppe herunterkollerte. Dann folgte, etwa aus dem zweiten Stockwerk, das schwere Schlagen einer alten Holztür, direkt gefolgt vom Splittern derselben, als eine Axt und ein schwerer Körper zugleich hindurchbrachen. Ein Chor angsterfüllter Schreie war die Folge. Dann setzte sich das Trampeln auf der Holztreppe fort. Wieder barst irgendein größerer Holzgegenstand, Tronde brüllte wie ein tobsüchtiger Oger, und aus dem Schlaf geschreckte Hausbewohner stimmten in das allgemeine Gejammer ein. Hinter zwei Fenstern im Erdgeschoß tauchte flackerndes Kerzenlicht auf, während sich das Gepolter ins oberste Stockwerk verlegte.

Ich warf noch einen Blick auf die beiden regungslosen Körper und legte dann den Kopf in den Nacken. Über mir hingen weiße Lappen und Hemden, und darüber prangte ein schmales Stück Nachthimmel.

Mit dem bisher lautesten Krachen flog eine Dachluke aus den Angeln, einige rostige Eisenteile kollerten über die Dachschindeln und stürzten in die Gassenschlucht. Auf dem Dachsims tauchte der Wegelagerer auf, inzwischen waffenlos und offensichtlich in übelster Bedrängnis. Er blickte einmal hinter sich, worauf ihm das Brüllen seines ›Opfers‹ entgegenschall. Mit einem Sprung setzte der Räuber über die

Gasse und landete auf allen vieren auf dem gegenüberliegenden Dach, von dem sich scheppernd einige Schindeln lösten. Einen Augenblick lang ragten seine beiden Unterschenkel über den Dachrand hinaus, dann strampelte sich der Bursche in Sicherheit.

Zumindest dachten das er und ich. Tronde brach schnaubend und prustend aus der Dachluke, trampelte über berstende Dachschindeln bis zum Rand und setzte ansatzlos über den Abgrund. Zu kurz!

Trondes Beil fuhr krachend in den gegenüberliegenden Dachstuhl, sein Oberkörper schlug auf dem Dachrand auf, aber seine Beine und sein Unterleib stürzten ins Leere. Das eigene Gewicht riß ihn glattweg vom Dach herab. Als er abrutschte, hielt er mit der Linken das einzige fest, was er erwischt hatte: das Bein des fliehenden Räubers. Der Mann schrie verzweifelt auf, seine eingekrallten Finger rissen die letzten Schindeln vom Dachstuhl, dann verlor auch er den Halt. In einer Wolke wirbelnder Holzstücke stürzten Tronde und der Räuber in die Gasse hinunter.

Beide ruderten hektisch mit den Armen. Tronde riß mindestens drei Wäscheleinen mit sich und verwandelte sich zusehends in ein fliegendes Nachtgespenst. Irgendwie drehte sich die ganze Gruppe. Der Räuber überholte im Sturz den Thorwaler, der mit einer ruckartigen Schleuderbewegung nachhalf. Das Schreien des Halsabschneiders wurde gellend, als er allem voran herabstürzte, hinter sich Tronde, die Schindeln und die Wäsche.

Unwillkürlich sprang ich zurück, als der ganze Haufen mit zunehmend dumpferen Schlägen aufprallte. Scheppernd klatschten die Schindeln rings herum auf die Gasse, schließlich deckten einige herabsegelnde Laken die ganze Angelegenheit gnädig zu.

Ich rannte an den Körpern der beiden Räuber vorbei zu dem großen Unglückshaufen, während ringsherum allenthalben die Fensterläden aufflogen, brave Bürgersleute zu pöbeln begannen und Lichter entzündet wurden.

»Drecksstadt«, kam eine dumpfe Stimme unter dem Wäscheberg hervor. »Nicht einmal schneefeste Dächer haben die hier.« Ich trat vorsichtig näher, denn wie erwartet kam die Skraja ruckartig hoch und begann, sich durch das gute Leinen der Einheimischen zu schneiden.

Ich versuchte, wenigstens eines der Tücher zu retten, und warf es beiseite. Ruckartig blickte ich in die blitzenden Augen des Tobsüchtigen. Wer war ich, einen Thorwaler zu begrüßen, der gerade ein halbes Haus zerstört hatte?

»Das havenische Nachtleben«, versuchte ich mein Leben zu retten, »hat einige Überraschungen bereit.«

Er glotzte mich einen Augenblick lang an wie ein Ochse das neue Scheunentor, während ein rotes Hemd von seinem Hörnerhelm herabbaumelte. Dann grinste er wie ein Seedrache und röhrte: »Jawohl!«

Ich hielt ihm einen Arm hin und murmelte, sich schleunigst zu verdrücken, ehe die Besitzer der Wäsche, der Dächer und der Haustüren erschienen. Als ich ihn hochzog, brüllte er vor Schmerz auf. Das Bein, das die ganze Zeit unter dem Berg herausgeragt hatte und das ich für eines des unglücklichen Räubers gehalten hatte, gehörte Tronde – und es sah reichlich verbogen aus.

Ich hatte gerade beschlossen, daß er so nicht gehen konnte, als er seine Bärenpranke auf meine Schulter drosch und knurrte: »Wie weit?«

»Ich wohne hier im Orkendorf«, quetschte er buchstäblich aus mir heraus. »Dreihundert Schritt die Hafenmauer hinunter.« Ich wollte gerade noch einmal medizinische Einwände vortäuschen, um ihn nicht tragen zu müsse. Da meinte Tronde schon: »Gehen wir.«

Wir kamen nicht halb so schnell voran, wie ich es mir gewünscht hatte, aber jedenfalls doppelt so schnell als ich erwartet hatte. Vielleicht merkte der Thorwaler, daß ich hier schleunigst weg wollte, ehe die Garde auf die Idee kam, ihre monatliche Razzia im Orkendorf zu machen. Vielleicht war das aber auch nur seine übliche Geschwindigkeit, wenn man ihm gerade ein Bein abgerissen hatte. Jedenfalls keuchte ich bald mehr als er.

Nun, der Rest ist schnell erzählt. Keine Viertelstunde später waren wir bei der jungen Witwe Hullheimer, bei der ich zu jener Zeit mein Lager aufgeschlagen hatte. Sie verdiente sich, seit ihr Mann zu Efferd gefahren war, ihr leben mit Korbflechterei, gerade genug für sich und ihren kleinen Bengel, aber sie war einsam und hübsch genug, so daß ich ihr Bett gerne mitbenutzte. Sie war nicht begeistert, als wir sie weckten, war aber Kummer gewohnt. Zusammen verarzteten wir Trondes Beinbruch. Ich hatte genug Zeit mit einem alten Quacksalber verbracht, damit ich wußte, daß sein Bein vor allem eingerenkt und geschient werden mußte. Bei seiner Konstitution war der Rest kein so großes Problem.

Aber wer war ich, einem verwundeten Thorwaler das Bein einzurenken? Nun, inzwischen wußte ich es. Ich war wohl so etwas wie sein Kumpel. Und das war wohl auch der Grund, warum Tronde bei der Prozedur den Bettkasten zu Klump schlug und nicht mich – mit der Skraja, versteht sich, die er die ganze Zeit nicht losgelassen hatte.

Drei Tage später war Tronde gesund genug, um mich mit ins ›Drachenschiff‹ zu nehmen, wo er die Geschichte seiner ganzen Verwandtschaft erzählte. Und ich verbrachte dann fast eine Woche mit einer Horde Thorwaler. Jawohl! Ich habe mir damals einige der schlimmsten Räusche meines Lebens geholt sowie die ausgerenkte Schulter, die mir heute noch zu schaffen macht. Aber noch ein Jahrzehnt später war ich in Orkendorf und Nalleshof berüchtigt als der Kerl, der mit Tronde dem Thorwaler herumgezogen war. Und nun genügte mein Knurren, damit sich die Garde nicht mehr für mich interessierte. Wie gesagt, das waren die guten alten Zeiten, und die Leute, mit denen ich umherzog – das waren echte Kerle.

Ulrich Kiesow

AM GROSSEN FLUSS

Eine Geschichte vom Flußvater und den Menschen

Auf seinem langen Weg von der Quelle zum Meer der sieben Winde passiert der Große Fluß eine Vielzahl von Provinzen, Landschaften, Städten und Dörfern. Kosch, Nordmarken, Albernia heißen die Länder; Ferdok, Albenhus, Elenvina, Kyndoch und Havena einige der Städte, die der Strom nährt und verbindet.

Der Große Fluß, Lebensspender und Lebensnehmer, hilfreicher Lenker der Stakstange und mutwilliger Zerschmetterer des hilflosen Nachens, liebevoller Tränker des Viehs, Wässerer der Auen, Verheerer der Dörfer, gebaut an unsicheren Ufern, Gnädigster, Gnadenloser, Undeutbarer … Wen mag es da wundern, daß das Volk den Strom als lebendes Wesen fürchtet und verehrt?

Es heißt, die endlos lange, riesige, wassergefüllte Rinne, die sich von den fernen Bergen bis zum Meer erstreckt, sei dem Flußvater, welcher ein lebendes Wesen, halb Gott, halb Riese ist, Heimstatt und Residenz; andere halten dagegen, der Strom selbst, mit Bett, Wasser, Kiesgeröll, Fischen und gluckernden Strudeln, die Gesamtheit all dieser Dinge, die mehr ist als die Summe aller ihrer Teile, sei der Flußvater, ein lebendes Wesen auch in dieser Deutung.

Gleichzeitig sei nicht verhohlen, daß es Geweihte der Zwölf gibt, die jeglichen Bericht vom lebenden Flußvater in den Bereich der Märchen und Fabeln verweisen.

Wir können zu alledem nur sagen, daß der Flußvater das Bett mit allem, was dazugehört, bewohnt und daß er es eben nicht bewohnt, weil ja er selbst der Fluß ist – mit Bett und allem, was dazugehört – falls er nicht ein Wesen völlig eigener Gestalt ist, im Flusse lebend, aber nicht eins mit ihm.

Wir nehmen an, der eigentliche Grund, warum der Flußvater jeglichem Beschreibungsversuch trotzt, liegt darin, daß er nicht völlig Teil Aventuriens ist, sondern ebenso zum Feenreich gehört, der Anderswelt, die durch einen dünnen Schleier von unserer Wirklichkeit getrennt ist und nur vereinzelte Berührungspunkte mit ihr besitzt. Das Wesen des Feenreiches können aber nur Angehörige dieses Reiches selbst beschreiben. Wir werden uns wohl auf ewig mit Andeutungen und Schaubildern zufriedengeben müssen, und so sind auch der Flußvater und die anderen Wesen in unserer Geschichte nur Anschauungstafeln und Gedankenbilder, die wir benötigen, um überhaupt von den Dingen berichten zu können, von denen wir berichten wollen. Das alles bitten wir den geneigten Leser zu bedenken, wenn er sich der nun folgenden Geschichte zuwendet.

Der Flußvater saß an einem sonnigen Windstage im späten Peraine des Jahres 20 Hal, dem Tag, von dem wir hier berichten wollen, am Ende einer langen Tafel in seinem prunkvollen Thronsessel. Der Thron aus Perlmutt stand in dem Festsaal auf glänzendem, mit Perlen und blauen Flußkorallen geschmücktem Marmor. Die breite, hochaufragende Rückenlehne des Sessels zeigte wunderschöne, in tsagefälligen Farben schillernde Einlegearbeiten mit Darstellungen von Buckelkarpfen, Pferdehechten, Nymphen, Flußkrabben, Feen und Wassermännern, Biestingern in vielerlei Gestalten und anderen Wesen der Anderswelt. Das gischtgraue, bläulich schimmernde Haupthaar hing ihm bis zu den Hüften herab, vermengte sich auf der Brust mit dem wilden Bart zu einem unentwirrbaren Ganzen, das an in der Strömung spielende, bleiche Tangstränge erinnerte. Das wallende Haupthaar und ein Hemd aus feinster Spinnenseide verdeckten den Oberkörper des Sitzenden, nicht aber seine breiten, fleischigen Schultern und die muskelbepackten Arme.

Es war, als vereinte sein Erscheinungsbild die Zeichen des Alters mit den Merkmalen der Jugend – gerade so wie es sich für einen Unsterblichen gehören mochte.

Behaglich in seinen Thronsessel zurückgelehnt, ließ er den Blick über die Tafel und den großen Saal schweifen, in dem bunter Trubel herrschte und in dem – wie Eingeweihte auf den ersten Blick feststellen könnten – es doch sehr viel ruhiger zuging als an so manchen anderen Tagen. Der Frühlingssonne gleißende Strahlen, die durch die Wasser fielen, erhellten die Szenerie, verwandelten die überall umherschwebenden Winzigtiere in flirrendes Gold und tanzten auf der flachen Nebelschicht, die unmittelbar über dem Flußbett schwebte, das hier in der Audienzhalle so glatt war wie ein Karpfenbauch.

Bis zur halben Wade reichte der weiche Nebelteppich den Nöcks, Nixen und Nymphen, die so leichtfüßig durch den Thronsaal huschten und hüpften, als seien sie nicht von trägem Wasser, sondern von leichter Luft umgeben.

Geschmeidige Aale, träge Brassen und gesellige Forellen schwammen überall in der Halle umher, und unweit vom Thronsessel gönnten sich gar vier Lachse eine kleine Verschnaufpause auf ihrem langen Weg zu den Quellen des Flusses. Aralla, eine Wassernymphe, die vor ewigen Zeiten die Aufgabe der Ersten Hofdame übernommen und seitdem nicht mehr aus der Hand gegeben hatte, vertrieb mit behutsamen Schubsern die dickbäuchigen, respektlosen Gesellen.

Ringsumher genossen Feen und Necker in ihrer verspielten und anmutigen Art die Vergnügungen des Hoflebens. Sie alberten und kicherten, wie es Art der Feen ist, die, wie jeder weiß, den Frohsinn in jeder Form sehr zu schätzen wissen und niemals einen Grund für ihre übermütigen Tollereien benötigen.

So ging es an jenem Windstage im Peraine am Hofe des Flußvaters zu. Ein ungewöhnlich ruhiger Tag, wie gesagt, denn es fand nicht – wie an so vielen anderen

Tagen im Frühjahr – eine ausgelassene Feier statt, sondern die Majestät hielt Audienz. Seit dem frühen Morgen schon empfing er einen Bittsteller und einen Klageführer nach dem anderen. So mancher Wunsch wurde ihm von seinen Untergebenen vorgetragen: Dem einen war das Wasser zu hoch, dem anderen zu flach, dem Welse zu reißend, dem Barsche zu ruhig. Die Gnitzen beklagten sich darüber, daß so schrecklich viele der ihren von grausamen Hechten gefressen wurden, die Hechte jammerten über kleine Bohrtiere, die ihnen unter die Schuppen drangen und ihnen eitrige Beulen verursachten. Die Karpfen maulten über die Schnecken, die ihnen die schmackhaften Schlangenalgen wegfraßen, die Schnecken zuckten mit den Fühlern und schimpften auf die Necker, die so manche Schnecke aus ihrem Hause herausstocherten, um sie zu verspeisen und sich aus dem Haus einen bunten Schmuck zu machen.

Hin und wieder entschied der Flußvater, daß jemand gegen die ewigen Gesetze des Großen Flusses oder die des Feenreiches verstoßen hatte, und er sprach einen Tadel aus. Sehr selten verhängte er eine Verbannung, die einzige und zugleich grausamste Strafe für die Flußbewohner, die die Majestät aber nur im Falle ganz schrecklicher und niemals wiedergutzumachender Verbrechen aussprach. Meistens aber gab der uralte Herrscher einem jeden recht, der eine Klage führte, und alle, die vor ihn traten, waren mit dieser Entscheidung zufrieden, denn jeder wußte sehr wohl, daß das, was er beklagte, schon immer im Argen lag und daß es wohl auch für ewig so bleiben würde, und wenn man schon nichts ändern konnte, so wollte man sich doch wenigstens ordentlich beklagen.

Gegen Abend, als sich die große Audienz dem Ende zuneigte, und der Flußvater soeben entschieden hatte, daß ein Sack mit sechs neugeborenen, ertrunkenen Katzen darin wieder ans Ufer zu werfen sei, weil

Kätzchen – und zumal tote – im Wasser nichts verloren hätten, blies der dicke Necker Douluai ein letztes Mal an diesem Tag in seine Fanfarenmuschel, und die beiden allerletzten Besucher durchquerten mit kleinen, ein wenig zaghaften Schritte den Saal.

Die Majestät hob erstaunt die Brauen, denn bei dem Paar, das ihm mit erstaunter, aber auch höchst beklommener Miene entgegenblickte, handelte es sich um Gäste, die selten den Weg zum Perlmuttthron fanden: Die beiden waren Menschen, nicht einmal Schiffer oder Fischer, die am Hofe immerhin schon einmal gesehen wurden, sondern Bauern, gekleidet in ihre guten Festtagsgewänder aus bunt besticktem blauen Tuch. Mann und Frau waren sie, beide schlank und recht hübsch, beide rothaarig wie so mancher andere Albernier auch, und sie hatten sich – vermutlich ebenfalls, um dem besonderen Anlaß Tribut zu zollen, bunte Bänder in die Haare geflochten, ein im Wasser wehender, heiterer Schmuck, der kaum zu dem Ernst ihrer Gesichter passen wollte.

Mit einer Neigung seines schweren Hauptes forderte der Flußvater die beiden zum Sprechen auf.

Die Frau trat einen Schritt vor, verbeugte sich tief und sagte: »Euer Majestät, wir sind gekommen, um eine Klage zu führen …« Sie brach ab, sah den Hünen auf dem Perlmutt-Thron einen Moment lang fragend an, und dann konnte man sehen, wie sie sich mit einem energischen Kopfnicken Mut machte fortzufahren: »Jawohl, Klage zu führen und zwar eine der bittersten Art!«

»Gegen wen, schönes Kind?« Die Stimme des Flußvaters klang dumpf und auf eine schwer faßbare Weise beunruhigend; ein wenig gemahnte sie an das Gurgeln träger Strudel, die sich vor einer steilen Uferwand drehen, und ein wenig an die tiefsten Töne, die eine jener mannslangen Brabaker Posaunen hervorbringen kann.

»Gegen die Wasser des Flusses, Euer Majestät, denn sie gehorchen ganz gewiß Eurem Befehl nicht mehr.« Das Beben in Ilanas Stimme wollte sich nicht ganz unterdrücken lassen.

»Wie willst du das wissen – daß sie Uns nicht mehr gehorchen, meinen Wir.«

»Sie sind so grausam, Euer Majestät, daß sie niemals in Eurem Sinne handeln können.«

»Dann laßt uns nun hören, ob sie euch tatsächlich ein Unrecht getan haben.«

»Wir verlangen keine Strafe, Euer Majestät – wir wüßten auch gar nicht, wie man die Wasser des Flusses strafen könnte –, wir wünschen nur, daß das, was mit uns geschehen ist, vor Euch Gehör finden soll, damit Ihr dafür sorgt, Euer Majestät, daß so etwas niemals wieder geschieht.«

»So so. Das ist ein wenig selbstsüchtiges Anliegen.« Der Flußvater fuhr mit den kräftigen Fingern wie mit einem Dreizack durch seinen langen Bart. »Was ist denn mit euch geschehen? Wir sehen und fühlen, daß ihr sehr unglücklich seid. Vielleicht können Wir euch helfen. Ihr seid beide sehr hübsch – Wir wären unter Umständen bereit, euch zu helfen. Nun berichte schon!«

Ilana schien die Worte des Flußvaters gar nicht recht wahrgenommen zu haben. »Ermahnen könntet Ihr Eure Untertanen schon, nicht wahr?« fuhr sie beharrlich in ihrer Rede fort, »und ihnen verbieten, sich weiterhin so grausam gegen die Menschen zu gebärden…?«

»Hm, hm«, machte der Flußvater, »da du offenbar weder richtig zuhören noch sogleich zur Sache kommen willst, wird deine Geschichte wohl eine der längeren Art sein. Wir schlagen vor, ihr macht es euch auf den Stufen meines Thrones bequem, du und dein Mann. Ihr sagt Uns, wie ihr heißt, und Wir werden eurer Geschichte und eurer Klage lauschen und am Ende entscheiden, ob ihr Recht oder Unrecht hattet.«

Die Bauern taten, wie ihnen geheißen; die Frau nannte ihrer beider Namen – sie hießen Ilana und Rioch Tamlin – und dann erzählte sie ihre Geschichte:

Alles hatte damit angefangen, daß sie in das Haus von Ilanas Eltern gezogen waren. Das adrette, weiß getünchte Anwesen, in dem – wie in der Gegend üblich – Wohnstuben und Ställe alle unter einem weit heruntergezogenen Reetdach versammelt waren, stand in der albernischen Region Abagund. Jenes Abagund gilt als eine der fruchtbarsten und schönsten Landschaften im ganzen Königreich Albernia. Beherrscht wird das Land von einem breiten Strom, der es in vielfachen Windungen und Verzweigungen durchfließt. Der Große Fluß hat so viele Seitenläufe und abgetrennte, tote Arme, daß niemand auf die Idee käme, das Ganze etwa mit Deichen eingrenzen zu wollen. Wer sollte eine solche Maßnahme, die von Generationen bewältigt werden müßte, denn wohl bezahlen – und schon gar im notorisch armen Albernia?

Da aber keine Deiche den Großen Fluß in seinem Lauf beengen, kann er in jedem Jahr mit eindrucksvollen Hochwassern das Land zu seinen Seiten bedecken. So hält er es fruchtbar, sagen die Abagunder, aber diese Fruchtbarkeit ist eine typische Feengabe für die Leute am Fluß: Einerseits fänden sie, wenn sie fortzögen, nirgendwo einen so ertragreichen Boden wie am Flußlauf, andererseits müssen die Bauern, die am Strom ausharren, in jedem Jahr aufs neue damit rechnen, daß ihnen der Große Fluß mit einem raschen Zugriff alles entreißt, was sie selbst und viele ihrer Vorfahren zusammengetragen haben.

Ja, das ist schon ein seltsames Verhältnis zwischen dem Fluß und seinen Leuten, ein Trutzbund, geschmiedet aus Liebe und Haß, der Glück und Zufriedenheit, aber auch bitterste Not über die Menschen bringen kann. Doch dieser denkwürdige Pakt sollte nicht den Blick auf die Landschaft verstellen, die von einer seltenen, rauhen Schönheit ist: An manchen Stellen hat sich der Fluß ein Bett zwischen Hügeln und Klippen gegraben und strömt gurgelnd und schäumend an Burgen und uralten Befestigungen, die hoch auf steilen Felsen thronen, vorüber; an anderen Orten wälzt er sich behäbig durch breite Täler, verzweigt sich in allerlei Seitenarme oder fließt an Seen vorüber, die dort entstanden sind, wo der Strom vor Jahrhunderten ein Bett besaß, dessen er jedoch irgendwann überdrüssig wurde.

Das Land, das der Fluß um sich gestaltet hat, ist überall eindrucksvoll, aber am markantesten ist es wohl dort, wo der Strom sich nach Herzenslust ausbreiten konnte, wo an Sommertagen die schilfumstandenen Seen neben den Flußufern himmelblau das Licht der Götterwohnung widerspiegeln, wo nachts unheimliche Eulenschreie über die von Irrlichtern bevölkerten Moore hallen und wo im Herbst lange Reihen von Kopfweiden wie verwunschene Sagengestalten durch die aufsteigenden Nebelschwaden schimmern.

Zwischen den Schilfgürteln, Erlenbrüchen und den silberblättrigen Weidengehölzen haben die Abagunder Bauern auf so manchem Stück Land, das sich um ein weniges aus seiner Umgebung erhebt, Äcker und Weiden angelegt. Das sind Ländereien, die ihnen trotz der bereits erwähnten Fruchtbarkeit wohl niemals jemand streitig machen wird, denn man muß ein Abagunder Flußbauer sein, um die Unerschütterlichkeit aufzubringen, die am Fluß für Saat und Ernte vonnöten ist, und man muß schon in früher Jugend gelernt haben, daß der Große Fluß, der freigebige Verschwender, stets begierig auf ein Opfer ist – und wenn die haltlose Gier ihn packt, dann nimmt er nicht das, was ihm die Leute an seinen Ufern freiwillig geben würden, sondern das, was ihm in der Laune des Augenblicks gerade gefällt...

Die Tamlins – Ilanas Eltern trugen denselben Nachnamen wie das junge Paar, von dem unsere Geschichte eigentlich handelt – lebten in der Abagunder Baronie Draustein. Ganz am südwestlichen Rande des Dörfchens Gilgins stand ihr Haus, auf einem flachen Hügel und näher am Flußufer als irgendein anderes im Dorf, so nahe am Fluß, daß man nachts, wenn der Wind richtig stand, die gegen die Kiesufer schlagenden Wellen leise glucksen hörte.

Obwohl die alten Tamlins als Kuhbauern und Meier eigentlich ein gutes Auskommen hatten, fuhren sie dann und wann – wie es viele Menschen am Großen Fluß tun – zum Fischen hinaus. Eines Tages, so erzählte man sich damals in Gilgins, wurden sie von einem schrecklichen Gewitter mit Blitz- und Hagelschlag draußen auf dem Wasser überrascht. Blitzschnell füllte sich ihr Bötchen mit Wasser voll und kippte um, so daß die beiden in den Fluß stürzten.

Möglicherweise aber – so sagen andere, ein wenig böswilligere Leute aus dem Dorf – sahen sie auch das Verhängnis nahen, mochten aber nicht ihr Netz im Stich lassen und blieben zu lange auf dem Fluß, um es zu retten: Der alte Tamlin war Zeit seines Lebens ein rechter Knauser gewesen. Wie sich die Tragödie wahrhaftig und im einzelnen zugetragen hat, darüber haben wir keine Kunde. Das gekenterte Boot jedenfalls wurde unten bei der Burg Draustein an Land getrieben, und von Ilanas Eltern hat man nie wieder etwas gehört.

Die schöne, rothaarige und grünäugige Ilana, die das einzige Kind – und noch dazu ein sehr spätes – der Tamlins gewesen war, trauerte eine gehörige Weile um die Eltern, freite dann den hübschen, stets vergnügten Rioch und nahm ihn zu sich unter das Reetdachhaus auf dem Hügel, damit es in der Stube nicht mehr so leer und ihr Bett nicht mehr so kalt sein mochte.

Auch Rioch war ein Bauernsohn. Beide verstanden

sie ihr Handwerk, und Mutter Peraine hielt ihre schützende Hand über sie. Die fruchtbaren Felder am Strom trugen, wenn man sich eilte, die Äcker neu zu bestellen, zweimal im Jahr Frucht. Im Stall tat Ogdan, der Bulle, den die jungen Tamlins in Kyndoch gekauft hatten, seine Pflicht. Die Kühe kalbten um die Wette, und der Nachwuchs gedieh prächtig. Selbst Baron Tuachan Stepahan, der bisweilen bei den Tamlins hereinschaute, wenn er am Flußufer entlangritt, machte den beiden Komplimente auf ihre so prachtvoll gedeihende Wirtschaft. Vielleicht hatte er aber auch nur solche Freude an diesen beiden Untertanen, weil bei ihnen stets gesichert war, daß sie einen ordentlichen Zehnt abführen konnten.

Möglicherweise gab es in jenen Tagen am ganzen Fluß von der Mündung bis zur Quelle kein glücklicheres Paar als die Tamlins. Ilana, die anfangs noch häufig betrübt gewesen war, weil ihre Eltern so früh zu Boron gerufen worden waren, wurde mit jedem Tag hübscher, an dem ihr Schmerz weiter vor dem sanften Vergessen, dem Allheiler eines jeden Kummers, zurückwich und verblaßte. Da Ilana die meiste Zeit unter freiem Himmel zubrachte, war ihre eigentlich sehr helle Haut von einer goldigen Bräune überzogen. Die roten Locken, hingen ihr frech in die Stirn, wenn sie nicht gerade schweißnaß an den Schläfen klebten – was ihr aber auch nicht schlecht zu Gesicht stand. Die Nase, schmal und sehr spitz, war von lustigen Sommersprossen betupft, die grünen Augen blitzten keß unter den kräftigen Brauen.

Ihr Mann Rioch war vor seiner Heirat einer der begehrtesten Burschen im Dorf, weil man ihm nachsagte, er besitze eine gewisse Ähnlichkeit mit König Cuanu, der Majestät des Landes, die im fernen Havena weilte. Wie diese Meinung aufkommen konnte, ist kaum zu ergründen, denn von den Leuten in Gilgins hatte niemand jemals den König gesehen, aber es hieß von ihm, daß er eine wunderschöne Nase besäße: kräftig, aber nicht zu groß, und – wenn man das Profil betrachtete – mit einem scharfen Knick versehen. Eine ebensolche Nase, wie man sie sonst nur bei den Thorwalern findet, hatte der junge Rioch, dazu deutlich ausgeprägte Wangenknochen, leicht schräg stehende, himmelblaue Augen und einen dicken roten Zopf, der ihm bis zum Gürtel hinabreichte.

Ilana verliebte sich mit jedem Tag mehr in ihren tüchtigen Mann, dem, was immer er anfaßte, alles zu gelingen schien. Als sich noch mit den Zwillingen Branwin und Brendan zwei wunderschöne und – wie sich der verehrte Leser schon gedacht haben mag – ebenfalls rothaarige Kinder einstellten, war das Glück des jungen Paares vollkommen.

Tatsächlich kniff sich Ilana an manchen schönen Sommerabenden verstohlen in den Arm, wenn sie aus dem Fenster spähte, auf dem Hof die Buben spielen sah und am Fuße des Hügels, mit einem langen Stecken in der Hand, Rioch, der pfeifend und im Spaße mit den Tieren scheltend die Kuhherde zum Stall hintrieb. Dann mußte sich Ilana unbedingt durch den schmerzhaften Kniff davon überzeugen, daß sie das alles nicht träumte. Ihr Leben war gerade so geraten, wie sie es sich als kleines Mädchen ausgemalt hatte – mehr kann man vom Schicksal und den Göttern wahrhaftig nicht erwarten.

Da sollte man wohl dankbar sein. Täglich betete Ilana zu den Müttern Peraine und Travia, hin und wieder schickte sie ihre Gebete auch an die anderen Zehn. Einmal reiste sie sogar die weite Strecke nach Elenvina, um dort in den Häusern der gestrengen Götter Praios und Efferd zu spenden. Am häufigsten aber richtete sie ihren Dank an den Großen Fluß. Da man aber keinen Fluß anbeten kann, wandte sie sich an den Flußvater, der, wie sie wohl wußte, irgendwo unter den ewig ziehenden, trägen Fluten ein Schloß mit siebenundsiebzig Sälen, ein jeder zehn Schritt hoch, bewohnte. Denn Ilana hatte von den Alten gelernt, daß der Flußvater selbst es war, der stets darauf bedacht war, das Land direkt an seinen Ufern fruchtbarer zu halten als der Boden irgendwo sonst es war. Er verzauberte die Äcker, daß die Keimlinge strotzend vor Kraft aus der Erde brachen. Er steckte nachts den Kopf aus dem Wasser, schnaubte und pustete über das Gras, so daß es vor Angst wie rasend zu wachsen begann. Nirgendwo sonst brachten die Wiesen so viel Heu für den Winter, nirgendwo sonst konnte man im Sommer die Herde stets von neuem auf eine eben erst abgefressene Weide treiben.

Da verstand es sich ja wohl von selbst, daß auch der Flußvater seinen Teil der Dankgebete abbekam. Außerdem warf ihm Ilana Butterblumen und Margeriten ins Wasser, und einmal kaufte sie sogar in Kyndoch einen Krug sündhaft teuren Weines, nur um ihn in den Fluß zu gießen, denn es war allgemein bekannt, daß der Flußvater gern feierte.

Rioch war nicht ganz so eifrig beim Beten und beim Danken, was ihm manchen Tadel von Ilana eintrug. »Ach was«, pflegte der junge Bauer dann zu sagen. »Der Flußvater hat keine Freude an tagelanger Beterei. Ich sage ihm schon meinen Dank, wann immer es an der Zeit ist. Die Majestät unter den Wassern« – das war ein anderer Name für den Flußvater, den Ilana aber nicht sehr schätzte, weil er ihr seltsam abweisend erschien – »weiß es wahrscheinlich viel eher zu schätzen, wenn sich an den Flußufern etwas tut, wenn das Korn hoch steht, die Wiesen grün und die Kühe pralleutrig sind.«

Ilana entschied, Rioch könne mit seiner Sehweise der Dinge womöglich recht haben, auf seine Weise, und sie bedrängte ihn nicht weiter, bis zu dem Frühjahr, wo nach dem ersten, zur Genüge bekannten, das zweite Hochwasser kam und die ganze Aussaat davonspülte, womöglich bis ins Meer der Sieben Winde.

Die Tamlins hatten die Alten davon reden hören, daß es so etwas gelegentlich gäbe, eine zweite Überschwemmung am Ende des Frühlings, aber sie hatten eine solche Unbill selbst noch nicht erlebt.

Dennoch, der Schicksalsschlag war zu ertragen. Ilana und Rioch säten ein zweites Mal, und dieses Mal ging alles gut. Nur zu verkaufen gab es nichts, als im Sommer und Herbst die Aufkäufer aus dem großen Havena den Fluß hinaufgefahren kamen. Ein paar Käselaibe konnte Ilana losschlagen, aber das wenige, was an Getreide und Futter zusammengekommen war, benötigten die Tamlins selbst, um einigermaßen über den Winter zu kommen.

Auf Ilanas Drängen ging Rioch nun zweimal am Tag zum Flußufer, um um Verzeihung zu bitten. Alles deutete darauf hin, daß es eben doch nicht reichte, wenn man nur sein Feld ordentlich bestellte, um den Flußvater auf Dauer freundlich zu stimmen.

Die junge Frau schien recht zu behalten: Im nächsten Jahr blieb der Fluß, nachdem er sich im frühen Phex gehörig ausgetobt hatte, in seinem Bett. Die Erträge waren besser denn je. Die Zwillinge gediehen prächtig. Jedermann, der sie sah, war entzückt von ihnen und beglückwünschte die Eltern zu zwei so schönen und braven Knaben. So mancher andere Bauer kam von weither zu den Tamlins gereist, um sich Ilanas oder Riochs Rat in Säh-, Pflanz- und Erntefragen einzuholen. Die beiden erlangten fast eine gewisse Berühmtheit, und eines Tages schickte ihnen der Baron gar ein Faß Bier und einen Schreiber ins Haus: Das Bier sollten sie auf Hochgeborens Wohl leeren, dem Schreiber sollten sie all ihre Ratschläge in Sachen Bauernwirtschaft in die Feder sprechen.

Wiederum fünf Jahre später kam ein zweites Hochwasser, das so schrecklich wütete, daß selbst die Ältesten in der Nachbarschaft betrübt die Köpfe schüttelten und zugeben mußten, daß sie so etwas noch nicht erlebt hätten. Nicht nur die Saat wurde den Tamlins weggespült, auch ganze Teile ihrer Äcker wurden davongetragen. Es war, so sagte Ilana fassungslos, als ob die steinernen Rippen eines unter der Erde schlafenden Riesen zum Vorschein gekommen wären. Dieses Mal brachte auch die zweite Saat keinen ordentlichen Ertrag. Die Tamlins waren erschüttert, umso mehr, als sie sich recht sicher waren, beim Beten und beim Danken alles richtig gemacht zu haben. Schließlich sagten sie sich leise – und in verhaltenem Zorn mit den Zähnen knirschend –, daß wohl einer der Nachbarn sich ungebührlich gegen den Flußvater verhalten habe. Und natürlich könne der Fluß, wenn er in irgendeiner Gegend jemanden zu strafen hätte, keine großen Ausnahmen machen für die, die nicht gefrevelt hatten. Dieser Gedanke tröstete die Tamlins ein wenig, aber sie schauten seit dem schrecklichen Perainewasser des Jahres 13 nie wieder so zuversichtlich in die Welt wie zuvor.

Sie beäugten den Fluß eine Weile voller Mißtrauen. Wie konnte er nur in so rasenden Zorn geraten, und weshalb? Die Nachbarn der Tamlins waren schließlich keine Verbrecher. Da war niemand, der eine so niederschmetternde Strafe verdient gehabt hätte. Dessen waren sich die Tamlins sicher.

Nachdem im nächsten Jahr wieder ein schreckliches Zweithochwasser über das Land geströmt war, zogen einige Nachbarn der Tamlins fort.

Ilana und Rioch, auf die wieder ein karges Jahr wartete, erwogen diese Möglichkeit erst gar nicht. Wenn sie sich nur in der Stube umschauten, wenn sie die Zwillinge beim Kamin mit ihren Holzfiguren spielen sahen, dann wußten sie, daß sie nirgendwo sonst so glücklich sein könnten wie in ihrem Haus auf dem Hügel.

Die Jungen waren schließlich in diesem Haus auf die Welt gekommen. Ihre Wiege, ein besonders langes Möbel, das Rioch angefertigt hatte, indem er Boden und Längsbretter des Bettchens, das er zuvor getischlert hatte, durch doppelt so lange ersetzte, hatte gleich beim Kamin gestanden. Von der Truhe unter dem Fenster bis zum großen Tisch hatte Branwin, der ältere der Brüder, seine ersten Schritte getan, aus großen Augen beobachtet von seinem Bruder Brendan, der, nachdem Branwin den Tisch erreicht hatte, in ein schreckliches Schluchzen ausgebrochen und kaum mehr zu trösten gewesen war, bis schließlich, zwei Tage später, auch er, bedenklich schwankend und vorwärtsstolpernd, die kleine Wegstrecke durch die Stube zurücklegte. In der Truhe hatte Brendan erst vor kurzem während einer Nacht zwei Hühner eingesperrt, »damit die Mutter morgens nicht immer so lange nach den Eiern suchen muß«. Die Ofenbank diente in letzter Zeit den beiden als Bühne, denn seit sie im Dorf einen Barden gehört hatten, trugen sie vor dem Schlafengehen gern noch ein paar selbstgetextete und vertonte Lieder vor: »Im Stall, im Kuhstall, da nisten die Schwalben, die Schwa-halben und kacken auf den Boden überall …«

Die Zwillinge erfüllten das Haus mit einer ganz besonderen Heiterkeit, das Haus seinerseits barg die Kinder in seiner Wärme. Nein, Branwin, Brendan, Ilana, Rioch und das Haus, dies alles gehörte zusammen. Man konnte auf keines verzichten und dennoch glücklich sein … Also blieben die Tamlins auf ihrem Hügel wohnen, und im Laufe der Zeit konnten sie den Frühjahrsschrecken nach und nach vergessen.

Im dann folgenden Jahr war schon das erste Hochwasser verheerend. Kostbare Ackerkrume wurde für immer fortgeschwemmt, statt ihrer brachte der reißende Strom aus den Bergen Kies und Geröll. Aus dem Hügel, auf dem das Haus der Tamlins stand, rissen die wütenden Wellen ganze Stücke heraus, so daß Ilana schon fürchtete, ihr Haus würde ins Wasser stürzen.

Das zweite Hochwasser war wiederum schrecklicher als die in den Jahren davor – und es wollte gar nicht mehr fortgehen. Der wertvolle Bulle Ogdan riß vor lauter Ungeduld – weil er nicht hinaus auf die Wiese geführt wurde – eines Nachts seine Ketten durch, zerschlug die Stalltür und stürmte ins Freie. Offensichtlich ist er an der Stelle, wo ein Teil des Hügels abgesackt war, in die Fluten gestürzt, denn dort endete die tief in den morastigen Boden eingesunkene Spur seiner riesigen, gespaltenen Hufe.

Ilana, die selten weinte, fiel schluchzend auf die Knie. »Was haben wir nur falsch gemacht, Rioch?« fragte sie. »Wieso ist der Fluß so zornig auf uns?«

Wiederum sprach man kurz darüber, die Gegend zu verlassen, aber wieder kamen die beiden überein, an dem Platz, den sie für sich und die Zwillinge eingerichtet hatten, auszuharren. Sie konnten sich noch allzugut an die beglückenden Tage der Vergangenheit erinnern. Möglicherweise mußte man nur eine Weile geduldig durchhalten, und alles würde wieder so werden wie früher. Ja, vielleicht wollte der Fluß nur die Geduld der Leute an seinen Ufern auf die Probe stellen. Nein, nun einfach fortzulaufen, kam ja fast einem Verrat an dem Flußvater gleich. Ein Jahr konnte man gewiß noch bleiben.

Das Zweithochwasser im Jahre 16 kam nicht machtvoller als seine Vorgänger, aber es kam sehr spät und völlig unerwartet. Vermutlich war irgendwo am Oberlauf des Flusses eine natürliche Barriere entstanden und wieder zerbrochen, vielleicht hatte ein mächtiger Erdrutsch die Wassermassen eine Weile angestaut, bis er dem Druck weichen mußte, denn das Hochwasser brauste in diesem Jahr als eine mächtige Flutwelle heran, wie man sie sonst wohl nur am Meere antrifft. Schon eine ganze Weile bevor das Wasser plötzlich da war – hoch wie eine Wand –, hatten die Tamlins ein seltsames Geräusch gehört, wie von einem fernen Gewitter, aber der rumpelnde Donner wurde nicht leiser, wie er es sonst immer tut. Ilana und Rioch, die beide gerade beim Ausmisten des Kuhstalls waren, hörten das Geräusch, das schwoll und schwoll, und konnten sich keinen Reim darauf machen. Der Boden begann ganz sachte zu beben. Unten, auf den Wiesen zwischen Flußufer und Hügel, muhten die Kühe voller Angst.

Als die Tamlins, die besorgt hinausgelaufen waren, die Wand aus Wasser endlich kommen sahen, wußten sie, daß der Fluß es diesmal so grausam ernst meinte wie noch nie zuvor. Ilana drehte sich um, preßte ihr Gesicht gegen Riochs Brust und hielt sich die Ohren zu. Sie wollte nichts sehen und hören von dem, was jetzt geschehen würde. Aber dennoch, noch während sie ihre Hände an die Ohren hielt, hörte sie die hellen Stimmen der Zwillinge. Sie drehte sich wieder um und riß die Augen auf.

Sie sah die zwei Rotschöpfe auf Anhieb, sah die kleinen Gestalten den Hügelhang hinunterhasten, vermutlich, um die Rinder zum Stall hinaufzutreiben.

»Nein!« schrie Ilana. »Nein, nein, nein!« Dann war der braungraue Wasserschwall über das Land am Fuß des Hügels geschwappt und hatte, so schnell wie eine Hand nach einer Fliege hascht, die brüllenden Kühe und die rufenden, rennenden, mit den Armen winkenden Kinder einfach fortgeschwemmt. Nicht einmal ein roter Haarschopf tauchte mehr aus den schäumenden Fluten auf. Der Strom war einfach – von einem Moment auf den nächsten – sehr viel breiter geworden und floß nun direkt am Fuß des Hügels mit dem Talinhof vorüber.

Wer wollte von sich behaupten, er könne den Schmerz beschreiben, der die jungen Eltern ergriff? Kann man überhaupt ein Leid so bewegend schildern, daß der Leser es in seiner ganzen niederdrückenden Schwere begreift? Muß er nicht selbst den Schmerz durchlitten haben, damit er ihn wirklich versteht …? Darum will der Chronist gar nicht erst den Versuch unternehmen, zu schildern, was in diesen Augenblicken in Ilana und Rioch vorging.

Nachdem Ilana ihr »Nein, nein, nein!« gerufen hatte, sprachen die beiden bis zum Abend kein einziges Wort mehr. Irgendwann, als die beiden Tralopper im Stall zu schnaufen begannen und mit den großen Hufen scharrten, ging Rioch zu ihnen hinein, um sie mit Hafer, Heu und Wasser zu versorgen. Die übrige Zeit stand er neben Ilana und sah auf den Fluß hinab, dessen Wellen nun ein wenig gemächlicher ihre Bahn zogen, sich glucksend am Fuß des Hügels brachen, kleine Stücke aus dem Grasboden knabberten und davontrugen.

Als es so dunkel geworden war, daß man nicht mehr die Hand vor Augen sehen konnte, gingen die beiden ins Haus und legten sich Seite an Seite auf ihr Bett im Alkoven. Irgendwann begann Ilana davon zu sprechen, was am nächsten Tag zu tun sei. Das war wenig genug: Die Pferde und das eine Schwein waren zu versorgen, im Hühnerstall waren die Eier zu suchen. »Ich werde den Hof fegen«, murmelte Rioch. »Der hat es schon lange nötig … Überall liegt Stroh herum.«

Nachdem er diesen Satz gesprochen hatte, wünschten die beiden einander eine gute Nacht. Dann lagen sie stumm und starrten in die Dunkelheit, bis der erste Hahnenschrei verkündete, daß der neue Tag angebrochen war.

Als die graue Morgendämmerung durch die offenstehenden Türen des Alkovens sich zeigte, erhob sich

Ilana von ihrem Lager. Für gewöhnlich suchte sie morgens als erstes den Abtritt auf. Das tat sie auch an diesem Tag, aber sie ließ sich nicht auf dem Holz mit dem Loch nieder, das über der Grube lag, sondern sie verrichtete ihre Notdurft in einen Eimer, den sie eigens zum Abort mitgenommen hatte. Diesen Eimer trug sie zum Rand des Hügels und entleerte ihn in die schlammbraunen Fluten. Am Ende schüttelte sie das Gefäß ordentlich aus, damit nur ja kein Tröpfchen in seinem Inneren verbliebe. Fortan erleichterte sich Ilana nie mehr auf die gewöhnliche Art und Weise. Auch als sich der Fluß ein paar Tage später wieder in sein an gestammtes Bett zurückgezogen hatte, ging sie ihm nach, Tag um Tag, mit ihrem Eimer in der Hand.

Als Rioch sie einmal bei einer solchen Verrichtung beobachtet hatte, tat er es ihr nach. Manchmal schafften die beiden auch eine ganze Fuhre Mist ans Ufer, um sie in die Wasser zu kippen, und den ganzen Rondra hindurch brachte Rioch jeden Abend ein paar dicke Pfähle zum Brennen und stieß ihre glühenden, lodernden Enden in die Wellen, so daß diese laut aufzischten und weißen Dampf verströmten. Den Rondra hatte Rioch gewählt, weil der Fluß in diesem Mond besonders wenig Wasser führt, denn er hoffte, das Gewässer würde umso mehr zu leiden haben, je schlechter sich der Schmerz in ihm verteilte.

Es soll hier nicht verschwiegen werden, daß die Nachbarn der Tamlins das Unglück, das die Familie getroffen hatte, sehr wohl rührte. Sie brachten so manchen Sack Korn zum Geschenk, einige Ferkel, zwei Kälber sogar, und man holte sich Rioch mit den beiden Rössern, damit er gegen Lohn einen Acker pflügte. Einigen Leuten wollte es nicht gefallen, daß die Tamlins bei allen Wohltaten nur wenig Dankbarkeit zeigten. Eigentlich – so fanden die Spender – schienen sie die Gaben kaum wahrzunehmen. Immerhin halfen die

Freunde und Nachbarn den Tamlins über das Jahr. Vielfach lud man sie zu einem Besuch am Praiostag oder gar zu einer kleinen Feier ein, aber die Tamlins kamen nie. Sie entschuldigten sich nicht einmal – und luden selbst auch niemanden ein.

Es schien, daß die beiden überhaupt nicht mehr viele Dinge wahrnahmen. Die meiste Zeit standen sie ohnehin am Strom und starrten in die Fluten, mit offenen Augen, doch ohne etwas zu sehen, als seien sie erblindet.

Die Freunde entschieden, daß sie alles getan hätten, was man für die Tamlins tun konnte, und zogen sich fortan immer mehr von ihnen zurück: Ein wenig Leid erzeugt Mitleid – zuviel Leid erzeugt Furcht und errichtet Mauern. Den Tamlins war es recht. Sie hätten sowieso nicht gewußt, was sie mit den Leuten reden sollten. Sie wußten ja nicht einmal, was sie miteinander reden sollten, und eines stand zwischen ihnen unverrückbar fest: Über den einen Tag im späten Peraine des Jahres 16 würden sie niemals ein Wort verlieren.

Durch die Hilfe ihrer Freunde, und weil sie nach und nach zu ihrer Arbeit zurückfanden, kamen die Tamlins mehr schlecht als recht über den Winter. Nachdem sich das Phexhochwasser verzogen hatte, pflügten und eggten sie ihre Äcker und säten und pflanzten wie in all den Jahren zuvor. Aber – anders als früher, da sich Rioch schon einmal bäuchlings auf ein Feld geworfen hatte, um einen ersten zartgrünen Keimling genauer betrachten zu können, schauten die Tamlins nicht nach ihrer Saat. Die Äcker überzogen sich rasch mit einem grünen Schimmer, der bald zu einer regelmäßigen Decke wurde, aber niemand interessierte sich für das Wachstum der Halme.

Abends saßen die Tamlins für gewöhnlich auf ihrem Hof und schauten unverwandt zum Fluß hinüber, in der sicheren Erwartung, daß in diesem Jahr das letzte, das alles verzehrende Hochwasser käme, das ihrem Gram ein Ende machte.

Peraine und Ingerimm zogen vorüber. Der Fluß blieb in seinem Bett.

»Das ist ungerecht«, murmelte Ilana eines Abends zum Strom gewandt. »Du hast uns alles genommen – nun hole auch uns!«

Rioch faßte sie bei der Hand. »Vielleicht sind unsere Prüfungen vorüber«, sagte er. »Ach, liebe Ilana, wollen wir nicht probieren, ob wir noch einmal von vorn anfangen können? Eine Kuhherde wird uns mit den Jahren schon wieder zuwachsen. Einstweilen können wir die Käserei auch mit gekaufter Milch betreiben – und vielleicht, vielleicht werden wir einmal auch wieder Kinder haben.«

Ilana preßte die Faust vor den offenen Mund, stieß einen Wehlaut aus und lief ins Haus. »Damit er sie uns wieder fortnimmt?« fragte sie schluchzend, als Rioch einige Zeit später zu ihr in den Alkoven stieg.

»Es ist schon gut«, antwortete er. »Wir wollen nicht mehr davon sprechen.«

Tag reihte sich an Tag. Die Tamlins taten, was getan werden mußte – fleißig wie eh und je, anders konnten sie nun einmal nicht wirtschaften. Noch ehe der Winter kam, besaßen sie wieder zwei eigene Kühe. Sie konnten ein wenig Korn verkaufen, und zu Firun schlachteten sie ein kleines Schwein.

Der Frühling kam, der Fluß blieb ruhig. Die Tamlins fuhren reiche Ernte ein, sie kauften noch ein paar Kühe dazu. Sie verkauften Käse, der viele Meilen stromabwärts gebracht wurde, damit ihn dort unten fremde Menschen äßen, die zwar Geld, aber nicht so viele Kühe hatten.

Als das Jahr zu Ende ging, waren Ilana und Rioch wieder fast so wohlhabend wie vor jenem Tag im Peraine 16. Von ihren gleichgültigen Blicken verfolgt, zog das erste Hochwasser vorüber. Das zweite blieb aus, wie schon im Jahr zuvor. Wieder fragten sich die Tamlins, was der Große Fluß sich wohl dabei denken mochte, wenn er ihnen nun wieder ein Leben wie zuvor zugestand. War es ihm womöglich nur darauf angekommen, ihnen Branwin und Brendan zu rauben? Vielleicht wußte er genau, daß es nun keines weiteren Schicksalsschlages mehr bedurfte, um die Tamlins unglücklich bis ins tiefste Innere zu erhalten.

Als ein weiteres Jahr vergangen war, in dem der Fluß alles getan hatte, um den Tamlins hilfreich zu sein, und seinen Teil dazu beisteuerte, daß sie seit Jahren zum ersten Mal wieder ihren Zehnt zahlen und dennoch ein paar Taler auf die Seite schaffen konnten, zogen Ilana und Rioch an einem kühlen Peraineabend ihre schönste Festtagstracht an, setzten sich auf zwei Schemel, die sie hinaus auf den Hof getragen hatten, und starrten auf die gemächlich vorüberziehenden Wasser des Stromes hinüber.

Hin und wieder betrachteten sie auch einander und musterten das vertraute Antlitz des anderen, seine schönen Kleider und die bunten Bänder, mit denen sie sich wie zu einer Feier besteckt hatten. Dann wieder sahen sie zum Haus hinüber, das Ilana im Phex neu gekalkt hatte und das darum in blendendem Weiß erstrahlte, und hinab auf die Weide, wo ihre kleine Herde, vorwiegend Jungrinder, friedlich graste.

Um das Vieh würden sich die Nachbarn kümmern – die Tamlins hatten sie darum gebeten, denn sie hatten sich am Vortag entschlossen, für ein paar Tage zu verreisen. Als sie am vorangegangenen Abend – gerade so wie am heutigen – auf dem Hof gesessen und ihre Blicke freudlos über alle ihre Habe hatten schweifen lassen, hatte Rioch plötzlich gemurmelt: »Wozu das alles?« Damit hatte er einen Gedanken ausgesprochen, den auch Ilana in ihrem Kopfe trug: Wozu das alles?

Wozu all die Plackerei, all die vermeintliche Freude an den erwirtschafteten Dingen, der leere Stolz auf das bäuerliche Geschick, wenn doch nach wie vor die äußerste Trostlosigkeit das Leben der Tamlins bestimmte?

Da Rioch und Ilana nur das Allernotwendigste miteinander redeten, mußte keiner dem anderen erklären, was er am nächsten Tage tun wollte. Die beiden begannen gleichzeitig, ihre Festtagskleider anzulegen und sich wie zu einer Feier zu schmücken. Sie ließen sich zur gleichen Zeit auf den Plätzen nieder, auf denen sie auf den im Abendlicht feurig rot schimmernden Strom blicken konnten, und sie erhoben sich auch im selben Moment, als sich das Gefühl in ihnen gefestigt hatte, nun sei der Moment gekommen, um zum Fluß hinüberzugehen. Nachdem sie aufgestanden waren, bot Ilana Rioch ihren Arm und sagte lächelnd: »Wenn der Fluß nicht zu uns kommen will, so müssen wir wohl zum Flusse kommen… So ähnlich heißt es doch, nicht wahr?«

Rioch erwiderte ihr Lächeln, und wenn jemand in diesem Augenblick die Tamlins beobachtet hätte, so hätte er wohl befriedigt ausgerufen: »Seht nur die beiden, nun sind sie doch noch froh geworden!«

Arm in Arm schlenderte das Paar gemächlich zum Ufer hinüber und wanderte an ihm entlang bis zu einer Stelle, wo eine Felsscholle weit in das Flußbett hineinragte. Diese schräge Platte stiegen sie hinauf bis an ihren äußersten Rand, schauten noch einmal hinab in die Wellen, die gurgelnd und schäumend um das Gestein strömten, umarmten einander so innig wie sie es vermochten und taten noch einen Schritt nach vorn…

Sie stürzten tief, erst durch die Luft, dann durch die Wasser, aber sie ließen einander nicht los, auch dann nicht, als sie auf dem Grund des Flusses zu liegen kamen, mitten in einem Feld himmelblau schimmernder, von langen Tangfahnen umwobener Korallengewächse. Erst hier auf dem tiefsten Flussesgrunde gab Rioch Ilana frei, aber nur, um aus dem Sand aufzustehen und ihr die Rechte entgegenzuhalten.

Sie waren schon ein paar Schritte gegangen, als sie bemerkten, daß sie das Wasser atmen konnten wie Luft; wie die kühle, klare Luft eines Frühlingsmorgens strömte es durch ihre Nasen und Münder. Ein wenig wunderten sie sich darüber, daß sie nicht verwunderter waren, aber dann schoben sie all diese Merkwürdigkeiten der molligen, blaubäuchigen Zauberfrau zu, die bei ihnen aufgetaucht war, gleich als sie ins Wasser gestürzt waren und sie beide mit einer langen, gelben, spiralig gedrehten Muschel berührt hatte. Dieser selbe Zauber, der offensichtlich dafür sorgte, daß die Tamlins nicht ertranken, schien auch alle Aufregung von ihnen genommen zu haben.

Ilana wandte sich zu der pummeligen Neckerfrau um, die ein paar Schritte hinter ihnen schritt und mit den Zehen mutwillig kleine Wölkchen aus grauem Flußsand aufwirbelte: »Wo wir schon einmal hier sind«, sagte sie, ohne daß die Worte etwa, wie sie es für einen Moment befürchtet hatte, aus ihrem Mund geblubbert wären, »hätte ich gerne einmal den Flußvater gesprochen. Ich hoffe, der Weg zu seinem Palast ist nicht allzuweit …«

»Nein, weit ist er wahrhaftig nicht«, hatte die Neckerzauberin kichernd geantwortet, »und außerdem habt ihr großes Glück: Die Majestät unter den Wassern hält heute Audienzia, Gaudienzia.«

»Das ist gut so. Ach, liebe Neckerin – du bist doch eine …?«

»Gewiß, geweiß, gewuß!«

»Also, liebe Neckerin, sage uns doch schnell, was wir alles zu bedenken haben, wenn wir vor den Flußvater treten: Wie oft verbeugt man sich und wie tief, wie redet man ihn an … Darf man überhaupt widersprechen …? Na, du wirst schon wissen, worauf es ankommt.«

»Klar weiß ich das«, sprudelte es aus der Neckerin hervor (wenn die blaubäuchige Frau sprach, war schon ein leichtes Blubbern zu hören – wahrscheinlich, weil sie schon so lange unter den Wellen wohnte, schloß Ilana), »aber viel, viel besser kennt sich Aralla aus, unsere allererste Hofdame. Wißt ihr, es gibt so viele Vorschriften, -schreibungen und -schriftigungen – die Hechte haben sich zum Beispiel tiefer zu verbeugen als die Barsche, und die Muscheln dürfen niemals ihre häßlichen Mäuler öffnen, sondern müssen ihre Anliegen stumm vortragen –, daß wirklich nur Aralla sie kennt, und sie ist bis heute nicht dazugekommen, sie unter das Flußvolk zu bringen: Die Hechte *wissen* gar nicht, daß sie jedesmal gegen die Etikette verstoßen, wenn sie steif und unbeweglich wie ein Mibelrohr vor der Majestät erscheinen, und auch die Muschel hat keine Ahnung davon, daß man ihr unappetitliches Inneres gar nicht sehen will, und plappert munter drauf los wie eine Gnitze! Kurz und gut: Einstweilen – eben so lange, wie Aralla die Etikette nicht endgültig überall bekanntgemacht hat, kann jeder vor den Flußvater treten, wie er mag. Höflich sollte man halt sein, ein Knicks oder ein Diener kann gewiß nur nützlich sein, und Anreden wie ›He, Alterchen!‹ sollte man tunlichst vermeiden.«

»Nun, das können wir uns wohl merken«, versicherten Ilana und Rioch und ließen sich den Weg zum großen Fest- und Audienzsaal zeigen, wonach ihre muntere Reiseführerin ihren Abschied nahm, die Beine nach oben streckte und auf den Händen über das Flußbett davonspazierte.

Ganz so kurz, wie die Neckerin behauptet hatte, war der Weg zum Saal dann doch nicht, denn zuerst mußten die Tamlins an den sechsundsiebzig anderen Sälen vorüber, die aber alle an diesem Tage geschlossen waren. Dennoch herrschte noch immer genügend Leben und Durcheinander auf den Gängen: Große Schulen von schmackhaften Silberrücken zogen gravitätisch durch die Korridore, so lange, bis sie unter eine kleine Schar von Nixen gerieten, die eben Nachlaufen (oder muß man sagen, Nachschwimmen?) spielten und völlig durcheinandergewirbelt wurden. Algenbärte wehten wie der Rauch blakender Fackeln an den Wänden entlang. Wundersam geformte, graue Muscheln, die auf Augenhöhe an den Gangwänden klebten, klappten plötzlich auf, und aus ihrem Inneren fiel buntes Licht in allen Farben des Regenbogens in das Wasser, das – man sah es wiederum an den Wölkchen winziger Schwebetiere – gemächlich in dieselbe Richtung strömte, in die auch die Tamlins unterwegs waren.

»Ist es nicht seltsam«, fragte Ilana ihren Mann, »daß es hier im Palast des Flußvaters ganz genauso aussieht, wie ich es mir immer vorgestellt habe?«

»Das ist es wirklich«, antwortete Rioch. »Um so merkwürdiger finde ich, daß die Zustände hier unten ebenso genau auch meinen Vorstellungen entsprechen. Wie kann das angehen, wo wir uns doch bisher kaum je über diesen Palast unterhalten haben, daß wir immer schon gewußt haben, wie er aussieht, und daß keiner von uns beiden sich geirrt hat?«

»Das ist in der Tat sehr, sehr merkwürdig«, stimmte Ilana zu. »Auch ist mir die ganze Zeit so zumute, als hätte ich dies alles schon einmal wirklich gesehen und wirklich erlebt ...«

»Genau wie bei mir«, warf Rioch ein. »Man denkt, man hat etwas schon einmal erlebt und kann aber doch nicht wirklich vorhersagen, was als nächstes geschehen wird. Mir kommt zum Beispiel die Türe dort vorn, vor der die beiden Delphine stehen, sehr bekannt vor, aber ich könnte doch nicht sagen, was sich hinter ihr verbirgt.«

Eine Antwort auf diese Frage sollte er sofort erhalten, denn kaum hatten die Tamlins sich der großen Tür auf fünf Schritte genähert, da zogen die Delphine mit ihren langen Schnäbeln die beiden Flügel auf. Ilana und Rioch sahen in einen riesigen Saal, beherrscht von der längsten Tafel, die sie jemals erblickt hatten. Der dicke Necker Douluai blies in die Fanfarenmuschel, und die Tamlins schritten an der langen Tafel entlang bis zu ihrem fernen Ende, wo ein stattlicher Greis in einem prächtig verzierten, hochlehnigen Sessel saß.

Ilana trat noch einen letzten Schritt vor, so daß sie halb vor Rioch stand, verneigte sich tief und sagte: »Euer Majestät, wir sind gekommen, um eine Klage zu führen ...«

Was der Flußvater antwortete und welcher Wortwechsel sich daraus entwickelte, haben wir bereits zu Anfang dieser Geschichte erfahren, und wir haben auch – gemeinsam mit der Majestät unter den Wassern und seinem halben Hofstaat – den traurigen Schilderungen der Tamlins gelauscht.

Nun, nachdem Ilana ihren Bericht beendet hatte, fuhr sich der Flußvater noch einmal mit den Fingern durch seinen langen, grauen Bart. »Ja«, stellte er fest, »euch ist wahrhaftig durch den schieren Mutwillen dieses Gewässers, von dem manche Leute annehmen, daß Wir selber es seien, ein schlimmes und großes Unglück geschehen. Und Wir denken, ihr könnt nur wieder glücklich werden, wenn Wir euch eure Söhne wiedergeben ... Douluai, legt Eure Tröte zur Seite und schafft die beiden Bengel herbei!«

Als der schmerbäuchige Necker aus dem Saal stapfte und wenig später wiederkehrte, beide Arme um die Schultern je eines rotschöpfigen Knaben gelegt, wunderte sich Ilana noch einmal sehr darüber, daß sie nicht von größer Verwunderung, ja, grenzenloser Freude geschüttelt wurde.

Den Jungen hingegen war deutlich anzusehen, wie überglücklich sie waren, als sie ihre Eltern beim Thron des Flußvaters entdeckten. Sie streiften Douluais runde Arme von ihren Schultern und stürmten vorwärts, quer durch den ganzen Saal, so daß allerlei bunte Fischschwärme erschreckt auseinanderschwammen.

Brendan und Branwin trugen noch dieselben Kleider wie an dem Tag, als sie im Fluß verschwunden waren. Sie sehen überhaupt völlig unverändert aus, ging es Rioch durch den Sinn, die zwei Jahre sind spurlos an ihnen vorübergegangen – ich hätte schon gedacht, daß sie ein wenig gewachsen wären.

»Nicht wahr, das ist seltsam, daß hier unten alles gleich bleibt«, sagte der Flußvater, der offenbar Riochs Gedanken gelesen hatte. »Wir denken manchmal, es liegt daran, daß rings um uns her alles fließt – da beharren viele Dinge und Wesen darauf, sich nicht um einen Deut zu verändern; Wir selbst übrigens auch nicht. An Land mag das wohl anders sein: Da steht die Welt still, und die Dinge und Lebewesen sind im Fluß – sie kommen und gehen. Selbst die Berge kommen und gehen, hättet ihr das gedacht?« Der Flußvater lachte gutmütig auf.

Ilana und Rioch hatten die Worte des machtvollen Alten zwar gehört, aber kaum mehr verstanden, denn sie waren ganz und gar von den Zwillingen in Anspruch genommen, die sich an ihre Eltern schmiegten, sich wieder losrissen, mit den Händen fuchtelten, um auf irgend etwas zu deuten, von irgendwelchen Abenteuern erzählen wollten und dann wieder den Eltern um den Hals fielen und sie mit ihren dünnen Ärmchen vor Glück fast erwürgten.

»Nun, dann seid ihr wohl zufrieden, nicht wahr?« Der Flußvater wiegte lächelnd den Kopf. »Wir hoffen, wir haben es richtig gemacht.«

Ilana tat einen halben Schritt auf den Alten zu und

wäre ihm am liebsten um den Hals gefallen, aber im letzten Augenblick zuckte sie zurück. Wer wußte, wie die Majestät unter den Wassern auf eine solche Vertraulichkeit reagieren würde.

»Wir wären entzückt«, sagte der Flußvater, der offenbar auch in Ilanas Kopf lesen konnte, »aber nenne mich nicht *›Majestät unter den Wassern‹*, auch nicht in deinen Gedanken. Ich finde, diese Bezeichnung klingt schrecklich abweisend.«

Ilana nickte Rioch, dem gerade an jedem Bein ein Zwilling hing, triumphierend zu, warf sich dem Flußvater auf den Schoß, schlang ihre Arme um seinen Hals und drückte ihm einen herzhaften Kuß auf die Wange. »Ach, ich danke Euch so sehr, liebster Flußvater! Nie werde ich Euch sagen können, wie *sehr* ich Euch danke, weil es dafür keine Worte gibt.«

»Dein Kuß ist Uns Dank genug, schönes Kind«, erwiderte der Alte vergnügt, betastete andächtig seine Wange und murmelte versonnen und so leise, daß nur er selbst er hören konnte: »Rioch, du mußt ein sehr glücklicher Mann gewesen sein…« Dann wandte er sich wieder Ilana zu, die sich inzwischen von den Knien des Bärtigen erhoben hatte, griff nach ihrer Hand, nahm sie zwischen die eigenen, breit und kraftvoll, von einem bläulichen Netz dick aufliegender Adern überzogen, und fragte: »Nun wollt ihr gewiß alle wieder zurück ans Ufer, nicht wahr?«

Rioch und Ilana nickten beide. »Hier ist es wunderschön, Euer Majestät«, sagte Rioch, indem er mit der Rechten einen Halbkreis beschrieb, um auf den gesamten Thronsaal mit all seinem prachtvollen Schmuck und seinen nicht minder eleganten Gästen zu weisen. »Aber Ihr werdet gewiß verstehen, daß wir Menschen uns dort am wohlsten fühlen, wo wir geboren werden und wohin wir gehören: am festen Land.«

»Ja, wir wollen nach Hause!« riefen auch die Zwillinge wie aus einem Mund. »Wir müssen unbedingt die Pferde ausschirren«, erklärte Brendan eifrig. »Dazu sind wir nämlich nicht mehr gekommen an dem Tag, als das Wasser uns geholt hat.«

Rioch befand ein wenig beunruhigt, daß sein Sohn sich sehr seltsam ausdrückte, aber er mochte nicht näher auf dieses ungute Gefühl zu sprechen kommen. »Stimmt«, sagte er statt dessen. »Die Pferde stehen beide noch vorm Pflug. Ilana und ich, wir haben sie nicht angerührt, weil wir uns nicht in eure Tätigkeiten einmischen wollten ...«

»Ach, diese kleine Arbeit hättet ihr uns ruhig abnehmen können«, sagte Branwin mit kindlich ernster Miene. »Schließlich haben wir euch ja auch schon oft bei euren Tätigkeiten geholfen.«

Rioch dachte daran, daß er, als er die beiden hölzernen Grauschimmel und den kleinen eisernen Pflug auf den Kaminsims gestellt hatte, tatsächlich einen Moment lang überlegt hatte, ob er die Pferde von ihren kleinen Kummete befreien sollte. Er lächelte. »Da hast du recht, die Arbeit hätte ich euch wohl abnehmen können. Nun ja, wenn wir erst wieder daheim sind, werden wir alle noch mehr darauf achten, wie wir einander helfen können ... Aber jetzt« – er wandte sich an den Flußvater – »Euer Majestät, wollen wir Euch nicht länger aufhalten. Wir haben schon viel zu viel von Eurer kostbaren Zeit in Anspruch genommen.« Er beugte noch einmal Kopf und Knie. »Ihr werdet wissen, Euer Majestät, wieviel Dankbarkeit wir für Euch empfinden. Daß wir als arme, ungebildete Bauern unsere Dankbarkeit niemals in die rechten Worte kleiden könnten, hat Euch meine Frau schon versichert. So lebt denn wohl, weiser, gütiger Flußvater und« – seine Stimme sank zu einem fast unhörbaren Murmeln herab – »bitte vergebt uns die kleinen Bosheiten, mit denen wir Euren Fluß behelligt haben. Ihr werdet sie kaum bemerkt haben ... aber wir bitten dennoch von Herzen um Verzeihung.« Riochs Gesicht war so rot geworden als hätte man es mit dem Saft einer Purpurschnecke eingerieben.

Der Flußvater lachte gluckernd. »O doch, bemerkt haben Wir schon, wie ihr Uns beleidigen und necken wolltet, aber Wir haben ja verstanden, daß ihr sehr zornig auf Uns sein müßt, und darum haben Wir Uns nicht sehr über den Unrat und die Feuerstiche geärgert – nicht sehr, aber ein wenig schon … Doch das alles soll vergessen sein, wenn ihr Uns eine kleine Freude macht.«

»Wie gerne werden wir Euch gefällig sein!« rief Ilana sofort. »Wir brennen ja geradezu darauf, Euch unseren Dank zu beweisen. Also nennt uns nur Euren Wunsch – wenn es in unserer Macht steht, wollen wir ihn sofort erfüllen!«

Der Flußvater wiegte langsam den schweren Kopf, Haarsträhnen und Tangfahnen umwehten sein lächelndes Gesicht. »Uns scheint, ihr rechnet nun damit, daß Wir euch eine große, schwer erfüllbare Aufgabe aufbürden, aber da kennt ihr Uns schlecht. Was Wir benötigen, können Wir uns selbst beschaffen; was auch immer getan werden muß, Wir sind gewöhnt, es selbst zu tun. Nein, ich bitte nur um die Gunst Eurer Anwesenheit. Macht Uns die Freude, verbringt diese Nacht in Unserem Palast – Wir haben hier die weichsten Betten von ganz Dere – speist mit Uns zum Frühstück und nehmt mit Uns an dem großen Tanzfest teil, das morgen im Fluß stattfinden wird … Ich bin jedenfalls recht sicher, daß morgen ein solches Fest gefeiert werden wird: Oben in den Bergen war das Wetter gerade richtig – schon seit Wochen –, also werden Wir wohl morgen feiern können. Und das wollen Wir euch versprechen, es wird ein rauschendes Fest!«

Ilana und Rioch tauschten einen kurzen Blick, beide bemüht, sich die Enttäuschung nicht anmerken zu lassen. Wie gerne hätten sie jeder einen der Zwillinge an die Hand genommen und wären zurück zum Ufer und dem Haus auf dem Hügel gewandert. Da sie aber den Flußvater auf gar keinen Fall im letzten Augenblick noch verstimmen oder auch nur enttäuschen wollten, lächelten sie tapfer und nickten mit den Köpfen. Ilana gelang es sogar, eine gewisse Vorfreude in ihre Stimme zu legen: »Ganz gewiß möchten wir an dem großen Fest teilnehmen, Euer Majestät. Wir fühlen uns außerordentlich geehrt.«

»Na also«, antwortete der Flußvater. »Nichts anderes hätte ich von Euch erwartet… Die gute Aralla wird euch nun in eure Schlafgemächer führen. Auf Wiedersehen, meine Lieben!« Der mächtige Alte hob die Hand, um den Tamlins huldvoll zum Abschied zuzuwinken.

Rioch und Ilana verbeugten sich mehrfach, auch die Zwillinge, von ihren Eltern kaum merklich gestupst, machten ein paar artige Diener. Dann sprach eine samtig dunkle Frauenstimme die vier von hinten an: »Wenn ihr mir folgen wollt…«

Aralla, die Erste Hofdame im Schloß des Flußvaters, eine wunderschöne Nymphe mit alabasterweißer Haut und smaragdgrünen Haaren und Lippen, die ein langes Kleid aus hauchdünnen, schimmernden Silberschuppen trug, führte die Tamlins durch endlos lange, von vielen verschiedenen Wassertieren durchstreiften Korridore und Gänge. So gelangten sie in entlegene Teile des Schlosses, die sie bei ihrem Herweg gar nicht bemerkt hatten. Längs der Wände standen riesige Flußanemonen mit wirbelnden blutroten Ärmchen und einem faßgroßen grüngoldenen Fuß, gerade so, als hätte jemand zum Schmuck allerorten riesige Blumenvasen aufgestellt. Treppen gab es keine in dem Unterwasserpalast, nur steile Rampen, die von einer Etage zur anderen führten. Das Hinaufsteigen auf diesen Rampen fiel ganz leicht: Man mußte sich nur ein-, zweimal mit dem Fuß auf der schrägen Fläche abstoßen, und schon war man am oberen Ende angelangt.

Irgendwann stieß Aralla eine von Muschelornamenten geradezu verkrustete Türe auf, und die Tamlins blickten in ein adrettes Zimmer, in dem vier Betten standen, zwei große und zwei kleine. Der Raum hatte ein von wehenden Vorhängen gerahmtes Fenster, durch das man in einen dichten Tangwald sehen konnte. Es war sehr hell in der Kammer. Das lag aber nicht an dem offenstehenden Fenster, denn der Wald dahinter war eher dunkel und schluckte alles Licht, das auf ihn fiel, sondern daran, daß das Schlafzimmer keine richtige Decke besaß. Der Raum war überspannt von einer Kuppel, die aussah, als bestünde sie ganz aus milchigem Glas – was natürlich ein Unsinn war, wie sich Rioch sogleich sagte, denn niemand auf ganz Deren könnte eine solche riesige Glasschale fertigen.

»Ich hoffe, ihr findet eure Unterkunft einigermaßen angenehm«, sagte Aralla. »Wenn nicht, täte es mir leid, denn dieses ist eines unserer schönsten Gästezimmer.«

Sofort versicherten alle vier Tamlins, daß sie noch nie ein so prachtvolles Zimmer gesehen hätten. Nur Branwin merkte an, daß auf dem Bett keine Decke läge: »Ich glaube, ohne Decke kann ich nicht einschlafen, Tante Aralla. Da wird es mir nachts zu kalt. Und ich glaube, Brendan kann so auch nicht schlafen.«

Ilana setzte an, ihre Söhne zur Bescheidenheit zu ermahnen, doch Aralla lächelte nur. »Wie kann man nur so mißtrauisch sein? Probiert die Betten doch erst einmal aus. Und wenn dann einer von euch nicht schlafen kann, dann mag er mich rufen, und ich werde ihm persönlich eine Decke bringen – ein Polster aus weichen Federalgen, bezogen mit feinster Spinnenseide.«

Branwin, der wohl gerne beweisen wollte, daß er seine Befürchtung zu Recht geäußert hatte, warf sich auf eines der kurzen Betten. Er rollte sich einmal von einer Seite auf die andere, um damit zu zeigen, was für eine unruhige Nacht ihm bevorstand. Doch bevor er noch wieder aufstehen konnte, gähnte er herzhaft. Seine Augenlider fielen zu, und mit offenem Mund, weil er sich ganz zuletzt doch noch rasch beklagen wollte, schlief er ein. Fast sah es aus, als schnarche der Junge, aber erstens, sagte sich Rioch, schnarchen Kinder nie, und zweitens hätte man hier, unter Wasser, das Schnarchen vermutlich gar nicht hören können.

Brendan, der seinen Bruder staunend bei dessen geschwindem Einschlafen beobachtet hatte, brannte nun darauf, den Eltern vorzuführen, daß er keinesfalls so schläfrig wie sein Bruder war. Er legte sich auf das Bettchen, streckte die Arme aus, lächelte selbstzufrieden und schlief im nächsten Augenblick so tief wie ein Bornbär im Firun.

»Ihr seht«, sagte Aralla, »die Betten sind wirklich sehr bequem …«

Rioch sah sie fragend an. »Meint Ihr, wir schlafen in unseren genau so schnell und tief ein wie die Kinder?«

»Gewiß.«

»Und wenn wir nun morgen nicht rechtzeitig zum Fest erwachen?« Riochs Stimme klang sehr besorgt.

Aralla lachte auf. »Euch ist es gar nicht so bange um das Fest«, stellte sie fest. »Ihr befürchtet, daß ihr gar nicht mehr aufwachen könntet, stimmt's?«

Weder Ilana noch Rioch trauten sich, auf diese Frage eine Antwort zu geben.

»Ich schwöre euch«, sagte Aralla, »ihr werdet das Fest nicht verpassen. Nehmt mein Wort als Erste Hofdame darauf. Außerdem müßt ihr euch ja nicht zu Bett begeben, wenn ihr nicht wollt. Doch, das muß ich schon zugeben, es würde mir nicht gefallen, wenn ihr uns mit solchem Mißtrauen begegnetet. Das haben wir nicht verdient! Außerdem habt ihr bestimmt viel mehr Freude an der Festivität, wenn ihr ausgeruht und erquickt seid. Schließlich kann das Fest mehrere Tage dauern – ihr habt ja keine Ahnung davon, wie der Fluß und sein Volk zu feiern verstehen ... Aber nun werde ich euch allein lassen, denn wenn ich euch nun noch weiter in den Ohren liege, kommt ihr gar nicht zum Schlafen und fühlt euch morgen wie gerädert.« Mit einer anmutigen Verbeugung, die von den Tamlins gleich mehrfach erwidert wurde, ging die Erste Hofdame hinaus und schloß die Türe hinter sich.

Da Ilana und Rioch nie viel miteinander geredet hatten, blieben sie auch jetzt, nachdem Aralla sie verlassen hatte, zunächst einmal stumm. Erst nach einer geraumen Zeit, und nachdem die beiden Tamlins immer wieder den Raum mit seinen wehenden Vorhängen, der durchscheinenden Kuppel, und die Betten, zumal die beiden kleinen, in denen die Zwillinge schliefen, mit ihren Blicken durchwandert hatten, sagte Ilana: »Man kann das alles gar nicht glauben, nicht wahr?«

»Nein«, stimmte Rioch nachdenklich zu. »Ich glaube fast, es wäre besser, wenn wir nicht allzuviel über all das reden, was uns hier widerfahren ist. Mir ist die ganze Zeit hindurch zumute, als befände ich mich in einem wunderschönen Traum, aus dem ich sofort aufgeweckt werde, wenn ich nur irgendeinen kleinen Fehler mache. Was das aber für ein Fehler sein könnte, ahne ich nicht, und darum habe ich beschlossen, überhaupt möglichst wenig zu machen – das scheint mir das sicherste.«

Ilana lächelte. »Vielleicht hast du recht. Vielleicht ist es besser, wir sind ganz still ... Ich denke, wir sollten nun auch zu Bett gehen. Das hat sich diese Aralla gewünscht, glaube ich. Und wenn ich auch finde, daß sie einen sehr freundlichen Eindruck macht, so möchte ich sie doch nicht verärgern, indem ich gegen ihre Wünsche verstoße ...«

»Das wird das beste sein«, nickte Rioch. »Du bist eine kluge Frau, das weiß ich schon lange, und darum will ich tun, was du vorschlägst.« Als er noch einmal zu den vier Betten, den leeren und denen mit seinen im tiefsten Schlaf daliegenden Söhnen, hinüberschaute, verdüsterte sich seine Miene voller Besorgnis. »Legen wir uns also nieder und hoffen wir, daß wir morgen gut ausgeruht sind, wenn wir alle wieder erwachen.« Er räusperte sich.

»Ja, legen wir uns nieder«, erwiderte Ilana und ließ sich vorsichtig auf ihr Bett sinken. »Weich wie eine Wolke«, stellte sie staunend fest. »So ein schönes Bett hat in ganz Abagund niemand, nicht einmal unser Baron Stepahan – das möchte ich wetten«. Sie schwang die Beine auf das Polster, streckte sich aus, räkelte sich behaglich – und schlief ein.

Rioch seufzte schwer und ließ sich ebenfalls nieder.

Entgegen ihren geheimen Befürchtungen erwachten alle vier Tamlins am nächsten Morgen zur selben Zeit. Eine wilde Musik drang von draußen herein, obwohl die Türflügel immer noch geschlossen waren, und schwebte durch das Schlafgemach. Ein jodelnder, blubbernder, aber dennoch hochmelodischer Gesang, wie ihn die Tamlins noch nie zuvor gehört hatten, begleitet von Instrumenten, die sie ebenfalls noch nie vernommen hatten. Nun gut, genaugenommen hatten sie eines wohl schon einmal gehört, die Fanfarenmuschel nämlich, aber im Zusammenspiel mit den anderen erkannten sie sie nicht wieder.

Die Musik war schnell, laut und so *feurig,* wie man es in einem Unterwasserpalast niemals erwartet hätte (eigentlich sollte man wohl gar nach einem geeigneteren, dem Wassergott Efferd eher gefälligen Wort suchen, aber es fällt uns momentan keines ein), doch wahrscheinlich waren es nicht diese leidenschaftlichen Klänge gewesen, die die Tamlins aufgeweckt hatten. Zusammen mit den Tönen schwebte nämlich noch etwas durch die Gänge und Zimmer des Palastes, ein unbenennbares Gefühl, heftig und erregend und durch die feinsten Äderchen des Körpers rieselnd.

Die Tamlins fuhren von ihren Lagern hoch, setzten sich auf und schüttelten verwundert die Köpfe. Irgend etwas ging vor im Palast des Flußvaters, irgend etwas ungeheuer Aufregendes.

Wenig später wurden die Türflügel zum Schlafgemach der Tamlins aufgestoßen, und – angeführt von der schönen Hofdame Aralla, die heute ein Kleid aus spielerisch um den nackten Körper flatternden grünen Tangbändern trug – strömten allerlei Musikanten ins Zimmer, offenbar mit dem Vorsatz, im ganzen Palast die Langschläfer aufzuwecken.

Nun, wie wir gehört haben, war dieser Einsatz im Zimmer der Tamlins nicht vonnöten. Die vier saßen immer noch auf ihren Betten und staunten nicht wenig, als der Zug von flossenschlagenden Nixen und zerbrechlich zarten Nymphen, von blauhäutigen Neckern und bärtigen, dickbäuchigen Nöcks ins Zimmer getanzt kam. Die meisten der lustig umeinander trudelnden Flußleute sangen aus voller Kehle, aber da waren auch etliche, die kurze oder lange Fanfarenmuscheln bliesen, auf hohlen Schildkrötpanzern trommelten oder Rasseln aus Krebsscheren im Takt über den Köpfen schwenkten. Alle miteinander waren so beschwingt und gut gelaunt, als ob sie von starkem Schaumwein getrunken hätten.

Wie sinnreich, daß das Schlafgemach der Tamlins eine ungewöhnlich große Türe hatte – kaum schmaler als die zum Audienzsaal –, denn so konnten die einen Musikanten zur Türe hereintanzen, während die anderen, die bereits ihre Runde durch das Zimmer gedreht hatten, durch dieselbe Tür im Tanzschritt hinausmarschieren, ohne daß es im Rahmen zu einer Stockung oder einem Gerempele gekommen wäre.

Der Zug der Sänger, Tänzer, Bläser und Trommler nahm kein Ende. Man konnte meinen, daß alle die, die das Schlafgemach soeben verlassen hatten, auf dem Flure umkehrten und wieder hereinkamen, aber dem war nicht so: Die Tamlins schauten – baß erstaunt, wie sie waren – ganz genau hin, und sie sahen doch kein Gesicht ein zweites Mal.

Die Abagunder Bauersleute wunderten sich in diesen Augenblicken nicht nur über den Zug der Musikanten, der da durch ihr Zimmer tollte. Mit dem Erwachen wurde ihnen plötzlich bewußt, daß sie sich tief unter Wasser befanden – ein Umstand, den sie zuvor kaum bemerkt hatten. An diesem Morgen aber, während das erste bleiche Licht durch die durchscheinende Zimmerdecke fiel, spürten sie alle ein zartes Drängen, Schieben und Zerren, das sie, wie Halme auf einem Bächlein, davontragen wollte. Kein Zweifel, eine leichte Strömung war über Nacht entstanden und drängelte sich nun durch die Gänge und Zimmer des Palastes. Von den beweglichen Wassern geschoben und von den Musikanten und Tänzern gelockt, verließen die Tamlins ihre Lagerstätten und reihten sich ein in den fröhlichen Zug. Die seltsame Beschwingtheit, die gleich beim Aufwachen von ihnen Besitz ergriffen hatte, machte sich nun noch stärker bemerkbar und wandelte sich in eine heiter ausgelassene Unruhe.

Draußen auf dem Gang vor dem Zimmer war die Strömung viel stärker zu spüren, aber sie hatte nichts Unangenehmes oder gar Bedrohliches an sich – jedenfalls, solange man ihr folgte und nicht etwa versuchte, sich gegen sie zu stemmen. Warum aber hätte jemand so etwas tun sollen? Das Flußvolk wäre niemals in diesen unnützen Trotz verfallen, und auch die Tamlins hatten nicht den Wunsch, sich gegen das sanfte Vorwärtsschieben aufzulehnen. Sie hatten inzwischen in das Lied der Flußleute eingestimmt – was gar nicht schwer war, wenn man es erst einmal versuchte – und folgten den Tanzschritten der Necker und Nymphchen mit der gleichen spielerischen Leichtigkeit, die die Bewohner des Großen Flusses auszeichnete.

Anscheinend waren die Abagunder Bauersleute die Letzten gewesen, die der Tanzzug aus den Betten getrieben hatte, denn nun wanderte die endlose, fröhliche Schlange munter die Gänge und Rampen entlang, bis sie schließlich zu jenem großen Festsaal kam, den die Tamlins vom Vortag kannten. Hier erschraken Rioch und Ilana, erschauderten fast, als sie die Halle betraten: Der Raum war, seit sie ihn gestern verlassen hatten, um ein Vielfaches gewachsen, und dennoch herrschte in ihm das heftigste und dichteste Gedränge. Offenbar war alles Volk aus dem ganzen Lauf des Flusses hier zusammengekommen und tollte gerade so wild durcheinander, wie es der beengte Raum eben zuließ. Von dem glatten, nebelumwallten Boden des Saales war vor lauter wirbelnden Beinen und schlagenden Flossen nichts mehr zu sehen. Die schrittlangen Haare der Flußjungfern wehten leuchtend blau oder grün über den spielenden, tanzenden, einander liebkosenden Gästen, die fast alle nur bunte Schmuckstücke an ihren nackten Leibern trugen, so daß sich dem Auge ein wogendes Meer alabasterweißer, grün überhauchter oder bläulich schimmernder Körper bot.

Am aufwühlendsten aber war der Anblick des Flußvaters selbst, denn der Machtvolle war über Nacht ebenso – nein, mehr noch – gewachsen wie seine Festhalle. Zwei Schritt mochte er gemessen haben, als die Tamlins am vorausgegangenen Abend vor ihn getreten waren – jetzt war er etliche Mannslängen hoch. Auf Säulenbeinen bahnte er sich einen Weg durch das Gewühl der Feiernden, um sich anschließend in den goldenen Bündeln der Sonnenstrahlen zu recken und zu strecken, die schräg auf eine Seite des Saales fielen. Die Augen hielt der Bärtige geschlossen, und sein Brustkorb, den er der Sonne zugewandt hatte, hob und senkte sich wie unter schweren Atemzügen.

Tatsächlich wurden soeben ein paar silbrige Gnitzen, die vor dem halb geöffneten Mund des Flußvaters vorüberschwimmen wollten, von einem unsichtbaren, aber heftigen Stoß getroffen und wild durcheinandergewirbelt.

Die Sonnenstrahlen und mit ihnen die Lichtflecken auf der Brust des Riesen erloschen, ein Rauschen erklang, wie wenn Regen auf ein Gewässer prasselt. Den Flußvater schien das Verschwinden des Sonnenlichtes nicht zu stören, denn er seufzte vor Wohlbehagen – ein gurgelndes, brodelndes Geräusch, das den Boden der Halle erbeben ließ und die Tamlins bis ins Mark erschütterte. Diesen Laut kannten sie, das wußten sie genau, aber ihnen war entfallen, wann sie ihn vernommen hatten.

Ihr Schrecken währte jedoch nur einen kurzen Moment, dann drang das Seufzen und Raunen des Mächtigen geradewegs in ihre Brust. Die schwingenden Töne bewegten und erregten sie, entfachten aufs neue den Übermut, der sie schon seit dem Aufwachen nicht loslassen wollte, und stimmten sie froh auf eine nie gekannte Weise. Ilana bemerkte das gleiche entrückte Lächeln, das Riochs Mienenspiel beherrschte, auch auf den Gesichtern ihrer Söhne und den Flußleuten, die sich in ihrer Nähe tummelten. Sie selbst konnte spüren, wie ihre Mundwinkel auf eine kitzelnde, aber unwiderstehliche Art nach oben gezogen wurden. Da war ihr so wonnig zumute, daß sie unwillkürlich in das Seufzen des Flußvaters einstimmte. Alle ringsumher seufzten, seufzten schmatzend, gurgelnd und glucksend und trugen so dazu bei, daß der Laut, den der Flußvater entfesselt hatte, schwoll und schwoll, bis er zu einem tosenden Lärm geworden war, der in aller Ohren dröhnte und jegliche Verständigung unmöglich machte.

Jedes Wesen in der Halle – die Flußleute geradeso wie ihre menschlichen Gäste – berauschte sich daran, ein Teil dieses Dröhnens zu sein. Und jeder sammelte all seine Kraft, um so laut wie möglich in den donnernden Gesang des Flusses einstimmen zu können, damit der Klang noch mehr Macht gewänne, damit ein Ton entstünde, der die ganze Welt zersprengen könnte.

Der Flußvater wuchs. Jedesmal wenn er wie beim Atmen das Wasser einsog und seinen gewaltigen Brustkorb dehnte, schrumpfte der Rippenkasten nicht wieder auf seine ursprüngliche Größe zurück, sondern schwoll ein wenig an. Auch hoben sich die Schultern in kleinen Schüben, und bald würde das Haupt mit dem wie ein Banner im Wasser wehenden Bart die Decke der hohen, hohen Halle erreicht haben. Dann würde der riesige Schädel das Dach zersprengen. So mußte es früher oder später wohl kommen, denn der Saal war seit einiger Zeit nicht mehr mitgewachsen.

All die seltsamen, teils anmutigen, teils dickbäuchigen, teils menschenähnlichen, teils fischartigen Wasserwesen, von denen wir zumeist nicht einmal die Namen kennen, all diese Geschöpfe, die sich in der großen Festhalle versammelt hatten, schienen voller Ungeduld darauf zu warten, daß eben jenes Ungeheuerliche geschähe, daß der Raum, der sie einschloß und beengte, mit einem Schlage zersprengt würde. Alle Tanzenden waren nach und nach zur Ruhe gekommen, das unentwegte Hin- und Hereilen, das Winken der Arme und Rudern der Flossen hatte ein Ende. Liebende lösten sich zögernd voneinander. Alle Münder standen weit offen, um den aufwühlenden, orgelnden Ton zu halten und zu weiterem Anschwellen zu bringen, und jedermann schaute hinauf zur Saaldecke, durch die das Licht schimmerte wie durch hauchdünn geschliffenen Eternenmarmor. Doch das Flußvolk wußte auch, daß die Decke, die, von keiner Säule gestützt, die riesige Halle überspannte, keineswegs hauchdünn war, sondern aus einem Material bestand, wie man es eben nur auf dem Meeresgrunde – oder auf dem Boden des Großen Flusses – findet: Steinhart war es, einen halben Schritt dick oder mehr, aber das Licht konnte dennoch hindurchdringen wie durch Pergament.

Eben berührte der Flußvater die Deckenplatte mit seinen wallenden Haaren. Die Festgesellschaft sang so laut sie konnte, denn der Riese brauchte ihre Hilfe, wenn das Werk der berauschenden Zerstörung gelingen sollte.

Rioch, Ilana und die Zwillinge standen ebenso reglos wie alle Wasserwesen in ihrer Nähe. Sie schauten unverwandt zum Haupt des Flußvaters hinauf und ergötzten sich daran, Teile jenes Chores zu sein, der dem Riesen die letzte und entscheidende Kraft gab, um das Werk zu vollbringen. Ilana fühlte sich von der wilden Freude erfüllt, sich aufzugeben, aufzugehen in der Macht, die hier beschworen wurde, eins zu werden mit den Flußleuten, dem Flußvater, dem Flusse selbst. Es huschte ihr die Frage durch den Sinn, warum es wohl so ungeheuer wichtig sei, den Festsaal zu zersprengen, aber noch bevor sie nach einer Antwort forschen konnte, war sie schon wieder von größter Lust ergriffen, in ihr war nur noch die ungebändigte Vorfreude, mit der sie auf das große Zerbersten wartete.

Der Chor schwang sich noch einmal auf. Dem Flußvater sank das Kinn auf die Brust, während sich sein Schädel gegen die Saaldecke stemmte. Mit einem Knall, so unfaßbar laut, daß er sogar das Gedröhne der Flußleute übertönte, sprang ein Riß quer durch den glasigen Stein, ein zweiter folgte knisternd wie ein von Rondra geschleuderter Blitz. Dann zersplitterte die Deckenplatte in unzählige Stücke, die aber nicht herab in die Halle fielen, sondern nach außen fortgeschleudert wurden.

Die beschwingende Strömung, die die Flußleute und die Tamlins mit ihrer sanften Aufdringlichkeit geschoben hatte, verwandelte sich urplötzlich in eine unwiderstehliche Kraft, die die Tamlins und alle, die um sie herum waren, nach oben schleuderte, zu dem riesigen gezackten Loch in der Hallendecke hinaus.

Fliegen, ich kann fliegen! dachte Rioch und fühlte sich glücklicher als jemals zuvor in seinem Leben.

Freiheit! Das also ist die Freiheit, dachte Ilana innerlich jauchzend, von der so viel gesungen wird! Nicht etwa eine unbestimmbare Ahnung, die sich die Menschen nur ausgedacht haben, um einen ihnen unbekannten Zustand zu beschreiben, nein, die Freiheit ist ein Gefühl, so machtvoll, daß man es in allen Fasern des Körpers spürt, daß es fast greifbar ist ...!

Während Ilana mit dem strudelnden Wasser dicht über Äcker und Wiesen flog, dachte sie immer wieder das eine Wort: frei! Nichts halten, alles loslassen, alle Bänder durchtrennen ...! Sein wie der Fluß, der seine Freiheit so freigebig mit seinem Volke und seinen Gästen teilte.

Rioch und die Zwillinge konnte Ilana in dem getrübten Wasser, das sie nun umgab, nirgends entdecken, doch es scherte sie nicht, wohin die drei geraten waren, denn eines war sicher, auch sie waren frei! Und ein Freier brauchte sich um den anderen Freien nicht zu kümmern – das ergäbe keinen Sinn!

Zwei Kühe trieben an ihr vorüber, die Beine steif von sich gestreckt, im Griff der Strömung sich albern um die eigene Achse drehend. Auch der Tod dieser ungelenken Tiere betraf Ilana nicht. Sie gehörten in eine andere Welt und waren weniger wichtig als die Steine, die über das Flußbett rollten und an denen man sich die Knie aufschlagen konnte. Ein toter Mensch, ein junger Fischer, der Tracht nach zu schließen, huschte unter Ilanas Beinen hindurch und war verschwunden und ebenso schnell wieder vergessen: ein Wesen aus jener grauen Welt, in der niemand jemals erfahren würde, was unendliche, unbezähmbare Freiheit bedeutet ...

Nachdem Ilana eine ganze Weile, durchpulst von heißer Lebenskraft, durch die kühlenden Wasser getrieben war, tauchten Rioch und die Zwillinge zu ihren Seiten auf. Sie winkte den dreien zu, und sie erwiderten ihren Gruß. Dann strebten die vier zueinander hin und faßten sich zum Spaß bei den Händen. Wunderhübsch sahen Rioch und die Jungen aus. Feenhaft schön und dennoch vertraut. Nun erst, das wußte Ilana in diesem Augenblick, war ihr Glück wirklich und wahrhaftig vollkommen.

Vielleicht ist der Mensch für die ganz große, die göttliche Freiheit nicht gemacht, dachte sie, während sie mit ihrem Mann und den Kindern vergnügte Blicke tauschte. Nein, alles, wirklich alles loszulassen, vermag ich dann doch nicht. Die Freiheit, die der Große Fluß sich nimmt, ist nicht die der Menschen; ich kann nicht teilhaben daran. Es ist wunderschön, zu schweben oder gar zu fliegen, aber ich möchte einen Ort wissen, an dem ich niedersinken kann. Ja, Bänder der Liebe will ich spüren, denn das, was mich fesselt, hält mich zugleich. Ja, so ist es wohl ...

Da war ihr, als hätte sie eine bekannte, beunruhigende Stimme gehört, die orgelnde, gurgelnde Stimme der Majestät unter den Wassern, die Ilana nun schon mehrfach tief im Herzen erregt hatte, aber auch bis ins Mark erschüttern konnte. Sie lauschte in die Fluten hinein, aber der Flußvater sprach nicht mehr. Er brauchte seinen düsteren Ruf nicht zu wiederholen, denn die stromab treibenden Tamlins hatten ihn durchaus vernommen. Ein einziges Wort war durch die Wasser an ihre Ohren gedrungen:

»Schade!«

Das zweite Hochwasser im Jahre 20 Hal war gewiß eines der schrecklichsten, seit die Menschen ihre Geschichte niederschreiben. Es gingen unzählige Stück Vieh verloren, und es gab entsetzlich viele Tote zu beiden Ufern des Großen Flusses. Vieles, das der Fluß sich in diesem Frühjahr nahm, gab er nie wieder her, sondern schleppte es mit ins Meer der Sieben Winde hinaus. Aber als die Flut zurückging, lag auch viel Treibgut an den Ufern des Stromes: Hausrat, Ackergerät, Strohgarben, Kornsäcke und auch etliche tote Tiere und Menschen.

Unten bei Weidenau wurde eine ganze Familie angeschwemmt, ein Elternpaar und zwei Jungen, vermutlich Zwillinge. Es rührte die Leute, die die Ertrunkenen fanden, sehr, daß die vier, deren Schönheit das Wasser nichts hatte anhaben können, sich im Tode noch an den Händen gefaßt hielten. Ein Boronpriester wurde geholt, der sich darum kümmerte, daß die Toten nebeneinander auf dem Weidenauer Boronanger bestattet wurden. Da niemand in Weidenau ihre Namen kannte, stellte man nur vier zerbrochene Räder, die keine Namen trugen, über den Gräbern auf. Auch wunderte sich so fern von dem Dörfchen Gilgins niemand darüber, daß die vor zwei Jahren von den Fluten verschlungenen Söhne der Tamlins scheinbar am selben Tag dahingeschieden waren wie ihre Eltern.

Eine Weile redete man noch über die schönen Toten; einige Weidenauer vergossen bei der Bestattung gar bittere Tränen für die unglücklichen Menschen, denen sie doch zu deren Lebzeiten niemals begegnet waren. Gar zu nahe ging ihnen das Schicksal dieser Familie, das leicht einmal ihr eigenes sein könnte, doch dann erhob sich das sanfte Vergessen, der Allheiler eines jeglichen Kummers, aus dem Tal am Fluß, und bald wandten sich die Leute wieder anderen, drängenderen Sorgen zu …

Lars Feddern

GAUKELEIEN

Der schwere Eichentisch erbebte, und feines zinnernes Geschirr schepperte laut. Riud hatte sich halb von seinem Platz erhoben, sein Antlitz war von wechselnder Farbe, mal weiß wie Ifirns Angesicht, mal rot wie Ingerimms Fresse. Die schmale Rechte preßte sich, immer noch zur Faust geballt, auf jene Tischplatte, wo sie einen Augenblick zuvor mit lautem Krachen herabgesaust war.

Ein Rinnsal feinsten Yaquirtaler Weines ergoß sich aus dem reichverzierten Becher, den der Barde kurz vor seinem Ausbruch umgeworfen hatte, doch schien der Wüterich dies nicht zu bemerken. So troff der edle Rebensaft schließlich still auf des wackeren Mannes Stiefel, wo er sich sogleich mit dem Staube der Garether Alleen vermengte.

Nach einem kurzen Moment beklemmender Stille fühlte Riud die empörten Blicke der übrigen im *Saustecher* versammelten Gäste auf sich ruhen. Vom Nebentisch her klang ein leiser Seufzer, als eine betuchte alte Dame aus dem fernen Punin sich ob dieses degoutanten Zwischenfalls in eine Ohnmacht flüchtete. Nach einem ebenso verlegenen wie hilflosen Räuspern sank der schmächtige Albernier auf den ihm gebührenden Platz am Tisch seiner Gönnerin zurück.

»Fühlt Ihr Euch nun besser, mein ungestümer Freund? Nun, wo Ihr Euch und mich vor aller Augen zum Narren gemacht habt?«

Lihalia Harfenwind saß ihm gegenüber in einem hohen Lehnstuhl, der mit samtenen, kunstvoll bestickten Bezügen gepolstert war. Sie wog einen kristallenen Kelch mit prickelndem Bosparanjer in der Linken und schien ganz und gar in die Betrachtung des fröhlich sprudelnden Getränks versunken. Sie würdigte den Barden keines Blickes, während sie sprach. Ihre

Stimme war ruhig und beherrscht, fast abwesend, ihr Tonfall der jener gelangweilten reichen Dame, die sie war. Die ungebührliche Szene, die sich soeben an ihrem Tische zugetragen hatte, ließ sie scheinbar gänzlich unberührt.

Als sie sich endlich ihrem Tischgast zuwandte (um Rahjas Vergebung, bis eben war er noch ihr süßer Geliebter gewesen!), maß sie ihn mit jenem unsäglichen spöttischen Elfenlächeln, das ausreichen mochte, einen gestandenen Amboßzwerg vor Wut zum Bersten zu bringen.

Er hatte ihr nie etwas bedeutet, das wurde Riud nun klar. Seine Herrin hatte ihn mit einer Gleichgültigkeit fallengelassen, die man hinter den großen, warmen Smaragdaugen der Elfin nie erwartet hätte. Alles was war, jene rahjagefälligen Nächte des letzten Mondes, all dies war vollkommen bedeutungslos für sie gewesen.

»Grämt Euch nicht, mein guter Riud«, wandte sich die edle Harfenwind erneut an den Kelch in ihrer Hand. »Ihr seid tatsächlich recht begabt, habt eine recht gefällige Stimme, nun … und andere Vorzüge, die Euch noch weit bringen könnten …«

Riud errötete, diesmal jedoch nicht aus Zorn. Seine Herrin sah sich dadurch wohl veranlaßt, ihm sofort zu versichern: »Nein, wirklich, wie oft habt Ihr Euch darauf verstanden, mich so herrlich zu amüsieren! Doch müßt Ihr wissen: Mit Euch Menschen ist es wie mit diesem Wein. Kostbar, von erlesener Frische und Köstlichkeit, doch nur für kurze Zeit, dann wird er trüb … und schal.«

Riud ni Raingwyn, Barde aus der rahjagefälligen Schule des Calvarion, verließ wutschnaubend den Garether *Saustecher* (was dessen Personal nicht sehr betrübte). Er hatte soeben alles verloren, was er als Günstling einer feinen Dame besessen hatte: Seine Anstellung für gutes Geld, die ausgesprochen angenehme Wohnstatt im Hause seiner Gönnerin, die Gunst so manch eines Wirts und Händlers in des Reichsbehüters Stadt, nun – und die Dame selbst.

All dies sollte nun einem anderen gehören, einem weiteren Unglücklichen in der Reihe vieler, einer Kette, deren letztes Glied zu sein er sich geschworen hatte.

Seine Schritte trugen den Sangesmann durch breite Alleen und enge Gassen den Toren Gareths zu, und in seinem Zorn nahm er kaum die vergnügten Stimmen der Gaukler wahr, die in diesem Moment daran gingen, im Schatten der wehrhaften Mauern ihre farbenfrohe Bühne aufzubauen.

Erschöpfung.

Der Atem des Jungen ging stoßweise. Sein Herz raste. Er blieb stehen. Seine Augen suchten das Halbdunkel des Waldes ab, während seine Rechte tastend einen Halt suchte und einen Ast umklammerte.

Er mußte zu Atem kommen; sein Verfolger war sicher dicht hinter ihm; er mußte …

Ein ohrenbetäubendes Bersten und Krachen erschütterte die Stille des Waldes, überdeckte fast den überraschten Schrei des Jungen. Der Ast, der ihm als Stütze diente, hatte mit einigem Getöse nachgegeben, und noch ehe er wußte, wie ihm geschah, lag der Knabe der Länge nach in einem wild wuchernden Brombeerstrauch.

Mit einem gemurmelten Fluch auf das dornige Gewächs, den ein stiller Beobachter wohl eher für das Zetern eines aufgeschreckten Heckenschreiers gehalten hätte, rappelte er sich wieder auf und strich sich das strähnige rote Haar aus dem Gesicht. Mißmutig sah er an sich herunter. Sein Gesicht schmerzte von den unzähligen Kratzern und winzigen Schnitten, die sein Fall verursacht hatte. Die ohnedies zu enge und zu kurze Kleidung, die sein Vater irgendwo stibitzt hatte, war hier und da aufgerissen; seine nackten Unterarme waren vom Gestrüpp zerkratzt.

Er schalt sich in Gedanken ob seiner Ungeschicklichkeit. Er war einfach zu plump für das Leben im Wald – zu groß! Mit seinen über eineinhalb Schritt Körpergröße (eineinhalb von seinen Schritten, versteht sich …) überragte er alle anderen im heimatlichen Bau um mehr als das Doppelte.

Der Junge sog zischend die Luft ein, als er – eine Spur zu ungelenk – einen Schritt aus dem dichten Brombeerdickicht tat. Während er seine geschundenen Beine rieb, sah er sich hastig um. Das Spiel war längst verloren. Raillix konnte diesen Krach nicht überhört haben! Bestimmt war sein kleiner Bruder bereits in der Nähe.

Mißmutig brach der Junge einige dürre Zweige ab und zermatschte Beeren vom Wams, als der Kobold auch schon neben ihm im Unterholz auftauchte. Raillix' rote, in dem kleinen, faltigen Gesicht sehr groß erscheinenden Augen blickten zum Firunsgesicht seines großen Bruders auf.

Ohne Zweifel würde das kleine Scheusal unverzüglich zu einer Gemeinheit ansetzen. Zu seinem Leidwesen sollte der Ältere mit dieser Vermutung Recht behalten …

Raillix blickte auf das niedergerissene Brombeergestrüpp herab, schüttelte bedächtig den Kopf, machte nun seinerseits das ernsteste Gesicht, zu dem ein Kobold wohl fähig sein mochte, und bemerkte mit vorwurfsvoll gerunzelter Stirn:

»Du mußt vorsichtiger sein. In diesem Teil des Waldes sind Trolle und Oger nichts Ungewöhnliches – ein Wunder, das dir nicht mehr passiert ist! Paß endlich besser auf dich auf, ich kann ja nicht immer darauf achtgeben, daß mein großer, tumber Bruder nicht zum Mittagsmahl verspeist wird …«

Als der junge Mensch grimmig herumfuhr, sah er in

das entwaffnendste Lächeln Deres, und im nächsten Augenblick war Raillix mit einem schrillen Jodler im Unterholz verschwunden. Des Knaben Wut war nun vollends verschwunden. Das Spiel begann von neuem, und das unbekümmerte Lachen der beiden Jungen erscholl wie der heitere, aber rücksichtslos lärmende Gesang der Krikralis, wenn sie einander durch den morgendlichen Wald jagten.

Er merkte zu spät, daß Raillix nicht weitergelaufen war und prallte in vollem Lauf gegen seinen Bruder, so daß die beiden als verschlungenes Knäuel in einen Haselstrauch rollten.

»Verdammt, was ...«, schimpfte der Junge los, bis er sah, was seinen Bruder bewogen hatte, so unvermutet stehenzubleiben:

Sie hatten nicht auf den Weg geachtet und waren nahe an die Straße der ›Großen‹ herangekommen. Vor ihnen erstreckte sich eine große Lichtung, auf der das bunteste Treiben herrschte, das sie beide je im Wald gesehen hatten.

Ein gutes Dutzend in allen Farben gestrichener Wagen war dort in einem losen Rund aufgebaut, dazwischen bewegten sich einige Zugtiere und mehr Menschen, als der Junge auf Anhieb zu zählen vermochte (zumal er kaum zählen konnte).

Aus einem dichten Busch heraus bestaunte er die lustige Schar, ihre bunte Kleidung, ihre Freude und Ausgelassenheit. Manche waren damit beschäftigt, gefährlich aussehende Tiere zu versorgen, wobei sie sich jedoch furchtlos neckten. Einige tanzten zu einer fremden, rhythmischen Musik. Der Blick des Jungen schweifte über die mit verschlungenen Ornamenten bemalten Wagen – und dann sah er sie ...

Als er wieder klar denken konnte, war er zu Hause, im Bau seiner Sippe. Er war umgeben von vertrauten, muffigen Gerüchen, von feuchtem Erdreich, dicken Wurzelschlangen und dem matten Licht der Phosphorpilze. Weiter im Inneren sah er Raillix auf seinen Vater einreden. Raillix...

Der Junge besann sich darauf, daß er die helle Stimme seines Bruders gehört hatte. Er hatte sie nicht beachtet, nicht verstanden. Das nächste, woran er sich erinnerte, war eine Vielzahl weiter Zaubersprünge, durch die sein Bruder sich und ihn durch den ganzen Wald bis hierher geschafft hatte. Er hatte keine Ahnung gehabt, daß die Kräfte des Jüngeren schon so groß waren, so viel größer als seine eigenen.

Er konnte nicht genau hören, worüber sein Vater und Raillix sprachen, doch das war im Moment auch nicht so wichtig. Er sah nur noch sie. Sie war aus einem der Wagen gestiegen, als sie die Lichtung beobachtet hatten. Er hatte sie jetzt noch genau vor Augen, ihr dunkles Haar, das sich in zahllosen Löckchen bis zur Hüfte ergoß; das knappe, bunte Trikot, das ihren Körper betonte, die Anmut ihrer geschmeidigen Bewegungen...

Sein verträumtes Lächeln geriet zu einem verwirrten Grinsen, als die rosigen Wangen und die braunen Augen dieses elfengleichen Wesens dem von tiefsten Falten zerfurchten, graubraunen Gesicht seines Vaters wichen.

»Ich habe euch verboten, zur Straße der ›Großen‹ zu gehen.«

Seine großen schilfgrünen Augen funkelten. »Ihr hattet dort nichts verloren! Du wußtest das, und dein Bruder auch...«

Was folgte, daran konnte der Knabe sich später nicht mehr erinnern. Sein Vater mußte noch eine ganze Weile auf sie beide eingeredet haben, er aber konnte nur noch an eines denken. Daß er nicht länger hierbleiben würde, daß er nie wirklich in den Bau seiner Sippe gehört hatte – daß er fortgehen würde. Bald...

Er hatte ein schlechtes Gewissen, als er sich spät in der Nacht aus dem Bau schlich. Seine Eltern und das knappe Dutzend Geschwister schliefen tief und fest. Der ganze Bau schlief, die Zauberkraft seines Vaters hatte sogar das Glimmen der Leuchtpilze unterbunden. Der Junge sah noch einmal in die niedrige, von Dunkelheit und leisen Schnarchgeräuschen erfüllte Schlafhöhle zurück, dann drehte er sich um – und ging.

Er erreichte das Lager der Gaukler kurz vor Sonnenaufgang. Die meisten Schausteller waren trotz der frühen Stunde schon auf den Beinen. Kleine Feuer brannten überall. Ein Husten hier, ein verschlafenes Gemurmel dort kündeten einen baldigen Aufbruch an. Ihm war das nur recht. Er wollte nun nicht mehr länger als nötig hier im Wald bleiben. Sein Vater würde bestimmt mehr als wütend werden, wenn er ihn bei den ›Großen‹ erwischte. Aber der Junge wußte, daß diese Leute sein Volk waren, daß er zu ihnen gehörte. Und vor allem, daß er zu *ihr* gehörte …

Er näherte sich vorsichtig dem Wagenrund. Ein bezopfter Graubär von einem Mann wurde als erster auf ihn aufmerksam und sprach ihn in Menschensprache an, und einen Augenblick lang war der Ausreißer von ihren langsamen, monotonen Klang verwirrt.

Sein Vater hatte mit ihm in dieser Sprache gesprochen, als er noch klein war, sie aber nie wieder benutzt, nachdem die Zauberkraft des Jungen stark genug geworden war, die flinke Mundart der Kobolde zu beherrschen. Natürlich hatte er nicht erwartet, hier auf koboldisch empfangen zu werden – oder doch? Er wußte nicht, was er erwartet hatte …

Der scharfe Tonfall des Hünen riß den Jungen aus seinen Gedanken. Der Wächter hatte sich nun in voller Größe vor dem unverhofften Besucher aufgebaut und musterte ihn mit argwöhnisch gerunzelter Stirn. Weitere Gaukler hatten den Neuankömmling bemerkt und sich neugierig genähert. Ehe er wußte, wie ihm geschah, stand der Junge inmitten einer Gruppe von mehr als einem Dutzend Fahrender, die ihn mit einer Mischung aus Belustigung und Mißtrauen beäugten.

»Holla! Hat's dir die Sprache verschlagen, Bursche?« herrschte der Bärenkerl den Knaben an.

»Ich …«, fing der Ausreißer an, unfähig, den Satz zu vollenden. Er hatte diesen Moment auf dem Weg hierher unzählige Male durchgespielt, doch so hatte er sich seinen Empfang nicht vorgestellt. Mit halboffenem Mund stand er zwischen den Gauklern, kam sich unglaublich klein und verloren vor, und er hätte auf der Stelle seine ganze Zauberkunst für ein vertrautes Gesicht hergegeben. »Ich …«

»Ah, Faenwulf, was habt Ihr da denn aufgelesen?« meldete sich ein dürrer, haarloser Mann mit tulamidischem Äußeren zu Wort.

Der Angesprochene zuckte mit den Achseln. »Besuch. Tauchte eben vor den Wagen auf, das Früchtchen.«

»Ooh …«, ereiferte sich der Kahlschädel mit gespielter Verzückung, worauf er sich zu dem Jungen herabbeugte. »Sind wir vom Madamal gefallen, junger Herr? Sind wir ein Kundiger der Sphären? Hat uns wohl gar die Erde ausgespien?« Mit gönnerhaftem Lächeln genoß der Hagere das beifällige Gelächter der anderen, dann stolzierte er davon.

»Ein Friedloser wird er sein.« Wieder zuckte der Mann namens Faenwulf mit den Achseln. »Vogelfreie treiben sich oft in diesen Wäldern herum. Nun? Was führst du im Schilde, Kleiner?«

»Ich … will bei euch bleiben …«, war alles, was der verdutzte Knabe sagen konnte. Er war den Tränen nahe.

»Schickt ihn weg!« Unter dem Raunen der übrigen war eine alte, runzlige Frau hervorgetreten. Sie schwang einen knorrigen Stecken. »Er wird Ärger machen«, krächzte das Weib. »Die Geister haben mich gewarnt! – Pack dich fort, du Lump!« Mit wütendem Zischen näherte sich die Frau. Dem Jungen schoß es durch den Kopf, daß er dringend die Laune der Alten heben sollte. Er erwartete die Rasende mit einem freundlichen, breiten Lächeln …

Riud stand mitten unter den Gauklern, die sich um den seltsamen Ankömmling geschart hatten, als dieser im Lager aufgetaucht war. Schnell hatte er das Interesse an dem ungewaschenen Knaben wieder verloren, und er wollte schon ans wärmende Feuer zurückkehren, als plötzlich Helvja, die selbsternannte sewerische Hexe und Seherin, auf den ungebetenen Gast losging. Nur eine kleine Geste des Jungen, und die Alte war atemlos vor Lachen zusammengebrochen. Riud war kein Narr. Er erkannte eine Gelegenheit, wenn sie sich ihm bot. Diesen kleinen Fuchs hatte Phex persönlich ihm gesandt! Mit dem Mut neuer Hoffnung kam er dem Schelmlein zu Hilfe.

»Heda, was soll das? Faenwulf, laß ihn los!« Der Thorwaler fuhr zornig herum. »Ihn loslassen? Der Kerl hat Helvja verhext!« Riud zögerte. Er war nicht lange genug bei der Truppe, daß sein Wort großes Gewicht hätte. »Helvjascha?« Mit einem Lächeln wies er auf die Alte, die sich immer noch atemlos prustend gegen einen Wagen lehnte. »Vermutlich hat das Mütterchen wieder an deinem Feuer genascht, mein Freund. Gebt dem Jungen eine Chance. Ich passe auf ihn auf. Wenn er sich nicht nützlich macht, können wir ihn immer noch nach Notmark gehen lassen!«

Nur wenig später saß der Knabe neben dem Barden auf dem Bock eines Wagens. »Ich danke Euch, Riud«, sagte er. »Ich stehe tief in Eurer Schuld!« Der Sänger lächelte. »Wie heißt du eigentlich, mein Junge?«

»Thalion. Mein … Name ist Thalion.«

»Ein Knabe, der im Namen bald – wenn auch gewiß in Form nicht und Gestalt – der heldenhaften Leuin gleich – Thalionmel vom Alten Reich …«, intonierte der Barde mit getragener Melodie. »Du wirst all die großen Städte sehen, Thalion. Ragath, Punin – und Gareth, ach … Gareth!«

Thalion blickte vergnügt in die Runde. Azina, die Tochter des Messerwerfers, das Mädchen mit den Feenaugen, saß im Wagen direkt vor ihnen und kämmte sich ihr Haar. Hatte sie ihm nicht eben zugelächelt?

Der Schelm wußte nicht, was ihm die Zukunft in der Welt der Menschen bringen würde, aber eines war gewiß: Dank der Hilfe seines neuen Freundes hatte sein Weg in diese Welt einen guten Anfang genommen.

Lihalia Harfenwind griff in einer fahrigen Bewegung nach der kristallenen Karaffe – einer der wenigen zerbrechlichen Gegenstände ihres Haushalts, der noch ganz war. Mit zittrigen Händen goß sie einen Schwall edlen Weines in einen Becher und leerte diesen mit großen Schlucken. Zuviel war in der letzten Zeit geschehen!

Als die Karaffe, kaum, daß die Elfin sie auf den niedrigen Tisch gesetzt hatte, mit klirrendem Geräusch zersprang, entglitt der Dame ein heller Schrei (und ein derart unziemliches Wort, daß der Chronist sich in Hinblick auf die geneigte Leserschaft gezwungen sieht, von einer genauen Wiedergabe abzusehen). Sie ließ auch den hölzernen Becher fallen, der sogleich einen lauten Tanz auf den steinernen Fliesen ihres Hauses begann. Sie preßte ihre Hände gegen die Schläfen, wie man es sieht, wenn die Leute großen Lärm ertragen müssen – oder aber den Verstand verlieren …

Mit dem nichtssagenden Gesichtsausdruck, den

man schnell in den Diensten hochgestellter Persönlichkeiten entwickelt, da es sich nicht ziemt, Anteil am Leben der hohen Herrschaften zu haben, erschien die Zofe der Dame Harfenwind im Raume. Die alte Turiken eilte herbei, um in einer einzigen Bewegung den Weinbecher ihrer Herrin vom Boden aufzulesen und auf den Tisch zu stellen, von dem derweil der gute Wein zu Boden troff, und um der Herrin selbst den linken Arm als Stütze anzubieten. Langsam führte sie die schluchzende Elfin die geschwungene Treppe hinauf zu ihrem Schlafgemach und redete beruhigend auf sie ein. Oben angekommen, half sie ihr aus ihren Kleidern und ließ sie mit ihrem offensichtlichen Kummer allein, um das Chaos im großen Saal zu beheben. Noch auf der Treppe jedoch begann die Alte sich zu verwandeln. Ihr graues Haar wurde rot, die Runzeln und Falten (hierbei hatte er ein wenig an seine Mutter gedacht) verschwanden und machten Sommersprossen Platz. Thalion blieb auf halbem Wege die Treppe hinunter noch einmal stehen und horchte.

Die Edle weinte sich leise in den Schlaf. Nun, am Morgen, dafür würde er Sorge tragen, würde die Dame Harfenwind über das alles lachen können – ganz sicher sogar …

INA KRAMER

NACH DER PREDIGT

Der großgewachsene Mann blinzelte nicht, obwohl das Licht, in das er trat, viel gleißender war als die von aberhundert Kerzen erzeugte Helligkeit, in der er sich kurz zuvor aufgehalten hatte. Die Praiosscheibe hatte ihren höchsten Stand bereits überschritten, aber hier oben, auf dem Dachgarten des Tempels, dem Hochgeweihten vorbehalten, schien sich alles Licht der Welt versammelt zu haben: Man schrieb den sechsundzwanzigsten Rahja, der Sommer hatte eben begonnen.

Mit leicht gerunzelter Stirn – nicht der Helligkeit wegen, sondern weil das Strenge ihm von jeher eigen war und seine Züge sich selbst im Schlafe oder der Entrückung des Gebetes niemals völlig glätteten – musterte der Priester seine Umgebung: Den luftigen Garten umschließt ein ringförmiger Wall aus weißem, ungeädertem Marmor, gut drei Schritt hoch, so daß selbst einem Hünen wie ihm der Blick auf die Stadt verwehrt war. Der Wall war nicht völlig rund, da der Kreis aus hundertvierundvierzig – welch göttergefällige Zahl! – Flächen gebildet wurde. Zwölf gewaltige, mit Gold überzogene Steinkugeln waren in regelmäßigen Abständen auf der Mauer befestigt, und da auch sie außen vergoldet war, entstand der durchaus beabsichtigte Eindruck, eine mächtige Krone ziere das Tempeldach – eine Krone für den Götterfürsten.

Damals, vor fünfzehn Jahren, als Praiosson das Amt – die Buße – angetreten hatte, war die weithin gerühmte Zwölfgötter-Uhr der einzige Schmuck des Bauwerks gewesen, ein Schmuck übrigens, der dem Priester kaum götter- und ganz gewiß nicht praiosgefällig erschien. Keine goldene Kuppel hatte über der Stadt geleuchtet, und das schlichte Satteldach war nicht mit vergoldeten, sondern roten Schindeln gedeckt gewesen.

Eine Kuppel für das Haus des Götterfürsten! Das war von Anfang an das Ziel des jungen Hochgeweihten. Aber als nach zehn Jahren, in denen er dem Kult des Sonnengottes zu dem gebührenden Ansehen verhalf, endlich genug Dukaten die Schatztruhe gefüllt hatten, um mit dem Bau der Kuppel zu beginnen, hatte der Baumeister dringend von dem Vorhaben abgeraten – aus Gründen der Statik, wie er sich ausdrückte – und statt dessen die inzwischen verwirklichte Alternative vorgeschlagen, der Praiosson auf der Stelle zugestimmt hatte: Außen sollte es eine Krone sein, die Praios' Macht auf eindrucksvolle und nie gesehene Weise darstellte, innen ein Ort, an dem er selbst nach Erleuchtung streben wollte.

So plausibel und leicht durchführbar die Um- und Anbauten und der neue, veränderte Dachstuhl auf den Plänen und Schnittzeichnungen aussahen, es sollten doch gut vier Jahre vergehen, bis alle Arbeiten abgeschlossen waren. Das Gebäude war um vier Schritt erhöht, ein Turm war auf die Mauern des runden Altarraumes gesetzt worden, der den Sockel für die ›Krone‹ bildete und an dessen Innenseite eine Treppe nach oben führte, und statt des Satteldaches hatte der Tempel ein abgeflachtes Walmdach erhalten, mit glänzend glasierten, arangenfarbenen Ziegeln gedeckt. Im Boron dieses Jahres hatte Praiosson den vollendeten Dachgarten zum ersten Mal betreten – die Baustelle hatte er öfter besucht, als Handwerkern und Baumeister lieb war –, und der Sommer, der vor ein paar Tagen begonnen hatte, war der erste, den er an diesem Ort verbrachte.

Der Hochgeweihte war eine eindrucksvolle Gestalt, auch ohne den rituellen goldenen Streitkolben, mit dem er bei der Predigt seine Gebärden zu unterstreichen pflegte und den er, ebenso wie den steifen Goldkragen und die Sonnenmitra, in der Sakristei zurückgelassen hatte: Gut zwei Schritt maß er, war von kräftiger Statur und hielt sich mit seinen einundvierzig Jahren immer noch aufrecht wie eine Säule. Die knöchellange, rotgoldene Robe aus schwerem Brokat ließ den Priester gar noch größer erscheinen, und die weißen Fäden im ungewöhnlich dichten blonden Haar erhöhten dessen Lichthaftigkeit.

Warum ist selbst dieser Ort der Gottessuche, des Gebetes und der Versenkung nicht frei von Schatten? dachte Praiosson, wie schon so manches Mal zuvor (auch im Altarraum des Tempels fanden sich, trotz der vielhundert Kerzen, die ihn erhellten, Bereiche sich überkreuzender, lichthafter Schlagschatten). Zwar maß der blaue Streifen an der Unterkante des südlichen Halbrunds im Augenblick kaum einen Spann, aber er würde wachsen und unaufhaltsam über den weißen Boden kriechen. Und etliche der Steinquader – heller als der Schatten, den sie warfen – schimmerten nur noch von ›geborgtem Licht‹, wie der Geweihte den Widerschein der Sonnenstrahlen zu nennen pflegte: Die übrigen Wände und der Boden brachten den Marmor schwach und milchig zum Glitzern, und der Abglanz seines eigenen Gewandes sowie der in Licht getauchten Kugeln auf der Mauerkrone malte goldene Reflexe auf ihn. Nein, der Dachgarten, genauso wie der Altarraum, war kein Ort des reinen, schattenlosen Lichtes, dachte Praiosson … noch nicht, denn vielleicht, vielleicht, gelänge es ihm eines Tages, durch Praios' Gnade und Erleuchtung, einen solchen Ort zu konstruieren. Hier oben würde er ihn bauen, dem Herrn zur Ehre, im Einklang mit den erhabenen Gesetzen der Physik und ohne Einsatz schändlicher Magie … Der Priester füllte die Lungen mit Luft, bis der breite Brustkorb sich nicht weiter dehnen ließ, und ließ den Atem langsam wieder entweichen.

Dachgarten, Lichtgarten oder wie immer man den

Platz auf dem Tempeldach nennen mochte – mit einem Garten hatte er nichts gemein: Kein Grün war in all den Schattierungen von Weiß zu entdecken – keine Töpfe mit Blumen, keine Ziersträucher in Kübeln, nicht das kleinste Hälmchen hatte in einer Ritze Fuß fassen können. Die Novizen, denen die Reinigung des Gartens oblag, verrichteten ihre Arbeit gewissenhaft. Wirklich? Und was war das? Der Geweihte runzelte die Stirn stärker, um das fragliche Objekt besser fokussieren zu können. Tatsächlich – dort am Fuße des Marmorblocks im Zentrum des Kreises, der dem Hochgeweihten als Meditationslager diente, wuchs etwas! Ein ebenso unscheinbares wie tollkühnes Pflänzchen versteckte sich in dem bläulichen Schatten, wie um nicht entdeckt zu werden, und es war ihm gar gelungen, die blassen, ebenfalls bläulichen Blütensterne – Praiosson konnte die Farbe nicht genau erkennen – an dem schmächtigen Stengel zu öffnen.

Der Priester spürte Zorn in sich emporsteigen, unnützen, unangemessenen Zorn, wie er sich sogleich eingestand, und so unterdrückte er den Impuls, die Blume samt Wurzel auszureißen und über die Mauer zu schleudern. Nein, wenn Peraine entschieden hatte, es in Praios' (und seinem) Garten grünen zu lassen, so sollte, zumindest für heute, Ihr Wille geschehen. Gemessenen Schrittes trat er zu der Bank, legte sich nieder und schloß die Augen.

Heiß war es an diesem wolkenlosen Rahjatag, und kein Windhauch regte sich (zumindest drang keiner in das Innere des Kreises), aber Praiosson schwitzte nicht. Es schien ihm nicht das Geringste auszumachen, daß der Brokat seines Priesterkleides die sengenden Strahlen geradezu anzog und ihre Kraft verstärkte. Ein Priester des Sonnengottes, der in der Sonne schmilzt wie Wachs, ist kein wahrhaft Berufener, lautete sein Wahlspruch. Mit diesen Worten hatte er auch den Disput beendet, in den sein Leibmedicus ihn hatte verwickeln wollen, nachdem er erfahren hatte, daß der Tempelvorsteher beabsichtigte, für die Meditation ausgerechnet die erste, heißeste Stunde nach Mittag und den prallen Sonnenschein zu wählen. »Die Hitze mag Euch ins Hirn fahren, Hoherpriester«, hatte er kopfschüttelnd gesagt, »und dann könntet Ihr die Besinnung verlieren oder Euch ein übles Fieber einfangen.«

Nein, das würde nicht geschehen, dachte Praiosson, und wenn doch, so wollte er es als Zeichen seiner Unwürdigkeit nehmen, das schwere, aber geliebte Amt niederlegen und hinfort in Demut als der Geringste unter den Tempeldienern leben und wirken. Es war ihm völlig Ernst damit, natürlich.

Herr Praios, Allmächtiger, Allwissender, Herr des Lichtes, der Ordnung und des Gesetzes, erleuchte mich! Strafe mich, wenn ich gesündigt habe, und weise mir den rechten Weg, damit ich Dein Licht empfange! Mache mein Auge scharf, auf daß es das Unrecht erkenne, meine Hand stark, auf daß sie es vernichte, und meine Stimme laut, Dein Gesetz zu verkünden. So betete der Priester stumm. Während er die Worte im Geiste sprach, spürte er bereits, daß er weit entfernt war vom Augenblick der Erleuchtung, denn vielerlei Gedanken waren mitsamt der Formel durch seinen Kopf gezogen. So hatte er überlegt, ob sich der schattenlose Lichtort wohl mit Hilfe von Spiegeln, in Stein eingelassenen Kristallen, abgerundeten Ecken oder der Kombination dieser drei und weiterer, noch zu erfindender Maßnahmen verwirklichen ließe. Weiterhin hatte er der Hitze, die sich unter dem Gewand staute, nachgespürt und entschieden, daß sie zwar nicht unbedingt das körperliche Wohlbefinden steigere, andererseits aber durchaus angemessen sei und sich gewiß in fromme Entrückung überführen ließe, wenn man sich ihr auf gottgefällige Weise hingäbe. Die Höhe der Ringmauer hatte ihn ebenfalls für die

Dauer eines Herzschlages beschäftigt. Wie gut hatte es sich doch getroffen, daß das vom Baumeister errechnete, vollkommene harmonische Maß mit seinen eigenen Wünschen übereinstimmte: Hier oben wollte er abgeschieden sein von der Welt – das Gewimmel, Gelärme und die Gerüche der Stadt sollten ihn nicht beim Gebet stören! Bei dem Wort ›Gerüche‹ war ihm dann aufgefallen, daß das schmächtige Blümchen am Fuß seines Lagers einen erstaunlich intensiven, ja geradezu penetranten Duft verbreitete, süß, schwer und eigentümlich betörend, wenn man für betörende Düfte empfänglich war. Das war Praiosson nun wahrlich nicht; er empfand den Geruch, gerade wegen der Verlockung, die er in sich barg, eher als störend, und so mußte er kurzfristig darüber nachdenken, ob es nicht doch besser sei, die Pflanze zu entfernen, der vorherigen Entscheidung zum Trotz. Aber dazu hätte er sich erheben müssen und die beginnende Versenkung, die er zu spüren glaubte, zunichte gemacht. Und so entschied er, es als milde Prüfung zu betrachten, den Duft zu ignorieren.

War es möglich, daß eine Pflanze sich innerhalb von dreißig Stunden vollständig entfaltete, bis hin zur Blüte? fragte er sich und beschloß, die Frage nicht auf sich beruhen zu lassen. Denn gestern morgen war der Dachgarten zuletzt gereinigt worden, und nun galt es zu ermitteln, ob der oder die an der Säuberung beteiligten Novizen faul und unaufmerksam (wie er im ersten Augenblick vermutet hatte und immer noch vermutete) oder möglicherweise schuldlos waren. Dann mußte er entsprechend handeln. Er selbst hatte den Ort vorgestern zum letzten Mal betreten, gestern hatte eine Unterredung mit Seiner Majestät ihn daran gehindert.

Praiosson bemerkte unvermittelt, daß er sich schon viel zu lange mit der unbekannten dreisten Pflanze abgab. Ihr war es also tatsächlich gelungen, ihn ein

Weilchen von der praiosgefälligen Konzentration abzuhalten, der Abscheulichen! Welch unangemessene Ausdrucksweise, rief er sich augenblicklich zur Ordnung. Hatte eine Blume denn einen Verstand, einen Willen, die Fähigkeit, absichtsvoll zu handeln? Nein, und darum traf *sie* auch keine Schuld, sondern nur ihn selbst, denn er hatte sich ablenken lassen. Doch damit sollte nun Schluß sein. »Herr Praios, Allmächtiger, Allwissender, Herr des Lichtes, der Ordnung und des Gesetzes, erleuchte mich!« betete der Priester abermals, leise, aber doch deutlich hörbar nun. Er hatte das Gebet auch eben, wie an jedem Praiostag, zum Abschluß der Predigt im Altarraum gesprochen. Das war vor … ja, vor wie langer Zeit gewesen? Praiosson wußte es nicht, wie er sich eingestehen mußte, nicht einmal annähernd. Natürlich könnte er die Augen öffnen, um am Stand der Praiosscheibe die Stunde zu ermitteln, oder die Ohren spitzen, um vielleicht doch, sehr fern und kaum wahrnehmbar, den Gongschlag der Wunderuhr zu vernehmen. Und schon lauschte er angestrengt, fast gegen seinen Willen, aber die massiven Mauern erfüllten ihre Aufgabe vollkommen: Kein Laut drang von unten in den Dachgarten, und selbst die Möwen und Mauersegler schienen ihn als Ort der Stille zu respektieren, denn auch von ihrem schrillen, unlieblichen Gesang war hier nichts zu hören.

Die Augen geschlossen zu halten war viel einfacher, als aufs Ohrenspitzen zu verzichten, dachte der Geweihte. Ich sollte eigentlich an dem Winkel, in dem Praios' Strahlen auf mich fallen, ermitteln können, wieviel Zeit seit dem Schlußgebet des Gottesdienstes verstrichen ist, sagte er sich. In seine donnernden Worte und den Murmelchor der Gemeinde waren gedämpft die zwölf Gongschläge gedrungen, wie er sich voller Befriedigung erinnerte. Es war von jeher sein Ziel gewesen, das Schlußgebet mit dem Anbruch der Praiosstunde zusammenfallen zu lassen, und obwohl er seine Predigten weder schriftlich entwarf noch mit Hilfe eines Stundenglases einstudierte, sondern sie erst beim Gottesdienst selbst, im Angesicht der Gemeinde, entwickelte und in dröhnende, aufwühlende Worte faßte – im Vertrauen auf Praios' Eingebungen und den eigenen Verstand –, erreichte er dieses Ziel inzwischen mit fast vollkommener Exaktheit und Regelmäßigkeit. Nach dem Gebet und dem Segen, dabei mochten drei Minuten verstrichen sein, hatte er sich in die Sakristei begeben, um sich des Streitkolbens, des Kragens und der Sonnenmitra zu entledigen. Um die Anspannung der Predigt von sich abfallen zu lassen, dafür brauchte er nach seiner Schätzung höchstens zehn Minuten. Für den daran sich anschließenden Aufstieg zum Dachgarten veranschlagte er wiederum drei Minuten. Es war also etwa eine Viertelstunde nach Mittag gewesen, als er das Dach betreten hatte. Doch wieviel später war es nun? Wiederum eine Viertelstunde? Oder war die zweite Nachmittagsstunde bereits angebrochen? Praiosson konnte es nicht entscheiden – er fühlte sich so vollständig von Licht und Hitze übergossen, als würde die Sonnenscheibe senkrecht über ihm stehen. Das nun aber war aus zweierlei Gründen unmöglich. Erstens *hatte* sie ihren höchsten Stand bereits überschritten, als er sich auf dem steinernen Lager niedergelassen hatte, und zweitens stand sie niemals senkrecht in diesem Landstrich. Das tat sie allenfalls im sündigen Al'Anfa, und auch dort nur an einem einzigen Tag im Götterlauf und nur für die Dauer eines einzigen Augenblicks, wie ihm einmal ein Astronom erläutert hatte… im sündigen Al'Anfa…

Plötzlich durchzuckte es den Priester wie ein Blitz, aber nicht wegen der schrecklichen Sünden, die die Al'Anfaner tagtäglich begingen. Ein Knoten aus Scham und Zorn bildete sich in seinem Innern, an einem Punkt hinter dem Magen und glühte heißer fast als die Sonnenstrahlen. O nein! Fast fünf Jahre lang, vom Studium der ersten Planzeichnung bis zu diesem Augenblick hatte er sich einer Täuschung hingegeben, einem unverzeihlichen Denkfehler! Er hatte geglaubt, der Quader, den er sich zur Gebetsstätte hatte errichten lassen, befände sich auf der Achse zwischen dem Standbild im Altarraum, einem goldenen Greifen mit ausgebreiteten Schwingen, und der Praiosscheibe. Zumindest im Sommer und gegen die Mittagsstunde wurde er von ihr durchdrungen, so daß er sozusagen von oben und unten von Praios' Kraft gespeist werden könnte. Aber natürlich führte nur eine unsichtbare und unveränderliche Linie von der Statue zur Ruhebank und eine zweite von der Sonne zum Standbild, und beide hatten nichts miteinander zu tun.

Es dauerte eine Weile, bis der Knoten sich löste. Praiosson zwang sich, ruhig zu atmen. Vergib mir, Herr, meine Gedankenlosigkeit, meine Dummheit und Überhebung, betete er dabei. Gewiß, ich wünschte mir so innig, Dir nahe zu sein, daß ich die Ordnung unwillentlich mißachtete, nach welcher die Gestirne über den Himmel ziehen. Aber tat ich es aus Mutwillen? Nein, Praios, mein Herr, ich tat es aus Liebe zu Dir, von der ich so durchdrungen bin, daß sie meinen Verstand trübte. Aber da Du, Allwissender, meine Gedanken kennst, bevor ich selbst sie kenne, so sage ich Dir, es geschah auch aus Stolz. Denn sehr wohl bin ich erfüllt von dem Stolz, daß Du mich berufen hast, Dein Diener und Dein Sprachrohr zu sein. Es ist ja auch Dein Wille, daß wir, Deine unwürdigen Knechte, stolz und aufrecht Dein Wort verkünden und Deine Herrlichkeit durch irdische Pracht verdeutlichen. Wenn Du aber glaubst, mein Stolz habe sich gegen Dich gerichtet, so daß ich diesen Platz nicht Dir zur Ehre hätte errichten lassen, sondern um Dich zu zwingen, mich zu erleuchten und mit Deiner Gnade zu füllen – denn Du kennst mich besser, als ich es tue, und ich bin mir nicht wirklich sicher, ob nicht auch solche Gedanken mein Handeln bestimmten –, so bitte ich Dich, mich auf der Stelle zu schwarzer Asche zu verbrennen.

Zwar glaubte Praiosson zu spüren, daß sich, als er das Gebet beendet hatte, die Hitze verstärkte – sicher war er aber keineswegs, möglicherweise war sie beständig angeschwollen, seit er sich niedergelegt hatte –, von Verbrennen konnte jedoch keine Rede sein. Er fühlte keine Schmerzen, eigentlich spürte er seinen Körper gar nicht, oder vielmehr konnte er nicht mehr unterscheiden, wo sein Körper aufhörte und wo die Außenwelt begann. Er schwamm in einem Meer aus Hitze und Licht – rotgolden drang es durch die geschlossenen Lider.

Der Priester rührte sich nicht. Wenn es in seiner Macht gestanden hätte, hätte er seinem Herzen das Schlagen untersagt und seinem Atem das Strömen, nicht, um sein Leben zu beenden, sondern um dem Augenblick ewige Dauer zu verleihen. Aber er besaß diese Macht nicht: Das Herz klopfte gleichmäßig und vernehmlich, ein wenig schneller als üblicherweise und nicht nur in der Brust, sondern auch im Hals und ein wenig oberhalb des Nabels, und der Atem, den er unwillkürlich angehalten hatte, strömte nun aus den geblähten Lungen. Und beim nächsten Atemzug drang mit der Luft der schwere süße Duft der kleinen Pflanze in seine Nase.

Nein, der Zustand, in dem er empfänglich wäre für die Erleuchtung, war noch nicht erreicht, dachte der Geweihte, und dabei brauchte er Erleuchtung so dringend. Nicht nur er selbst, auch der Bote des Lichts, die gesamte Geweihtenschaft, die Kirche … Wie sonst sollte das Unheil abgewendet werden, das die Welt bedrohte? Nur mit Praios' Hilfe konnte das geschehen! Aber würde Er helfen …? Seit ihn vor genau sechs Tagen die ersten Berichte über die schrecklichen Ereignisse in Mendena erreicht hatten, war er die Sorgen nicht mehr losgeworden, auch während der Meditation – des Meditationsversuches, korrigierte Praiosson sich in Gedanken – hatten sie ihn wie unsichtbare Wolkenschleier umwoben. Nun verdichteten sich die Wolken, als er sich ins Gedächtnis rief, was ihm, aus unterschiedlichen Quellen, und doch fast aufs Wort übereinstimmend, zu Ohren gekommen war: Von spinnenartigen Riesenkreaturen, die übers Wasser laufen konnten, war die Rede gewesen, von geflügelten Schlangen, die Feuerbrände aufs Land warfen, und von grauenhaften, zähnefletschenden Fratzen, die sich aus widernatürlichem, grün-violettem Nebel geformt hätten ... All das deutete auf dämonisches Wirken hin, eine andere Erklärung gab es nicht – Dämonen, die irgend jemand beschworen hatte.

Irgend jemand, wiederholte Praiosson in Gedanken. Dabei ahnte er – es war im Grunde weit mehr als eine Ahnung –, wer dieser Jemand sei.

Gib, Herr, daß ich mich irre! betete der Geweihte – eine sinnentleerte Floskel, wie er sich sagte, während er sie im Geiste sprach, denn was immer Schreckliches dort im Osten geschehen war, es hatte bereits begonnen, und wenn Borbarad zurückgekehrt war, dann war er zurückgekehrt, unabhängig von dem, was er selbst glaubte oder vermutete. Er hatte in der Predigt die grauenhaften Ereignisse in Mendena (unter Betonung der Schrecken von Krieg, Plünderung, Mord und Brandschatzung und beim dämonischen Aspekt recht allgemein und unscharf bleibend) dazu verwandt, die Gedanken der Gläubigen auf Praios' Strafgericht zu lenken. Aber war diese Verknüpfung zulässig gewesen? Praios hatte die Dämonen gewiß nicht gerufen! Er sollte sie zertreten mit Seinen göttlichen Füßen, zerschmettern mit Seiner göttlichen Faust und verschmoren mit Blitzen, die aus Seinen Augen schossen!

Schöne Bilder und schöne Worte, dachte Praiosson. Mit diesen und weiteren hatte er das Strafgericht illustriert, und sie hatten ihre Wirkung nicht verfehlt. Er war ein guter Redner, das wußte er. Und doch, zu den Ereignissen in Mendena wollte ihm seine Predigt plötzlich nicht mehr passend erscheinen, auch wenn den Gläubigen die heilige Gottesfurcht ins Gesicht geschrieben stand, als sie den Tempel verließen. Der Überfall auf die tobrische Stadt war keine Strafe des Herrn. Praios hatte Seine Augen von Mendena gewandt – *das* war Seine Strafe.

Um die Menschen zum wahren Glauben zu führen, war fast jedes Mittel recht – das war von jeher Praiossons Überzeugung. Gottesfurcht hatte er mit seiner Predigt wahrhaftig erzeugt, da war er sich sicher. Und bei einigen Tempelbesuchern – bei der Minderheit, leider, das wußte er aus Erfahrung – wäre die Wirkung seiner Worte so niederschmetternd und anhaltend, daß sie tatsächlich bereuten, büßten und sich hinfort bemühten, ein praiosgefälliges Leben zu führen. Er könnte also mit sich zufrieden sein. Und doch …

Unvermittelt drang ihm wieder der Duft in die Nase – er schien den Blüten in unregelmäßigen Abständen zu entströmen, dachte der Priester, denn er nahm ihn keineswegs beständig wahr. Dient der Duft von Blumen nicht dazu, Bienen, Hummeln und anderes Sumselgetier anzulocken? ging es ihm durch den Kopf. Aber hier oben waren keine Bienen, Hummeln oder andere geflügelte Plagegeister, Praios sei Dank! Die reine Vergeudung also, dieser süßliche Odem! Wo war er stehengeblieben? Das unnütze Pflänzchen hatte ihn tatsächlich den Faden verlieren lassen. Über Praios' Strafgericht hatte er sinniert, ja, so war es wohl gewesen. Und daran hatte er gut getan, denn über Sünde und Strafe konnte man, auch als Geweihter, nein, *gerade* als Geweihter gar nicht oft genug nachdenken. Auch er selbst war keineswegs sicher vor Praios' Strafe, denn als Priester des Herrn, als Vorsteher Seines Hauses, als Verkünder Seines Willens trug er weit mehr Verantwortung als die anderen sündigen Erdenwürmer. Die Gefahr zu fehlen, war für ihn um ein Vielfaches größer, mochte das einfältige Volk auch glauben, er stünde schon mit einem Bein in Praios' Paradies.

Stolz, Überhebung, Hochmut als mögliche Sünden habe ich schon bekannt, faßte Praiosson zusammen. Das ›Mögliche‹ konnte er sich nicht verkneifen, denn kein echtes Schuldgefühl wollte sich einstellen, wenn er sich sein stolzes Wesen vor Augen führte. Und was Überhebung und Hochmut betraf – ein Geweihter, ein Hochgeweihter zumal, ein Hoherpriester, *stand* nun einmal höher als die meisten Menschen. So hatte es die gottgefällige Ordnung gefügt. Das Hochfahrende, ungezügelt Jähzornige, um dessentwillen ihm damals die Buße auferlegt worden war, hatte er inzwischen so gut im Zaum, daß es nie mehr zu spontanen Tätlichkeiten gekommen war (von der einen oder anderen kräftigen Ohrfeige oder Kopfnuß abgesehen, die er in den ersten Jahren seiner Amtszeit an faule, unbotmäßige Novizen und Tempeldiener verteilt hatte). Nein, wenn es heute zu strafen galt, so wurde die Strafe nach reiflicher Prüfung bemessen und mit kaltem Herzen, ohne Zorn, verabreicht. Den Zorn bewahrte er sich für die Predigt auf. Er war es – und Praios' Gnade selbstverständlich –, der ihm die rechten Worte eingab.

Ja, am Praiostag, von Beginn der zwölften Stunde bis zum Mittagsgongschlag der Wunderuhr, da war er zornig, und vielleicht war das zu wenig. Es war gewiß zu wenig, er war ein milder Diener des strengen Herrn geworden. Was hatte er unternommen, um die Aufweichung des Magieverbotes in der Stadt zu verhindern. Nichts, außer ein paar flammenden Predigten und ein paar fruchtlosen Gesprächen mit Seiner Majestät. Wieviele böse, verderbte Hexen wurden während seiner Amtszeit verbrannt? Zu wenige jedenfalls. Und schlich nicht immer noch diese sogenannte Blaue Frau, dieses widernatürliche Zauberwesen in Menschengestalt, unbehelligt durch die Gassen? Das tat sie, leider, auch da hatte er versagt. Praios hatte allen Grund, ihm zu zürnen.

Vielleicht waren seine Predigten gar nicht so aufwühlend, wie ihm stets versichert wurde, dachte der Priester. Und falls sie doch die Gläubigen erschütterten, so beschränkte sich diese Wirkung möglicherweise auf die Dauer des Gottesdienstes, und sie hatten auf *niemanden* einen nachhaltigen Einfluß …

Praiosson seufzte. Er mochte nicht glauben, daß er sich selbst und den Herrn so lange Jahre betrogen hatte. Wenn es nur eine Möglichkeit gäbe, die Wirkung seiner Worte herauszufinden! Er würde den Leuten zu gern einmal in die Köpfe schauen, aber ihm war keine Methode bekannt, wie man das auf praiosgefällige Weise bewerkstelligen könnte (natürlich entging es ihm niemals, wenn … nun ja, einfache Gemüter versuchten, ihn zu belügen, aber das war etwas anderes, das zählte nicht). Dieser Junge zum Beispiel, der trotz seiner Schüchternheit ganz vorn im Kreis der Gläubigen gestanden hatte und jedesmal, wenn er, Praiosson, den Streitkolben erhoben hatte, um die Wucht seiner Worte zu erhöhen, zusammengezuckt war wie unter einem Hieb, dem die Gottesfurcht aus den weit aufgerissenen Augen geleuchtet hatte – welche Gedanken würden ihm durch den Schädel ziehen, welche Gefühle sein Herz bedrängen, sobald er aus dem Tempel träte? Und was täte er als Nächstes?

Der Geweihte rief sich das Bild des Jünglings vor Augen: Achtzehn oder neunzehn Götterläufe mochte er zählen, war gewiß nicht von hier, aber stammte vermutlich auch nicht aus einem der nahegelegenen Weiler, sondern aus einer Kleinstadt, Nordhag vielleicht oder Altenfaehr, und war zum ersten Mal auf Besuch in der großen, großen Stadt … Er sah den jungen

Mann nun deutlich vor sich – recht hübsch war er, wenn auch ein wenig schmächtig. Das glatte braune Haar trug er ordentlich in der Mitte gescheitelt und auf Kinnlänge gestutzt, die Wangen hatte er sich sauber gereinigt, kurz vor dem Gottesdienst, wie die frische Schramme verriet. Der graue Praiostagsrock war reinlich ausgebürstet, die weißen Strümpfe frisch gewaschen und die Schuhe glänzend poliert. Gewiß lebte der Junge hier bei Verwandten, kleinen Krämern, die es zu bescheidenem Wohlstand gebracht hatten, aber sein Onkel und seine Tante hatte ihn nicht in den Tempel begleitet. Da war sich Praiosson recht sicher. Wie mochte der Bursche heißen? fragte er sich. Geppert? Dappert? Rupert? Er beschloß, ihn der Einfachheit halber Alrik zu nennen, ja, Alrik war ein angemessener Name für den unbedarften Tropf.

Blinzelnd, weil das blendende Sonnenlicht ihm in die Augen stach, und noch sichtlich gebeutelt vom eben Vernommenen trat Alrik auf den Tempelvorplatz, nicht ohne zuvor umständlich fünf Heller aus dem Brustbeutel genommen und in die Opferschale gelegt zu haben. ***Kehrt um und tut Buße, oder Praios' Strafgericht wird euch ereilen!*** *hallten ihm noch die Worte des Priesters im Ohr. Er war nie zuvor in einem Praiostempel gewesen – dort, wo er herstammte, gab es auch gar keinen Praiostempel, nur Häuser der gütigen Mütter Peraine und Travia, und die besuchte er regelmäßig. Er hätte nicht gedacht, daß es so schrecklich sein würde.*

Schrecklich? Na na! Praiosson konnte nicht umhin, den Jungen für seine Ausdrucksweise zu tadeln, obwohl er ihm das Wort selbst eingegeben hatte.

Ja, schrecklich! Auch der riesenhafte Priester war schrecklich gewesen mit seinem hohen Hut, dem stechenden Blick und dem gefährlichen goldenen Knüppel, den er immer wieder durch die Luft hatte sausen lassen. Warum nur hatte er beständig ***ihn*** *angestarrt, wenn er von der*

Sündhaftigkeit der Menschen sprach und der grauenhaften Strafe, die der Lohn der Sünden wäre? War er, Alrik, denn so ein schlechter Mensch? Er hatte doch niemandem etwas zuleide getan, soweit er wußte. Er würde später darüber nachdenken, beschloß er, im Augenblick war ihm dafür zu flau im Magen.

So hielten sie es immer, dachte Praiosson: Später, später, nur nicht jetzt! Aber eines Tages wäre es zu spät – sie würden es noch merken.

Der erste Anblick des Hochgeweihten war ihm vielleicht deshalb so in die Glieder gefahren, dachte Alrik, weil er sich da noch nicht von dem Wandbild erholt hatte. Aus Angst nämlich, zu spät zum Gottesdienst zu kommen, war er viel zu früh aufgebrochen und eine halbe Stunde vor der Zeit beim Tempel eingetroffen. Dabei kannte er den Weg inzwischen und wußte, daß er ihn in gut einer Viertelstunde zurücklegen konnte – seit er sich in der Stadt aufhielt, hatte er es sich an keinem Tag nehmen lassen, das fromme, göttergefällige Wunderwerk, die sogenannte Uhr, zu bestaunen. So etwas hatte er noch nie gesehen! Es war unglaublich, daß Menschenhand es erschaffen haben sollte. Wirklich unglaublich.

Praiosson konnte ein Schmunzeln nicht unterdrücken, ein leicht grimmiges Schmunzeln, wie es die Bestätigung einer unschönen Vermutung erzeugt: Die Uhr weckte keine wahre Frömmigkeit, keine Götterfurcht, nur Schaulust und Sensationsgier. Solche gedankenlos durchs Leben taumelnden Einfaltspinsel wie dieser Alrik – und das waren, in Praios' unbestechlichem Licht gesehen, nun einmal die meisten Menschen –, kamen zum Tempel, um die Uhr zu **begaffen**, zu **bestaunen** und hatten womöglich **ihre helle Freude** daran! Die Uhr taugte nichts, sie sollte entfernt werden!

Aber daß er zu früh dran war, hatte er in seiner Zappeligkeit und Aufgeregtheit gar nicht gemerkt. Er war einfach den anderen Gläubigen gefolgt und hatte sich plötzlich in dieser gewaltigen, runden, turmhohen Halle befunden. In der Mitte stand der goldene Greif, aber auf **den** *Anblick war er vorbereitet gewesen und hatte mehr Ehrfurcht als Schreck empfunden. Er kannte alle Götter beim Namen und konnte sie in der rechten Reihenfolge aufsagen, und die Ihnen zugeordneten Tiere kannte er auch!*

Donnerwetter! dachte Praiosson. Da hatte der junge Alrik ja allen Grund, stolz auf sich zu sein.

Zurück zu dem Wandbild. Eigentlich war es gar kein Bild, genausowenig wie die anderen, denn es war nicht mit Farbe und Pinsel gemalt, sondern aus hellem, glattem Stein gestaltet, und zwar so, daß sich das Dargestellte ein wenig über die Grundfläche erhob. Unglaublich, wie lebensecht alles wirkte – die Gesichtszüge, die Muskeln, der Faltenwurf, jede Einzelheit … Alrik hatte, dem Rund des Altarraums folgend, die dargestellten Praioswunder, eins nach dem anderen, ehrfürchtig bestaunt, konnte kaum unterscheiden, was ihn mehr beeindruckte, die Wunder selbst oder ihre Darstellung …

Vielleicht müßte man alle Bildwerke in Praios' Häusern verbieten, ging es dem Priester durch den Kopf, damit nichts die Gläubigen ablenkte von der Verkündigung. Nur mit Licht und der Gewalt des Wortes sollte die Macht des Herrn verdeutlicht werden! Er selbst zum Beispiel nahm die berühmten Reliefs kaum mehr wahr, er hatte sich in all den Jahren an ihren Anblick gewöhnt und war abgestumpft. Auch das sprach gegen den Bilderschmuck. Und überhaupt: Wie konnte ein Bildhauer sich erkühnen, mit seinen sterblichen, menschlichen Händen göttliches Wirken darzustellen? Er würde die Frage im Auge behalten, beschloß Praiosson, und sich diesbezüglich gelegentlich an den Botes des Lichts wenden.

Nachdem Alrik den Altarraum halb umrundet hatte, fast ebenso beseligt strahlend wie die Erwählten auf dem Bild von Praios' Paradies, an dem er sich eine gute Weile ergötzt hatte, war er dann, nachdem er die ungeschmückte Lücke passiert hatte, die dem Eingangsportal gegenüberlag und ihm an Breite entsprach, auf das Gegenstück gestoßen, die Verdammnis. O nein! Alrik schüttelte den Kopf, wie um die Erinnerung an das Bildwerk zu verscheuchen, aber da waren sie wieder, die gehörnten, geflügelten, schlangenleibigen Dämonenwesen, die die sich verzweifelt Wehrenden unerbittlich hinab in die Niederhöllen zogen …

Den einen Verdammten würde er niemals vergessen, den, der sich in namenlosem Entsetzen die Hand vors Gesicht preßte, aber nur halb, so daß sein einziges, weitaufgerissenen Auge all das Grauen sehen mußte, das ihn erwartete. Glichen die Züge dieses Unglücklichen – falls es überhaupt erlaubt war, einen Verdammten so zu nennen und Mitleid mit ihm zu haben – nicht seinen eigenen? Dem Jüngling wurde noch ein wenig flauer, er ließ die Schultern sacken, preßte den rechten Arm vor den Leib und faßte sich mit der Linken an die Stirn, so daß seine Haltung und der Ausdruck des furchtsam und fragend starrenden Auges nun tatsächlich eine gewisse Ähnlichkeit mit dem Bildwerk aufwiesen.

Möglicherweise hatten die Reliefs im Tempel doch ihre Berechtigung, zumindest das eine. Es galt, Nutzen und Schaden, die von ihnen ausgehen mochten, genau gegeneinander abzuwägen. Im Moment fiel Praiosson die Entscheidung schwer, aber wenn er wüßte, ob die drastische und theologisch nicht ganz unbedenkliche Darstellung der Verdammnis einen ebenso (oder ebenso wenig, das würde sich zeigen) nachhaltigen Eindruck auf den Burschen gemacht hatte wie seine Predigt, wäre er dazu wohl in der Lage. Was mochte dieser Alrik als nächstes treiben? Er konnte schließlich nicht ewig vor dem Tempel herumlungern.

Da er keine Antwort auf seine Frage erhielt, und da das flaue Gefühl im Bauch nicht weichen wollte, ließ Alrik die Arme sinken und setzte sich zögernd in Bewegung. Er hatte kein Ziel, außer den Schatten vielleicht, den die zwei Reihen gewaltiger Linden spendeten. Puh! Wie unerträglich heiß der Tag geworden war! Es fiel ihm erst jetzt auf. Nicht zum Aushalten! Er hatte sich viel zu warm angezogen ...

Jammerlappen, allesamt Jammerlappen! Sobald es etwas ungemütlich wurde, fingen sie an zu klagen.

Aber andererseits: Hätte er im Hemd vor den Götterfürsten treten sollen? Wohl kaum. Vielleicht rührte die leichte Übelkeit ja auch von der plötzlichen Hitze her, sagte er sich. Im Tempel war es, trotz der unzähligen Kerzen, vergleichsweise kühl gewesen. Alrik knöpfte den Rock auf, überlegte kurz, ob er ihn ausziehen sollte und entschied sich dagegen. Dann müßte er ihn über dem Arm tragen, und das war erstens lästig und zweitens gefährlich, denn alles, was nicht fest am Körper saß, konnte leicht abhanden kommen. Er blickte zum Tempel zurück und war entsetzt, als er den Bettler entdeckte. Wie hatte er den Mann nur übersehen können? Er mußte ja fast über ihn gestolpert sein!

Noch immer verließen Gläubige den Tempel, aber keiner schenkte dem dürren, halbnackten Alten die geringste Aufmerksamkeit. Entweder übersehen sie ihn absichtlich, dachte der junge Mann, oder sie sind, genau wie ich selbst eben, noch so von der Predigt mitgenommen, daß sie ihn gar nicht bemerken. Aber man mußte den Armen Almosen geben! Das hatte er in Travias Haus gelernt.

Ja, davon schwatzen sie immer, die gelben Gänse. Praios, vergib mir, Travia, vergib mir! Von der Gastfreundschaft, der Mildtätigkeit, den Almosen – als ob es keine wichtigeren Dinge gäbe. Aber von der praiosgefälligen Askese erzählten sie natürlich nichts, wenn sie in ihren Suppenküchen die Kelle schwangen.

Am ärgerlichsten fand Alrik, daß er sich wieder der sengenden Sonne aussetzen mußte, wenn er dem Alten eine Münze in die knochige Hand drücken wollte. Zwar war die Sonne auch der Herr Praios, aber nach anderthalb Stunden in Seinem Haus und unter Seinem strengen Blick, glaubte er das Recht zu haben (womöglich gar allen Grund), sich ein wenig vor Ihm zu verstecken.

Unglaublich, diese Mischung aus Naivität und

Selbstgerechtigkeit! Aber so waren sie, die Alriks, und daran konnte eine einzige Predigt wohl nichts ändern.

Auch ohne nachzuschauen wußte Alrik, wieviel Münzen sich in seinem Brustbeutel befanden: ein Silbertaler, sechs Heller und neun Kreuzer. Wieviel sollte er dem Bettler geben? Wären fünf Kreuzer genug, oder müßte es, heute am Praiostag und um dem Herrn Praios zu zeigen, daß er, Alrik, gar kein so schlechter Mensch war, wie der Herr Praios glaubte, ein ganzer, blanker Heller sein?

Fast hätte Praiosson den Kopf geschüttelt, aber erstens hatte er beschlossen, sich nicht zu rühren, und zweitens das Gefühl, sich gar nicht rühren zu können, selbst wenn er es versucht hätte – wie seltsam.

Als Alrik aus dem Schatten trat, durchzuckte ihn ein genialer Einfall: Er würde dem Mann seinen Rock schenken! Der Rock hatte mehr als fünf Silberstücke gekostet und war erst einmal gewendet – eine wertvolle Spende! Und er selbst müßte nicht länger schwitzen oder den Rock durch die Gegend schleppen. Natürlich, bis er das Geld für einen neuen (gebrauchten) Rock beisammen hätte, würden wohl ein Mond oder gar sechs Wochen vergehen, und in dieser Zeit könnte er dem Herrn Praios nicht wieder unter die Augen treten, aber …

Was?! War das Bürschchen wirklich zu so viel Durchtriebenheit fähig, wie diese letzte Überlegung nahelegte? Praiosson konnte es kaum glauben. Unwillkürlich schoben sich seine Brauen zusammen, oder vielmehr, hätten es getan, wenn die Muskeln seines Gesichts nicht ebenso starr gewesen wären wie der restliche Körper.

Alrik überprüfte seine Taschen nur zur Sicherheit – sie waren leer, er hatte es gewußt –, bevor er den Rock auszog und ihn dem Bettler reichte. Der Alte schien sich über das Geschenk aufrichtig zu freuen, er war regelrecht begeistert – die schmutzigen Reste einer Hose, die in Fetzen um die dürren Schenkel schlotterten, schienen das einzige Kleidungsstück zu sein, das er besaß. »Welch schöner Rock! Und Ihr wollt ihn mir wirklich schenken?« krächzte er mit greisenhafter Fistelstimme, während er sich mühsam erhob. Dann verneigte er sich mehrmals, fast bis zum Boden. »Habt Dank, gütiger Herr! Habt Dank, gütiger Herr! Möge Praios Euch allzeit gnädig sein!« wiederholte er immer wieder und so laut, daß die Passanten sich umschauten und es Alrik allmählich peinlich wurde.

»Schon gut, Alter, auch dir möge Praios gnädig sein«, sagte er, fast ein wenig unwirsch, und wollte sich gerade entfernen, als der Bettler ihn am Ärmel faßte und mit seinem übelriechenden Atem gefährlich nahe kam. »Wenn Ihr nicht wißt, wohin, junger Herr, so geht doch nach Nalleshof. Dort geht es kurzweilig zu, und man muß auch keinen Rock tragen«, raunte er Alrik ins Ohr und brach gleich darauf in schrilles Kichern aus.

Der junge Mann riß sich los und kehrte mit eiligen Schritten in den Schatten der Linden zurück. Was soll ich nun mit diesem Rat? dachte er. Und warum hat der Alte so blöde gekichert? Will er sich über mich lustig machen? Und das, wo ich ihm gerade meinen guten Rock geschenkt habe. Aber dem schien nicht so zu sein, denn als Alrik sich umwandte, sah er, wie der Bettler sich abermals tief verneigte, in die Richtung des erwähnten Stadtteils wies und dann, nach einer letzten Verbeugung, nach Norden davonhumpelte.

Alrik wußte tatsächlich nicht, wohin. Nach Hause, zu seinem Onkel, mochte er nicht gehen, im Augenblick jedenfalls nicht. Denn seit seine Tante gestorben war, ging es in dessen Haus recht düster zu: Lachen und Scherzen waren verboten, der Onkel trug beständig schwarze Kleider, und er ließ sich keine Gelegenheit entgehen, auf den Herrn Boron zu verweisen. (Vielleicht war es auch zu Lebzeiten der Tante in dem Haus auf der Feldmark nicht viel fröhlicher gewesen, dachte Alrik. Er konnte es nicht beurteilen, er hatte seinen Onkel und seine Tante nie kennengelernt, war aber gern der Einladung des Onkels gefolgt, ihm als Buchhalter zur Hand zu gehen – als Ersatz für die Verblichene, die diese Arbeit zuvor erledigt hatte –, bei freier Kost und Logis und einem Gehalt von acht Silbertalern im Mond.)

Acht Silbertaler? Praiosson war skeptisch, was die Höhe des Lohns betraf. Er stellte sich den Onkel als verkniffenen Knauser vor, der gewiß nicht mehr als sechs Silberstücke herausrücken würde. Und was sollte der kleine, tragische Schlenker, den die Geschichte unvermittelt beschrieben hatte? Die Tante war gestorben? Nein! Wieso auch? Vermutlich war sie mit einem Liebfelder Stutzer durchgebrannt, der ihr ein Leben auf seidenen Kissen, umgeben von gut gefüllten Konfektschalen versprochen hatte. Andererseits: Die Alte war gewiß eine Keife und überdies häßlich wie ein Grottenmull. Da würde ihr wohl kaum ein Liebfelder Stutzer den Hof machen ... ein Liebfelder Stutzer, aus dem sogenannten Horasreich, wo die Vinsalter Schlange auf götterlästerliche Weise ... Man sollte sie vor Gericht bringen, diese selbsternannte Amene-Horas, sie der Inquisition überantworten ... Genug! Genug! War es die Möglichkeit?! Erst machte er sich Gedanken über Onkel und Tante, die nicht einmal im Tempel gewesen waren und seiner Predigt gelauscht hatten, nun über Amene, die er ebenfalls nicht entdeckt hatte unter den Gläubigen ... Sie sollte nur kommen! Dann würde sie erfahren, wie Praios die Lästerer strafte ...

Nein, nein, nein! Schluß damit! Sonst würde ihm noch der Junge entwischen! Wo war er? Ach, da stand er ja, ein wenig unschlüssig ...

Warum sollte er eigentlich nicht nach Nalleshof gehen, fragte sich Alrik. Er war schon einmal dort gewesen – in Begleitung des Onkels allerdings, damit er sich in den engen, verwinkelten Gassen nicht verliefe –, und der Stadtteil hatte ihm weit besser gefallen als das biedere Unterfluren. Der Bettler hatte schon recht: Bunt und kurzweilig ging es in Nalleshof zu. Und ein bißchen Kurzweil hatte er sich nach diesem Gottesdienst wohl verdient!

Praiosson verkniff sich einen Kommentar. Er hätte es auch ein wenig anstrengend gefunden, ihn zu formulieren.

Im Schatten der großen Bäume schlenderte der junge Mann bis zum Südende des Platzes, den der gewaltige Rondratempel begrenzte – ein Weg von kaum hundert Schritt Länge. Der Tempel der Himmelslöwin war ein eindrucksvolles Bauwerk – einer Festung gleichend, und, was die bebaute Grundfläche betraf, größer gar als der Praiostempel –, und immer, wenn sein Weg ihn vorüberführte, hielt Alrik eine Weile inne, um die furchteinflößenden Proportionen, die Zinnen, die gewaltigen grauen Steinquader der Fassade, die mächtigen Säulen, die das Portal flankierten mit ehrfürchtiger Aufmerksamkeit zu betrachten. Heute war er in erster Linie für die Höhe des Tempels dankbar. Denn obwohl die Sonne weit oben am Himmel stand, war der Schatten, den das Gebäude warf, breit genug, um ihm, Alrik, zu erlauben, beschattet, aber dennoch in gebührenden Abstand, an ihm entlangzugehen. Er fand, daß es ihm, einem Hilfsbuchhalter, nicht zukam, sich dem Haus der mächtigen Rondra auf weniger als zwei Schritt zu nähern.

Nachdem er mit einem stummen ›Heil dir, Rondra!‹ und einer Verbeugung zum Portal hinübergegrüßt – man konnte ja nie wissen! – und kurz darauf die Westkante des Tempels erreicht hatte, bog er … nein, er bog nicht in die breite Brückstraße ein – völlig schattenlos –, sondern ging weiter geradeaus zum Marktplatz, zu dem ein kurzes, schmales, einladend schattiges Sträßchen führte. Ihm stand einfach nicht der Sinn nach Sonnenschein – zu hitzig, so ohne Hut, und zu schwitzig!

Eine gute Wahl, diese Gasse, dachte Alrik, und zwar nicht nur wegen des Schattens, sondern … Er hielt inne und sog prüfend die Luft ein. Da war doch etwas – ein feiner, ferner Duft! Zwar wurde am Praiostag kein Markt abgehalten, aber ein paar Fisch-, Fladen- und Bierverkäufer hatten sich das Privileg erkauft, an jedem der sieben Wochentage ihre Waren feilzubieten.

Gebratener Fisch, köstlicher gebratener Fisch! Als Alrik den Duft erkannt, mit dem flauen Gefühl im Bauch in Verbindung gebracht und dasselbe als Hunger identifiziert hatte, beschleunigte er seine Schritte. Oh, wie gut würde ihm jetzt ein Hirsefladen, eine Portion gebratener Gnitzen und ein – hoffentlich! – kühles Bier tun! Er war es gewohnt, zur Mittagsstunde zu speisen.

Im Grunde hatte Praiosson nichts anderes erwartet: Er selbst hatte den Jungen schließlich zum Markt geschickt (oder war der Bursche aus eigenem Antrieb dorthin gegangen? Er wußte es nicht mehr, wie unangenehm!), damit er dort seinem Hunger und den Verlockungen der Speisen erläge. Und doch fühlte der Geweihte tief innen so etwas wie Enttäuschung oder Bitterkeit. Da hatte er über eine halbe Stunde lang gepredigt, hatte Praios' Strafgericht in dröhnenden Worten und gleißenden Farben geschildert, und woran dachte dieser Alrik? Etwa an sein Seelenheil? Nein, an seinen Bauch!

Praiosson war es selbstverständlich **nicht** gewohnt, zur Mittagsstunde zu speisen. Sich in der Praiosstunde den Wanst zu füllen, wäre ihm wie ein Sakrileg erschienen, obwohl kein Gebot es untersagte. Er pflegte am Morgen ein karges Mahl einzunehmen, ein weiteres, eben so karges am Nachmittag, und erst nach Sonnenuntergang ausgiebig zu speisen. In den ersten Jahren dieses selbstauferlegten halben Fastens hatte ihn den ganzen Tag über ein mehr oder weniger bohrendes Hungergefühl begleitet – schmerzhaft, praiosgefällig und inspirierend –, aber inzwischen hatte sich sein Körper an das Hungern bei Tage gewöhnt, und mehr als ein zwar allgegenwärtiges, aber nur noch ganz, ganz leises Ziehen war von dem Bohren nicht geblieben. Praiosson spürte dem Ziehen nach … Wo war es? Er konnte nicht unterscheiden, ob er hungrig war oder, im Gegenteil, übersatt. Auch das war möglich (obwohl er sich durchaus entsann, daß das heutige Morgenmahl keineswegs üppiger ausgefallen war als üblich): Sein Bauch war leer und zugleich angefüllt mit Hitze, so wie es auch der Kopf und der ganze Körper waren. Die Hitze machte leicht, gewichtlos, ließ einen schweben und schwimmen, obwohl sie sich bleiern auf, an und um alles legte und am Bewegen hinderte. Man konnte sie auch riechen: Golden roch sie ... und schwer ... und feurig ... schwüldumpf ... und süß ...

Alriks Hunger wuchs mit jedem Schritt. Zum Glück mußte er nicht allzu viele zurücklegen, bis er die Fisch- und anderen Buden erreicht hatte. Durstig war er auch, und da er als erstes auf eine Bierverkäuferin stieß, genehmigte er sich vor dem Essen einen gutgefüllten Humpen goldgelben Bieres. Gierig schluckte er, mit jedem Schluck gieriger, obwohl das Bier keineswegs kühl, wie er gehofft, sondern eher lauwarm war. Er konnte nicht aufhören zu trinken, bis er den Humpen vollständig geleert hatte. Er rülpste – wie peinlich! –, wischte sich mit dem Handrücken den Schaum vom Mund und reichte der Frau, verlegen grinsend, das Gefäß. »Ein gutes Bier«, sagte er mit Überzeugung, obwohl er schon weit schmackhaftere genossen hatte.

»Gewiß, junger Herr, das beste Bier am Platz.« Die Frau lächelte, und das ließ sie einen winzigen Augenblick lang um Jahre, nein Jahrzehnte jünger wirken – welch angenehme Erscheinung! »Erinnert Euch an mich, wenn die gesalzenen Gnitzen und die gebratenen Salzarelen Euch wieder durstig machen und nach einem zweiten Humpen gelüsten lassen sollten«, fügte sie hinzu.

Gelüsten – lassen – sollten –, wiederholte Alrik in Gedanken. Eine merkwürdige Aneinanderreihung von Wörtern, fand er, und er hatte auch ein wenig Mühe, ihren Sinn zu entschlüsseln. Konnte es möglich sein, daß der eine Humpen Bier ihm schon zu Kopf gestiegen war? Dann sollte er schleunigst etwas essen! Um sich an Fisch und Fladen zu laben, war er schließlich hierhergekommen – er war doch hungrig, oder etwa nicht? –, und die Frau hatte auch von Gnitzen und Salzarelen geschwatzt, wie er sich zu erinnern glaubte. Er blickte fragend zu ihr hinüber, aber just in diesem Augenblick wandte sie sich ab, um einem anderen Kunden ein Bier zu zapfen. Ihre kräftigen roten Arme hantierten mit Zapfhahn und Bierkrug, und der blaue Rock umspannte ein breites Hinterteil – welch stämmige Person!

Alrik ließ den Blick ein Weilchen auf den mächtigen Rundungen verweilen, freute sich daran, wie sie bei jeder Bewegung den blauen Stoff zum Schwingen brachten, aber dann wurde seine Aufmerksamkeit auf etwas anderes gelenkt, auf den Fischverkäufer mit der blauen Kappe, der ihm freundlich und unermüdlich zuwinkte.

Alrik fühlte sich geschmeichelt – er war schließlich nicht der einzige Kunde auf dem Markt. Es wimmelte geradezu vor Kunden, wie er jetzt erst bemerkte, und ausgerechnet seine Aufmerksamkeit versuchte der gute Mann zu erregen. Dann müssen die Fische hervorragend sein, schloß er daraus, und obwohl er recht gern ein zweites Bier getrunken hätte, schlenderte er lächelnd zum Stand des Fischhändlers.

Die Fische waren noch gar nicht fertig, als Alrik den Stand erreichte, was ihn ein wenig enttäuschte. Der Händler hatte womöglich auch gar nicht gewunken: Schwungvoll rührte er mit einem hölzernen Löffel in der gewaltigen Pfanne, während er mit der Linken immer wieder in die bereitstehenden Näpfe mit Gewürzpulver griff, um Prisen aus deren roten, gelben, grünen und blauen – blauen? – Inhaltes mit ausladender Geste über den Fischen zu verteilen. Das konnte man schon mit Winken verwechseln. Es wurde auch rasch voll am Stand – bald war Alrik regelrecht von Menschen umzingelt, die er mehr fühlte als sah, denn er wagte nicht, sich nach seinen Nachbarn umzusehen, aus Angst, nichts von der Speise abzubekommen, wenn er sie aus den Augen verliere. Der Duft war zu verlockend, geradezu betörend!

In Erwartung des Genusses schmatzte Alrik leise, und weil sich Speichel in seinem Mund gesammelt hatte, und das faßte der Fischverkäufer wohl als Bestellung auf, füllte er eine hölzerne Schale randvoll mit den knusprigen, braunen Fischchen und hielt sie dem jungen Mann unter die Nase. Wie das duftete! Alrik sog den Dampf ein, den die Fische verströmten, so wie Verschnupfte und vom Husten Geplagte die Dämpfe ihres Kräutersudes inhalieren, um sich von der Unpäßlichkeit zu kurieren. Ganz dicht über das Schälchen hielt er den Kopf. Von fern, aber deutlich vernehmbar im allgemeinen Gemurmel, drang plötzlich die Stimme des Händlers in seine Ohren: »Greift ruhig zu, junger Herr, sie werden Euch schon munden.« Und das erinnerte Alrik daran, daß man die Fische auch essen konnte, ja, essen sollte.

Munden war gar kein Ausdruck für das, was die Fische taten. Sie entfalteten auf der Zunge eine solche Intensität an Wohlgeschmack, oder vielmehr Wohlgeschmäcken, wie der junge Mann sie nie zuvor erlebt hatte. Überirdisch dachte er, während er langsam und sorgfältig kaute, den Speisebrei im Munde hin und her bewegte und sich nicht entschließen konnte zu schlucken, weil das dem Genuß ein Ende bereitet hätte – paradiesisch, alveranisch … Durfte man eine Speise überhaupt so nennen?

»Paradiesisch, alveranisch«, murmelte Alrik, nachdem er schließlich doch geschluckt hatte. Er mußte sofort das nächste Fischchen in den Mund stecken, denn den Wohlgeschmack missen zu müssen, wäre ihm zu schmerzlich gewesen. Auch war er fast sicher, daß sich ihm noch nicht die ganze Fülle an Köstlichkeiten erschlossen hatte, die die Speise barg. Immer wieder griffen seine Finger in den Napf; sie glänzten fettig, so als hätte er sich mit einem Rauhlederläppchen die Nägel poliert, wie die Stutzer es taten. Alrik hätte gern gekichert, aber kichern und kauen konnte er nicht zugleich, doch kauen mußte er und zwischen den Bissen »Paradiesisch, alveranisch« murmeln.

Zu wem er die Wörter sprach, wußte er selbst nicht. Wohl am ehesten zu sich selbst, aber natürlich auch zum Fischverkäufer. Der würde sich gewiß freuen über ein sol-

ches Lob. Alrik blickte auf, aber da war kein Fischverkäufer und auch kein Fischstand. Er war wohl über dem Essen weitergewandert, ohne es zu merken. Jedenfalls befand er sich nun an einer völlig anderen Stelle des Marktes. Hat er die Fische überhaupt bezahlt? ging es ihm durch den Kopf. Und zuvor das Bier? Er konnte sich wahrhaftig nicht erinnern. Er konnte es auch nicht überprüfen, da seine Linke das Schälchen hielt und die Rechte schon den nächsten Fisch.

Alrik ließ den Blick über die vielen Menschen schweifen, die inzwischen den Markt bevölkerten. Es wurden immer mehr. Und wie schmuck sie sich herausgeputzt hatten! Alle im Praiostagsstaat! Hier und dort glaubte er in der Menge bekannte Gesichter zu entdecken – ein paar Männer und Frauen nickten auch grüßend herüber und erwiderten sein Lächeln –, aber wenn der Strom sie dann in seine Nähe trug, mußte er einsehen, daß er sich getäuscht hatte: Sie waren allesamt Fremde, denen er nie zuvor begegnet war. Das bekümmerte Alrik ein wenig, er fühlte sich plötzlich vom fröhlichen Treiben ausgeschlossen – alle kannten einander, scherzten und plauderten –, nur ihn kannte niemand …

Wann und wo er das Schälchen abgestellt hatte, wußte Alrik nicht; er hielt es irgendwann nicht mehr in der Hand, und das verwunderte ihn. Doch hatte er kaum Zeit, sich über den Verbleib der Schüssel den Kopf zu zerbrechen, denn unvermittelt erblickte er ein entzückendes, blau gekleidetes Mädchen. Nur wenige Schritt voraus entdeckte er ihr Kopftuch im Gedränge. Wie allerliebst sie war! Zwar konnte er ihr Gesicht nicht sehen, da sie weder seit- noch rückwärts blickte, aber er war sich auch ohne dies gewiß, daß es bezaubernd sein müsse. Sie gehörte zu den Niedlichen, Zierlichen, und die hatten ihm schon immer ganz besonders gut gefallen, viel mehr als die Großen – schließlich war er selbst kein Hüne. Diese nun schien von ganz ausgemachter Niedlichkeit – so anmutig das vom Tuch verhüllte Köpfchen, so schlank der Hals, so zart die Schulterblätter, die sich unter dem blauen Kleid abzeichneten, so schmal die

Schultern, so biegsam der Rücken! Mehr sah er leider nicht von ihr. Das mußte sich ändern, er mußte sie kennenlernen!

Es war gar nicht so einfach, dem fremden Mädchen zu folgen. Immer wieder schoben sich Passanten zwischen Alrik und sie. Aber immerhin verlor er sie niemals völlig aus den Augen, und wie ihm schien, vergrößerte sich der Abstand zu ihr auch nicht wesentlich. Wohin strebt sie nur so verbissen? fragte er sich. Zum Himmel zu blicken wagte er nicht – dann würde sie entwischen, dessen war er sicher –, aber er wußte plötzlich, daß es sie nach Süden zog, nach Nalleshof. Wollte er nicht auch dorthin? Hatte ihm nicht jemand empfohlen, den Stadtteil zu besuchen? Nun, das traf sich ja gut.

Während Alrik darüber nachdachte, mit welchen Worten er die Fremde ansprechen sollte, wenn er sie erst erreicht hätte (sollte er ihr seine Begleitung antragen, ein paar artige, aber keinesfalls anzügliche Komplimente machen, sie zu einem Imbiß oder einem Glas Wein einladen? Schenken gab es genug in Nalleshof), verdichtete sich das Gedränge um ihn herum, so daß er kaum mehr vom Fleck kam. Rempeln mochte er nicht, und seine höflichen Bitten, ihn gefälligst durchzulassen, schien keiner zu hören. Als wäre ich stumm und unsichtbar, dachte er voll Bitterkeit. Andererseits: Wie sollten die Hünen ringsumher ihn wohl nicht übersehen, winzig und schmächtig, wie er sich plötzlich fühlte. Und nun versperrte ihm auch noch eine hölzerne Schranke den Weg! Es war zum Verzweifeln!

Die Schranke erwies sich als das Brett, auf dem die Bierverkäuferin ihre Humpen abstellte, und ein gut gefüllter, an dem der Schaum herablief, stand schon für Alrik bereit. Der junge Mann war hin- und hergerissen, wußte nicht, was er tun sollte. Die freundliche Alte meinte es offensichtlich gut mit ihm, und er wollte sie nicht enttäuschen, indem er ihr Angebot ausschlug, aber wenn er sich mit Biertrinken aufhielte, käme ihm womöglich das schöne fremde Mädchen abhanden. Es war schon jetzt nicht ganz einfach, ihr blaues Kopftuch im Auge zu behalten. Einer plötzlichen Einge-

bung folgend, ergriff er den Humpen, schwenkte die Linke und rief, all seinen Mut zusammennehmend und so laut er konnte: »Schönes blaues Mädchen, trink doch ein Bier mit mir!«

Ein Hieb auf den Rücken warf Alrik gegen die Theke und ließ den Großteil seines Bieres aus dem Krug schwappen. Erschrocken drehte er sich um. Wer schlug ihn da, und aus welchem Grund? Die Dame hinter ihm, die Schlägerin, war eine Thorwalsche – zwei Schritt groß, Fellwams, stramme, rote Zöpfe. Sie grinste breit, dann öffnete sie den Mund, immer weiter, wobei zwei Reihen kräftiger weißer Zähne sichtbar wurden, und brach in schallendes Gelächter aus. »Schön bin ich vielleicht«, prustete sie, »blau noch lange nicht, und ein Mädchen schon lange nicht mehr. Trotzdem tränke ich nur zu gern ein Bier mit dir, aber« – wieder lachte sie, daß Bauch und Busen bebten – »mein Begleiter sieht es nicht gern, wenn ich mit fremden Männern anbandele, und deshalb …« Sie hob bedauernd die Achseln, nahm eine Münze zwischen den Brüsten hervor und schnippte sie der Bierverkäuferin in die Schürze. »Gib ihm dafür ein neues!« sagte sie dabei. Dann beugte sie sich zu Alrik hinab und flüsterte mit einer Verschwörermiene: »Ein andermal vielleicht, Süßer, wenn ich allein bin.« Von neuerlichem Lachen geschüttelt, wandte sie sich ab und tauchte in die Menge ein.

Aber **sie** *habe ich ja gar nicht gemeint, dachte Alrik, während er den Becher an die Lippen setzte. Und wer soll denn wohl ihr Begleiter gewesen sein? Doch nicht etwa der krumme Zausel mit dem Rauschebart? Welch ungleiches Paar! Er blickte den beiden versonnen nach und nippte an dem Bier. Wie merkwürdig – es war kühler geworden, während er sich auf dem Markt herumgetrieben hatte. Kühler und schmackhafter und genau das, was er im Augenblick brauchte. Langsam ließ er es die Kehle hinabrinnen, Schluck um Schluck, ohne abzusetzen, bis zum letzten Tropfen; dann rülpste er – wie peinlich, hoffentlich war es nicht allzu laut gewesen –, er wischte sich den Schaum vom Mund …*

Habe ich dasselbe nicht eben schon einmal getan, genau hier und in genau derselben Reihenfolge? fragte Alrik sich verwundert, als er der Frau den Humpen zurückgab. Sie nickte bestätigend, dabei war er sich sicher, nicht laut gesprochen zu haben. Sie strich die Schürze glatt, eine blaue Schürze, und plötzlich traf es ihn wie ein zweiter Schlag: das blaue Mädchen! Wo war sie? Er schaute sich unruhig um, aber ihr Kopftuch war nirgends zu entdecken. Natürlich nicht. Er hatte getrödelt, mit einer Thorwalschen geplänkelt, Bier getrunken, gerülpst …

Die Menge zerstreute sich allmählich, während Alrik wie festgewurzelt an seinem Platz stand und nach dem fremden Mädchen Ausschau hielt. Vergebens. Von Augenblick zu Augenblick wurde er trauriger. Sie war ihm entwischt, er hatte sie entwischen lassen, und nun wußte er gar nicht, was er als nächstes tun sollte. »Warum geht Ihr nicht nach Nalleshof, junger Herr? Dort geht es lustig und kurzweilig zu«, vernahm er eine leise Stimme. Er schaute zu der Bierverkäuferin hinüber. Hatte sie gesprochen? Aber die Frau sah ihn gar nicht an. Sie war mit einem Humpen beschäftigt, den sie offenbar gerade gespült hatte. Prüfend hielt sie ihn am ausgestreckten Arm ins Licht, den Wischlappen in der in die Hüfte gestemmten Linken. Alrik mußte schmunzeln, als ihm auffiel, wie sehr sie in dieser Haltung einem Wegweiser glich. Frappant. Nun, wenn die stämmige Alte so freundlich war, sein Wegweiser zu sein, dann wollte er auch der Richtung folgen, die sie ihm wies, beschloß er und marschierte los.

Ich bin ein wenig beschwipst, dachte Alrik. Zwei große Humpen Starkbier so kurz hintereinander, das bin ich nicht gewohnt (dabei hatte er nicht die geringste Ahnung, wieviel Zeit zwischen dem Austrinken der beiden Krüge verstrichen war). Aber der kleine Rausch beunruhigte ihn nicht weiter. Es würde schon keiner etwas merken. Er schwankte ja auch nicht und konnte vorzüglich geradeaus gehen, wenn er sich einen nicht allzu fernen Orientierungspunkt suchte …

Alrik kam auch gut voran, schritt zügig aus. Nicht weil er hoffte, das fremde Mädchen doch noch einzuholen, sondern weil seinen Beinen das Ausschreiten nach dem zwangsweisen Schlendern auf dem Markt soviel Spaß machte. Nun ist das schöne Mädchen fort, und niemals werde ich sie wiedersehen, dachte er. Der Gedanke hatte etwas zutiefst Melancholisches. All die verpaßten, herrlichen Augenblicke, die er und das Mädchen hätten verleben können, zogen plötzlich in seinem Geist vorüber: der erste Blicktausch, die ersten schüchternen Worte, der erste Kuß, die erste leidenschaftliche Umarmung … Ach, ach, ach, nichts von alledem würde ihm jemals zuteil werden – er hatte die Gelegenheit verpaßt!

Alrik seufzte schwer. Hörbar entwich die Luft seiner Kehle, und hörbar hallte der Seufzer von der anderen Straßenseite wider. Welch eindrucksvolles Echo! Oder war dort jemand, den es zur gleichen Zeit zum Seufzen gedrängt hatte? Nein, die gegenüberliegende Seite der Gasse war leer, wie er sich mit einem raschen Blick überzeugte. Auch vor ihm wanderte niemand – die Straße führte schnurstracks geradeaus, und er konnte sie bald hundert Schritt weit überblicken –, und von den zahlreichen Seitengassen drangen keine Stimmen und Schritte herüber. Auch nicht aus den Häusern rechter und linker Hand, die ihn mit ihren abweisend geschlossenen Fenstern mißtrauisch musterten. Es war fast ein wenig unheimlich.

Wo sind nur all die Menschen geblieben, fragte sich Alrik. Wohin sind sie gegangen? Und wohin bin ich geraten? Das kann doch nicht Nalleshof sein! In Nalleshof geht es bunt und lustig zu. Vielleicht hat es mich nach Oberfluren verschlagen, wo die feinen Herrschaften wohnen … Aber nein, feine Herrschaften wohnten nicht in so schmalen, schiefen Häuschen …

Als hätten sie seine Gedanken gelesen und wollten ihn nun foppen, denn die schiefen Häuser neigten sich noch ein wenig mehr zur Seite – das eine nach links, das andere nach rechts, eines nach vorn, ein anderes nach hinten, obwohl das eigentlich gar nicht ging, weil sie alle aneinander gebaut waren. Es wirkte jedenfalls höchst verwirrend und machte das Wandern weder leichter noch anheimelnder. Und wie hämisch sie dabei grinsten …

Ich muß fort von hier, dachte Alrik. Hier gefällt es mir nicht. Da ist es ja beim Onkel noch netter. Da er nicht die geringste Ahnung hatte, an welchem Punkt der Stadt er sich befand, beschloß er, sich an der nächsten Straßenkreuzung neu zu orientieren. Vielleicht träfe er ja dort auch jemanden, der ihm weiterhelfen könnte. Nur leider ließ die nächste Kreuzung viel zu lange auf sich warten. Der junge Mann schritt wacker aus, blickte verstohlen nach rechts und links (um nicht dem bösen Blick der Fensteraugen zu begegnen), aber nicht das allerkleinste Gäßchen wollte sich auftun. Es ging geradeaus immer weiter, in Wellen und in Bögen.

Gut, dachte Alrik, oder vielmehr: schlecht! Da muß ich also umkehren. Dann werde ich in jedem Fall zum Markt zurückgelangen, denn ich bin die ganze Zeit über dieser Straße hier gefolgt und nicht einmal abgebogen. Aber er war doch unschlüssig – den weiten, weiten Weg zurückgehen, längs der menschenleeren, schwankenden Häuser, das war nicht gerade eine erfreuliche Aussicht. So lange, wie er nun schon der Straße folgte, ***mußte*** *sie einfach einmal ein Ende nehmen. Alle Straßen endeten irgendwann, das war ein Naturgesetz! Er hörte auch Schritte vor sich, und das bestärkte ihn in dem Entschluß, weiter geradeaus zu marschieren. Dort vorn würde er auf Menschen treffen.*

Die Schritte kamen näher – schwere, harte Schritte, wie von eisenbeschlagenen Stiefeln –, und gleich darauf erblickte Alrik auch die Personen, zu denen die Schritte und Stiefel gehörten: zwei großgewachsene, kräftige Männer und eine ebenso große und kräftige Frau. Eben bogen sie um die Ecke.

Um welche Ecke? schoß es Alrik durch den Kopf. Ist dort vorn endlich die ersehnte Seitengasse? Aber er hatte weder Zeit, der Frage nachzugehen, noch hätte er die Gasse, falls sie tatsächlich vorhanden war und die Gardisten nicht aus einem der Häuser getreten waren, erreichen können, denn die drei füllten die gesamte Breite der Straße aus, so groß und massig waren sie, so wuchtig schwangen sie ihre Arme.

Es hatte nur eines kurzen Blickes bedurft, die drei als Angehörige der Stadtgarde zu identifizieren, und sie ihrerseits brauchten auch nicht länger, um Alrik zu erkennen. »Halt! Stehenbleiben, Schurke!« riefen sie wie aus einem Mund, zogen die Schwerter und beschleunigten ihre Schritte. Ob sie wirklich gerufen hatten, ob er die drei Wörter wirklich mit seinen Ohren gehört hatte, wußte der junge Mann nicht mehr, als er sich umwandte und die Beine in die Hand nahm. Es hatte jedenfalls so ausgesehen, doch war dies völlig unerheblich, da sie eindeutig hinter ihm her waren. Daran zumindest gab es keinen Zweifel.

Warum verfolgen sie mich, was habe ich getan? fragte sich Alrik, während er panisch die Straße zurückrannte, doch kannte er die Antwort schon. Ich habe die Zeche geprellt, ich bin ein Zechpreller, sagte er sich schuldbewußt, ein notorischer, unverbesserlicher Zechpreller. Erst habe ich das Bier nicht bezahlt, dann die Fische nicht, und zu guter Letzt das zweite Bier auch nicht. Denn der Kreuzer oder Heller – er wußte nicht einmal, was der Humpen Starkbier kostete, schlimm, schlimm! –, den die Thorwalsche der Alten zugeworfen hatte, war ja für das **Ersatzbier** *bestimmt gewesen … Oh, Oh, dachte Alrik, während er um sein Leben rannte, Herr Praios, steh mir bei!*

Sein Atem ging rasselnd, sein Herz hämmerte wie rasend, und seine Füße trafen in rascher Folge und mit hell klatschendem Ton aufs Pflaster. Dennoch glaubte Alrik zu hören, daß die harten Stiefeltritte der Gardisten und das Scheppern ihrer Rüstungen und Waffen näher kamen. Wenn nicht ein Wunder geschieht, dann haben sie mich gleich eingeholt, dachte er. Und was würden sie dann mit ihm tun? Ihn auf der Stelle erschlagen? Nein, vermutlich nicht; sie würden ihn wohl eher der Gerichts-

barkeit überstellen. Er überlegte fieberhaft, mit welcher Strafe Zechprellerei geahndet werden mochte. Würde man ihm, gleich einem Dieb, die Hand abhacken? Würde man ihn für den Rest seinen Lebens in ein finsteres Verlies werfen? Er rannte und rannte und wagte nicht, sich umzublicken.

›Gütige Götter, laßt mich den Markt erreichen, bevor die Gardisten mich einholen!‹ schickte er ein Stoßgebet zu den Zwölfen. Er könnte der Bierverkäuferin und dem Fischmann alles erklären! Das erste Bier war ihm gleich so zu Kopf gestiegen, daß er das Bezahlen glatt vergaß. Wirklich! Die beiden hatten ja auch kein Geld von ihm gefordert, ihn nicht erinnert – das wußte er nun ganz genau! –, und er wäre gern bereit, das Doppelte oder Dreifache zu zahlen, um die Sache aus der Welt zu schaffen …

Kein Markt kam in Sicht, die Häuser grinsten hämisch, und Alrik war fast am Ende seine Kraft. ›Es hat keinen Sinn, ich sollte aufgeben und mich stellen‹, sagte er sich. Doch just in diesem Augenblick öffnete sich ein schmaler Torweg zu seiner Linken – ihm schien es tatsächlich, als rückten die Mauern auseinander, um einen Durchlaß freizugeben, aber das war natürlich Unfug –, und ohne sich zu besinnen, schlüpfte er hinein. Daß die Verfolger sein Verschwinden bemerken und die Öffnung entdecken müßten, war ihm wohl bewußt, und so rannte er weiter, seine letzten Kräfte aufbietend, mit unverminderter Geschwindigkeit und ohne umzusehen.

Alrik blickte auch nicht seitwärts, nahm kaum wahr, daß der dunkle Gang sich zu einem Hof hin öffnete, an dessen Ende wiederum ein Torweg zu einer schmalen Gasse führte, die in eine weitere, noch schmalere mündet. Er lief so lange, bis ein heftiges, schmerzhaftes Seitenstechen ihn zum Halten zwang. Eine Weile stand er zusammengekrümmt, hielt sich die Seite und sog pfeifend die Luft ein. Dann hatte er sich soweit erholt, daß er das Fehlen von stampfenden Schritten und Rüstungsgeschepper bemerkte. Nanu, dachte er, richtete sich auf und schaute verstohlen um sich … Nein, da waren keine Gardisten oder sonstigen Häscher – er war gerettet, den Göttern sei Dank!

Fast hätte Alrik von Dankbarkeit und Erleichterung einen Luftsprung getan, aber dazu war er denn doch zu erschöpft – er konnte kaum ein Bein vor das andere setzen; sie zitterten auch und waren zugleich bleischwer. ›Wie gern würde er ein Weilchen rasten‹, dachte der junge Mann. Vor den Gardisten fürchtete er sich nicht mehr. Sie hatten ihn aus den Augen verloren und würden ihn nicht wiederfinden, da war er sich plötzlich sicher. Er sehnte sich nur nach einem Mäuerchen, einer Treppe, einem Bänkchen, einem gemauerten Brunnen – nach irgend etwas, auf dem er sich niederlassen könnte. Er blickte sich suchend um, und da entdeckte er die Gestalt … und er hörte ihren Gesang.

Die Flucht hatte Alrik zu einem schmalen, länglichen Platz geführt, der links von eingezäunten Küchengärten und rechts von der Rückfront einer Häuserzeile begrenzt war. Im Süden des Innenhofes wuchs eine alte Ulme, um deren Stamm eine hölzerne Sitzbank gebaut war. Dort saß sie, sein blaues Mädchen, und sang. ›Nun wird alles gut‹, dachte er. Ich bin den Gardisten entkommen und habe das schöne Mädchen wiedergefunden.

Alrik lief los – die Schwere in den Beinen war vergessen oder hatte sich verflüchtigt. »Schönes blaues Mädchen«, rief er und schwenkte die Arme, »trink doch ein Bier mit mir!«, obwohl nirgends eine Schenke oder ein sonstiger Ausschank zu entdecken war.

Das Mädchen schaute auf, ohne ihren seltsamen, hellen Gesang zu unterbrechen. Alrik war fast ein wenig erschrocken, als er dem Blick ihrer blauen Augen begegnete – so starr und durchbohrend war er, fremdartig, seltsam, nicht böse, und auch nicht wirklich freundlich. Was starrt sie so? dachte er. Ist mir ein Horn auf der Stirn gewachsen oder ist sonst etwas Schreckliches mit meinem Gesicht geschehen? Er fuhr tatsächlich mit der Hand darüber, um zu überprüfen, ob noch alles an seinem Platz war, konnte aber nichts Ungewöhnliches entdecken. Erst jetzt fiel ihm auf, daß die Fremde weder Wimpern noch Brauen besaß – vielleicht ließ das ihren Blick so starr erscheinen. Er war sich plötzlich auch nicht mehr sicher, ob sie das Mädchen vom Markt war – **sein** *Mädchen hatte sich ein Tuch um den Kopf geschlungen, wie er sich zu erinnern glaubte, und diese hier trug eine merkwürdige, keiner ihm bekannten Mode entsprechende, eng anliegende Kappe. Er war sich auch nicht mehr sicher, ob er wirklich ein Bier mit ihr trinken und ihre Bekanntschaft machen wollte. »Verzeiht, werte Dame«, murmelte er. »Ich glaube, ich habe Euch verwechselt.«*

Die Fremde sang lauter – was sang sie da überhaupt? Alrik verstand kein Wort – und fixierte ihn weiterhin, so daß er sich nicht zum Gehen wenden konnte. Das wäre unhöflich gewesen, fand er. Außerdem wußte er nicht, wohin. Nur das schien die Frau ihm nicht verraten zu wollen. Sie war offenbar nicht bereit, ihren Gesang zu unterbrechen, um mit ihm zu reden. Sie sang ja auch schön, wunderschön, mußte er bekennen, aber die Sprache, in der sie sang, hatte er nie zuvor gehört (und seit er in der großen Stadt lebte, war ihm der Klang so mancher fremder Sprache oder Mundart zu Ohren gekommen). Vielleicht sollte er ihr ein paar Artigkeiten sagen, überlegte er, über ihre schöne Stimme – elfengleich, nein feengleich, überirdisch, auch irgendwie alveranisch – oder ihr Kleid … Ein seltsamer Schnitt, hab ich hier noch nie gesehen, zu Hause selbstverständlich auch nicht … aber nicht unkleidsam … und der Stoff, der schillert ja in allen Schattierungen des Himmels und des Wassers …

Alrik kam nicht dazu, die Komplimente anzubringen. Er konnte den wundersamen Gesang nicht mit groben, gesprochenen Worten unterbrechen. Er mußte ihm lauschen. Hin und wieder, so schien ihm, stahlen sich doch vertraute Wörter in den Vortrag, aber bevor er sie identifizieren konnte, wurden sie stets von fremden Lauten verdrängt … Was war das nur für eine Sprache? Und wo stammte die Fremde her? Gewiß nicht aus Albernia oder einer anderen Provinz des Reiches. Für eine Südländerin war sie zu hell und für eine Nordländerin zu klein …

Vermutlich hatte die blaue Frau seinen Blick nach unten gelenkt. Anders konnte es sich Alrik nicht erklären, daß er nun zu Boden schaute, statt in ihre Augen. Ein tiefblaues Tuch – Samt? – war zu ihren Füßen ausgebreitet, und darauf lagen allerlei kleine Dinge. Der junge Mann erkannte keines auf Anhieb, er mußte in die Knie gehen, um sie genauer in Augenschein zu nehmen. Hübsche Dinge waren es, hübsche, zierliche Dinge: ein fast rund geschliffener Flußkiesel mit violetten Adern und glitzernden Einschlüssen, ein spitz gedrehtes, rosiges Schneckenhaus, ein Stück Treibholz mit faszinierender, plastisch hervortretender Maserung, eine mit Perlmutter ausgekleidete Muschelschale und eine weitere, die fast wie ein Ohr geformt war, ein blauer, gläserner Schlüssel …

Der Gesang schwoll, als Alriks Blick auf den Schlüssel fiel, wurde seltsam drängend, und so nahm der junge Mann das zarte Gebilde in die Hand. Welch überaus kunstvolle Glasbläserarbeit! dachte er – hell trillerte die süße Stimme –, aber er dachte auch: Ein unnützes Spielzeug; mit einem Schlüssel aus Glas kann man kein Schloß öffnen. Schmerzlich heisere Töne begleiteten den Gedanken.

Plötzlich verstand Alrik: Die blaue Frau wollte, daß er das Artefakt würdigte, seinen Wert erkannte und nicht abschätzig darüber dachte. Solche Gedanken taten ihr weh, waren ungerecht. Er fühlte nun auch, daß er den Schlüssel behalten wollte, nein, behalten mußte, denn es wäre ihm unendlich schmerzlich gewesen, das zierliche Gebilde wieder aus der Hand zu geben. Aber natürlich reichte sein Geld nicht aus, es zu bezahlen. Zu dumm! Denn feilschen könnte er nicht mit ihr. Sie wollte nicht feilschen, das fühlte er – sie wollte eine angemessene Bezahlung –, und außerdem schien sie seine Sprache ebenso wenig zu verstehen, wie er die ihre. Hatte sie nicht gerade ›Verheißung‹ und ›Wonne‹ gesungen?

Ohne den Schlüssel loszulassen, streifte sich Alrik den

Brustbeutel über den Kopf. Dann leerte er den Inhalt auf das blaue Tuch: ein Silbertaler, sechs Heller und neun Kreuzer. »Mehr habe ich nicht«, murmelte er entschuldigend.

Ein fröhliches Zwitschern erklang, als die kleine weiße Hand der Händlerin sich den Münzen näherte, einen winzigen Augenblick unschlüssig über ihnen schwebte und schließlich einen Heller – einen Heller? tatsächlich? nicht den Silbertaler? nicht sämtliche Münzen? – nein, einen Heller ergriff.

Es war ein neuer Heller, frisch geprägt; das Kupfergemisch, oder aus welchem Metall auch immer er bestehen mochte, glänzte fast wie Gold. Langsam und vorsichtig drehte die blaue Frau die Münze in der Hand, umrundete die acht Ecken mit dem Finger und fuhr zärtlich über die schönen Züge der hohen Frau Emer, so als habe sie nie zuvor einen Heller gesehen. »Danke«, glaubte Alrik sie singen zu hören, aber vielleicht hatte das Wort auch »träume!« gelautet.

Der Handel schien besiegelt, denn nach einem letzten Blick ließ die Frau den Heller irgendwo in ihrem weiten Rock verschwinden und begann, ihre Schätze zusammenzuräumen. Sanft, aber bestimmt schob sie Alriks Brustbeutel und die restlichen Münzen von dem Tuch, knotete es zusammen, nahm es auf ihre Schulter und schwebte davon.

Wieso schwebt sie? dachte Alrik. Natürlich geht sie! Aber er sah keine Füße unter dem Rock hervorlugen, sosehr er auch starrte, und der Stoff schwang nicht wie unter Schritten. Bleib hier, schöne blaue Frau! wollte er rufen. Sag mir, wer du bist, verrat mir deinen Namen! Aber er brachte kein Wort heraus. Er konnte nur dastehen und zusehen, wie sie sich entfernte. Nun glich sie wieder dem Mädchen vom Markt, ja, Alrik war sich plötzlich sicher, daß beide ein und dieselbe Person waren.

Die blaue Frau hatte das äußerste Ende des Hofes erreicht; ihr Gesang war mit jedem Schritt leiser geworden. Nun öffnete sie eine Tür in der Mauer, und während sie in das Licht eintauchte, das durch die Öffnung fiel – goldenes, gleißendes Sonnenlicht –, erstarb der Gesang. Die Tür fiel hinter ihr ins Schloß, und Alrik war allein.

Ohne sich zu besinnen, ohne Brustbeutel und Geld zusammenzuraffen, stürzte der junge Mann ihr nach. Aber natürlich fand sich keine Tür in der Mauer, als er die Stelle erreichte, wo die Frau verschwunden war. Er hatte kaum etwas anderes erwartet – heute schien alles verdreht und jedes Ding ihn foppen zu wollen. Er suchte dennoch, tastete die Steine nach einer unsichtbaren Ritze ab, überall, auch dicht über dem Boden, und so entdeckte er schließlich das Schlüsselloch.

Nun soll ich wahrscheinlich den Schlüssel ins Loch stecken, dachte Alrik, obwohl man mit gläsernen Schlüsseln bekanntlich keine steinernen Türen öffnen kann, und ich werde auch durch die viel zu kleine Tür passen, denn sie ist ein Tor zur Feenwelt. So etwas kannte man aus Märchen und anderen alten Geschichten. Er versenkte den Schlüssel vorsichtig in der Öffnung, zögerte aber, ihn zu drehen. Soll ich? fragte er sich. Oder lieber nicht? Natürlich würde er gern einmal einen Blick ins Reich der Feen werfen, vielleicht gar einen auf die unbeschreiblich schöne Feenkönigin erhaschen – wer täte das nicht? –, aber andererseits … Es hieß auch, daß die Feen den Eindringling bei sich behielten und nicht wieder in die wirkliche Welt zurückließen … Und wenn doch, dann war in der Zwischenzeit ein halbes Menschenleben verstrichen, alles hatte sich verändert, Freunde und Verwandte waren gestorben, und niemand erkannte den unglücklichen Heimkehrer … War es überhaupt möglich, daß sich hier, mitten in der Stadt, ein solches Tor befand? Er hatte gehört, daß sie im Wald, im Sumpf, im Moor zu finden wären – unter Wurzeln verborgen, in alten Weiden, zwischen Schilf und Flußkieseln …

Während der junge Mann nachdachte, sich nicht entscheiden konnte, sich hilfesuchend umblickte – der Platz war unverändert, die Ulme rauschte mit den Blättern, und in ihren Küchengärten jäteten drei Gardisten Unkraut –, kam er wohl dem Zaubermechanismus des Schlosses zu nahe. Denn plötzlich ruckte der Schlüssel in seiner Hand, drehte sich aus eigener Kraft, das Schloß sprang auf, die Tür öffnete sich, und Alrik war in gleißendes Licht getaucht.

Golden war das Licht, unendlich vielfarbig und eine Wohltat für die Augen. Alrik atmete tief durch, damit er es mit allen Sinnen aufnehmen konnte. Erst einmal, so beschloß er, würde er sich eine Weile nicht vom Fleck rühren und nur Licht schlucken, um sich an die fremde Umgebung zu gewöhnen, und danach wollte er entscheiden, was er als nächstes täte – zum Beispiel sich ein wenig umsehen oder sich gruseln. Aber er kam nicht dazu, eine Entscheidung zu treffen, denn plötzlich lösten sich überall kleine Formen aus dem Licht, vibrierend und farbige Funken versprühend, die zwitscherten und flatterten und Alrik blitzgeschwind umringten.

So zapplig schwirrten die winzigen Wesen, daß er sie zunächst nicht erkannte. Es werden Feen sein, sagte er sich, falls ich mich in der Feenwelt befinde. Und wenn ich am Ufer des Großen Flusses stehen sollte, dann sind es vermutlich Libellen. Er lauschte, ob er das Klatschen von Wellen oder das Rufen der Schiffer vernähme, aber da waren nur Klingen, Zirpen, Flattern und Schwirren ringsumher, und so folgerte er, daß er von Feen umzingelt sein müsse. Nun sah er sie auch – sie schienen sich ein wenig beruhigt zu haben –, winzig kleine, wunderhübsche, kaum spannlange nackte Frauchen mit grüngoldenen Haaren und schimmernden Libellenflügeln. Eine ließ sich gerade auf seiner Schulter nieder, stellte sich auf die Zehenspitzen, hob sein Haar und flüsterte ihm mit ihrem Silberstimmchen etwas ins Ohr. »Ob dem großen, blonden Helden es bei uns wohl gefällt?« fragte sie.

Alrik dachte gleichzeitig folgendes: Wie überaus bezaubernd sie ist, ganz allerliebst. Ich verstehe die Feensprache, das ist schön. Im Feenreich scheint man in Reimen zu sprechen, das ist weniger schön. Das Verseschmieden hat mir noch nie gelegen, und mir will auch gar keine gereimte Antwort einfallen. Hoffentlich halten sie es nicht für unhöflich, wenn ich nichts erwidere – Wieso groß und blond? Verglichen mit ihnen bin ich natürlich groß, aber in der Menschenwelt gelte ich eher als, nun ja, etwas schmächtig, und ich habe braune, keine blonden Haare – Wieso Held? Hat sie überhaupt mich gemeint? Er blickte sich suchend um, sah aber nichts außer glitzernden Frauenleibern und schimmernden, flatternden Flügeln.

Dem Beispiel ihrer Freundin, Gefährtin oder Schwester folgend – wie nannten die Feen wohl einander? – landeten nun weitere der kleinen Wesen auf Alriks Kopf und Körper. Sie kicherten, spielten mit seinem Haar, betasteten ihn, zupften an seinem Gewand. »Er ist süß, er ist hold in der Robe aus Gold«, zirpten sie dazu im Chor.

Robe aus Gold? Alrik verstand nicht, was die kleinen Dinger meinten. Soweit er wußte, trug er ein ehemals weißes, nun vermutlich leicht staubiges und verschwitztes Hemd und graue Beinkleider. Er schaute an sich hinab, glaubte auch einen goldenen Schimmer auszumachen, war sich jedoch nicht sicher, und dann wurde er an der weiteren Prüfung gehindert. Drei Feen hatten sich bei den Händen gefaßt und tanzten so dicht vor seinem Gesicht, daß er sie einfach anschauen mußte.

»Bei uns ist es schön«, sang die erste.

»Denn die Zeit bleibt hier steh'n«, fuhr die zweite fort.

»Keine Jahre vergeh'n«, fügte die dritte hinzu. Und dann sangen sie gemeinsam: »Sieben Jahre ein Tag, ohne Not, ohne Plag.«

Alrik war fast erleichtert, daß sie endlich auf die berühmten sieben Jahre zu sprechen kamen. Natürlich war die Vorstellung, in einem Feentag sieben Menschenjahre zu altern, bestürzend und geradezu gruselig, aber erstens waren, nach seiner Schätzung, seit seiner Ankunft im Feenreich kaum mehr als zwei Minuten verstrichen – es wollte ihm allerdings im Augenblick nicht gelingen, diese Zeitspanne auf wirkliche und menschliche Zeit umzurechnen –, und zweitens ... zweitens ... Er hatte vergessen, was zweitens war, bei all dem Gezirpe und Geflirre.

Die zarten Flatterwesen bedrängten ihn nun stärker; sie wollten offenbar nicht, daß er zum Nachdenken kam. Beunruhigend, fand Alrik. Denn wenn er nicht denken könnte, könnte er auch nicht rechnen, und das war dringend vonnöten, weil … Ihm war schon ganz wirr im Schädel, aber er war auch leicht und froh, und so ließ er sich bereitwillig und lächelnd – er spürte, wie sich seine Mundwinkel vor Freude in die Breite zogen – von den süßen kleinen Feen in die gewünschte Richtung lenken, immer tiefer ins Licht hinein. Wie das funkelte und gleißte! Wie die abertausend Flügelpaare glitzerten! Aber dort, wer war das, diese große, goldene, störende Gestalt? Sie kam dem jungen Mann irgendwie vertraut vor … es war nicht die Königin, gewiß nicht … es war …

»Erbrich nicht das Siegel, blick nicht in den Spiegel!« wisperten in diesem Augenblick die hellen Stimmchen. »Das öffnet den Riegel.«

»Riegel, Siegel, Spiegel«, wiederholte Alrik leise. Reime immerhin, wenn auch nicht seine eigenen … Spiegel! dachte er. Natürlich! Nun war ihm plötzlich klar, wo all das Funkeln, das vielfach gebrochene Licht, das unüberschaubare, verwirrende Geflatter der unzählbaren Flügelpaare herrührte: von den Spiegeln, aus denen der Feenpalast errichtet war. Aber dann könnte oder müßte die eigentümlich vertraute, große Gestalt, die er eben in der Ferne erblickt hatte … Er mochte kaum glauben, daß er selbst es sein sollte oder vielmehr, sein Spiegelbild. Und doch gab es kaum eine andere Erklärung – er war der einzige ›große‹ Mann unter all den winzigen Flatterfrauchen.

Ich werde es überprüfen, beschloß Alrik. Ich muß wissen, ob ich tatsächlich der einzige menschliche Gast der Feen bin, oder ob sich noch ein weiterer hier herumtreibt. Verstohlen schaute er zur Seite, dorthin, wo die Gestalt eben noch gestanden hatte.

Er entdeckte sie nicht sogleich hinter dem bewegten Vorhang aus perlmuttrigen Flügeln und silbrigen Leibern. Doch, dort sah er einen goldenen Schimmer, den unscharfen

Umriß einer glänzenden Robe. Hatten die Feen ihm bei der Ankunft unbemerkt ein goldenes Gewand übergestreift? So mußte es wohl gewesen sein ... Sehr freundlich jedenfalls von den liebreizenden kleinen Dingern, ihn so reich zu beschenken ...

Gänzlich überzeugt (wovon auch immer) war Alrik nicht, und da es ihm nicht gelingen wollte, an sich hinabzublicken – Habe ich das nicht eben schon einmal erfolglos versucht? ging es ihm durch den Kopf –, hob er, einer plötzlichen Eingebung folgend, die Linke und winkte. Die Gestalt winkte zurück. Er hob die Rechte, auf der just in diesem Augenblick ein kleines, geflügeltes Frauchen landete, und die Gestalt hob ebenfalls die Hand; ein winziges, schimmerndes Flattertierchen balancierte auf den Fingerspitzen ...

Ich bin's, ich bin's! dachte Alrik aufgeregt, doch gleich kamen ihm Zweifel. Waren die Bewegungen des vermeintlichen Spiegelbildes wirklich mit seinen eigenen zeitgleich, so wie sich das bei einem anständigen Spiegel gehörte? Oder hatte der dort drüben nicht immer ein klein wenig später gezuckt und gezappelt. Vielleicht stand da einer, der ihn nachäffte, ihn foppen wollte, schon wieder ... Er mußte sich Gewißheit verschaffen!

Die kleinen Feen schüttelten die Köpfe, aber Alrik wußte nicht, worauf sich die Verneinung bezog. Er fragte auch nicht danach; er wollte zu seinem Spiegelbild. Das jedoch schien den schimmernden Flatterfrauchen gar nicht zu gefallen. Sie zerrten an seinen Haaren, seinen Ohren, dem Gewand, um ihn am Fortkommen zu hindern. »So laßt mich doch geh'n, ich will ja nur seh'n, wie die Robe mir steh ... t.«

Vermaledeit, dachte Alrik, ich hab's verkorkst. Am traurigen Kopfschütteln der Feechen erkannte er, wie enttäuscht sie von ihm waren. Es hatte so gut geklappt mit dem Reimen, ganz von selbst und ohne daß er nachdenken mußte, und dann so etwas! »Ich will doch nur seh'n, wie die Kleider mir steh'n«, korrigierte er matt. Aber er merkte sehr wohl, daß nichts mehr zu retten war – er hatte schlecht ge-

reimt und alles vermasselt. Oder schmollten die Kleinen etwa, weil er in dem Verschen nicht ganz bei der Wahrheit geblieben war? Aber er hatte ja gar nicht gelogen! Er wollte wirklich sehen, wie die Robe ihn kleidete. Unbedingt und auf der Stelle!

Diesmal versuchte keines der Feelein Alrik aufzuhalten, als er mit großen Schritten zum Spiegel strebte; sie stimmten nur einen leise zirpenden Wehgesang an. Auch das Spiegelbild näherte sich rasch, und dann standen sie einander gegenüber: Großgewachsen, blond und kräftig war der Mann im Spiegel. Prächtig und ehrfurchtgebietend sah er aus in seiner goldenen Robe. Ein zorniger Blick aus stahlblauen Augen traf Alrik bis ins Herz.

»Aber das bin ja gar nicht ich!« schrie Alrik.

»Aber das bin ja ich!« Praiosson fuhr hoch, und das Bild zerrann. Schwärze umhüllte ihn, drang langsam in ihn ein, zog in seinen Schädel, wo sie sich als bohrender Schmerz ablagerte. Was ist geschehen? dachte der Priester. Einen kurzen Augenblick lang wußte er weder, wer er war, noch wo er sich befand, noch, ob er träumte oder wachte, lebte oder tot war. Probeweise öffnete er die Augen und mußte sie sogleich wieder schließen – ein gleißender Sonnenstrahl hatte sie getroffen. Die Praiosscheibe stand hoch am Himmel, die erste Stunde war fast vorüber.

Der Geweihte versuchte, sich zu sammeln. Wenn Praios meine Augen sticht, bin ich nicht tot, schloß er. Ich habe geschlafen und geträumt – welch seltsamer Traum! Nun wußte er wieder, was geschehen war: Er hatte sich auf den Dachgarten begeben, um in der Sonne zu beten und praiosgefällige Entrückung zu finden, doch statt dessen war er … eingeschlafen! Die Hitze war ihm ins Hirn gefahren, wie der Medicus prophezeit hatte, und hatte ihm diesen wirren Traum eingegeben. Praiosson befühlte seine Stirn; kalter Schweiß stand darauf. Ja, er hatte sich ein Hitzefieber eingefangen, der Arzt hatte recht behalten. Er entsann sich sehr gut, was er in seinem selbstgerechten Hochmut zu tun gelobt hatte, falls solches einträte … O nein! Ein Diener des Sonnengottes, der in der Sonne schmilzt wie Wachs (oder die Besinnung verliert, oder fiebert), ist kein wahrhaft Berufener, zitierte er sich selbst … Nein, nein, nein! Er war kein wahrhaft Berufener – er hatte die Besinnung verloren, zitterte vor Fieber und schwitzte am ganzen Leib –, und bei dieser Erkenntnis drang der Schmerz vom Kopf ins Herz und erstarrte dort zu einem harten, schwarzen Klumpen.

O Praios, Herr, warum hast Du mich nicht versengt und zu schwarzer Asche verbrannt?! fragte Praiosson stumm. Es lag fast ein Vorwurf in den Worten, fast. Denn der Herr hatte es anders entschieden, hatte ihm, dem Unwürdigen, eine andere Strafe zugedacht, damit seine Seele sich läutere. Und an Seiner Entscheidung gab es nichts zu deuteln.

Er müßte nun hinabsteigen, sagte sich der Priester, und das Amt niederlegen, um hinfort als der geringste Tempeldiener in Demut die Stufen zum Altarraum zu fegen. So war es ausgemacht, so sollte es sein! Mühsam richtete er sich auf – er war noch immer benommen –, und konnte sich nicht entschließen, den schweren Abstieg anzutreten. Laß mich noch einen Augenblick verweilen, Herr, an diesem Ort, bat er, den ich nie wieder in der Robe des Hohenpriesters, allenfalls mit Wassereimer und Scheuerlappen in den Händen betreten werde … nie wieder.

Praiosson seufzte schwer. Gleich würde er sich erheben und gehen. Ein allerletztes Mal noch wollte er sich umschauen, sich alles einprägen. Langsam ließ er den Blick über den Boden wandern, wagte nicht, ihn zu heben …

Was war das? Da stand ja noch immer das impertinente blaue Blümchen und duftete frech vor sich hin!

Praiosson hätte fast das Gleichgewicht verloren, als er sich auf die Pflanze stürzte. »Raus mit dir, Elende!« schrie er voll Grimm und zog heftig an dem schmächtigen Stengel. Ohne Widerstand zu leisten, glitt die Pflanze aus der Fuge.

Es war gar keine Blume, die zum Vorschein kam, als der Priester langsam die geballte Faust öffnete. Ein zerdrücktes Gebilde aus Draht, grünem Papier und blauer Seide lag auf seiner breiten Handfläche, und es duftete nicht im geringsten, wie Praiosson sich nach prüfendem Schnuppern überzeugte. Aber woher rührte dann der süßliche Odem? Praiosson beugte sich hinab, um die Stelle zu untersuchen, wo er die Pflanze entfernt hatte, und da entdeckte er ein zierliches Tiegelchen, das hinter ihr verborgen gewesen war. Ein Brocken Al'Anfaner Traumharz glomm darin.

Praiosson schlug so lange auf das irdene Gefäß, bis seine Hand von den Scherben zerschnitten, die Haut vom glühenden Harz verbrannt war und seine Wut sich in kalten, gerechten Zorn verwandelt hatte. Buben, dachte er, das war ein schlechter Streich! Ihr wolltet mich versuchen, verführen mit lästerlichen Giften. Doch seht, ihr könnt mich nicht umnebeln mit euren sündigen Substanzen, denn Er ist in mir, und Er ist die Ordnung und das Gesetz.

Der Priester richtete sich hoch auf, strich das Haar aus der Stirn und die Robe glatt. Kalt funkelten seine blauen Augen. Sobald er hinabgestiegen war und Sonnenmitra sowie Kragen angelegt hatte, so entschied er, wollte er die Novizen befragen. Er würde den Schuldigen finden, das wußte er, und ihn dann der gerechten Strafe zuführen.

Praiosson lächelte zufrieden.

Bori-Shan, die blaue Frau, saß am Ufer des Großen Flusses. Sie hielt eine blinkende Münze in der Hand, mit der sie die Sonnenstrahlen einfing, einen frisch geprägten Heller. Vorsichtig bewegte sie die kleine Scheibe, und schon zuckten goldene Lichter über das Wasser, über die Kiesel … verweilten zitternd hier und dort, bevor sie weiterhuschten …

Bori-Shan lächelte zufrieden.

Stefan Küppers

EINE GESCHICHTE DREIER RABEN

Schwarz wie die Nacht,
bleich wie der Tod,
unendliche Wacht
und Blut sind ihr Brot.

Die Schmetterlinge fliegen nimmermehr
Lucianus, Grangor, 12 v. H.

Einsame Schritte tappten durch das nächtliche, verregnete Vinsalt: ein Nachtwächter mit seiner Laterne. Das Licht zeichnete flackernde Schatten an die Wände der dicht an dicht stehenden Häuser und auf die Butzenglasscheiben, hinter denen die Bewohner schlummerten. Abelmir war nun schon seit drei Dutzend Jahren im Dienste der Bürgerschaft unterwegs. Jede Nacht drehte er seine Runden und leuchtete in finstere Ecken, um noch finsterere Gesellen aufzustöbern, die in mehr oder weniger phexgefälliger Art und ungebeten das Hab und Gut anderer umverteilen wollten. Oft war Abelmirs Arbeit nicht ungefährlich, doch die Gunst der Zwölfe, seine eindrucksvolle Erscheinung und nicht zuletzt seine blinkende Hellebarde hatten dafür gesorgt, daß ihm bisher kein Leid zugestoßen war und seine Emer sich noch an ihm erfreuen konnte.

Am Ende einer schmalen Seitengasse fiel sein wachsamer Blick auf ein Liebespaar, das eng umschlungen die nächtlichen Schatten als deckenden Mantel nutzte. Ohne sie zu stören, eilte der Wächter an den beiden vorbei. Das Pärchen erinnerte ihn an seine lang zurückliegende Jugend; über alte Zeiten sinnierend schritt Abelmir eilig weiter. Als der Alte das Glockenspiel des Uhrturms vernahm, ließ er seinen kräftigen Baß erschallen, wie er es zu jeder Stunde tat:

»Zweite Stund ist's in der Nacht,
halte weiter einsam Wacht.«

Als sich die Schritte des alten Mannes auf dem Sandsteinpflaster verloren, löste sich die größere der beiden Gestalten aus der Umarmung. Das Haupt der zweiten Person fiel nun haltlos nach hinten, des starken Armes beraubt, der sie aufrecht gehalten hatte.

Vorsichtig, fast zärtlich ließ der Große den leblosen Körper – offenbar den einer alten Frau – auf das ausgetretene Pflaster gleiten. Die feinseidene Kleidung der Toten tränkte sich mit dem Wasser aus zahlreichen Pfützen, in die fallende Regentropfen winzige Blasen schlugen. Still, so als schliefe er, streckte sich der leblose Leib auf dem Boden, über ihn gebeugt die Gestalt des Mörders. Der Dunkle kniete nieder, ohne darauf zu achten, daß sein Rock aus Kusliker Linnen im Schmutz der Straße schleifte und erhob die Hände zu einem stummen Gebet:

Herr Boron, laß diese Seele ein in Dein ewiges Reich. Sie hat gesündigt und wurde Deinem Gericht überantwortet.

Nachdem er für den Seelenfrieden seines Opfers, für dessen Einlaß in Borons Hallen und die Aufnahme in die Zwölf Göttlichen Paradiese gebetet hatte, richtete der Dunkle sich auf und entfernte sich lautlos.

Zahllose Gedanken quälten den Wanderer im Dunkeln. Welchem Zweck diente sein Hiersein? Wo blieb seine langjährige Gefährtin Athina? Seiner Tat schenkte der Dunkle nur einen flüchtigen Gedanken. Tenebraël, so hieß der nächtliche Schatten, schweifte zu profanen Dingen ab: zu seiner Unterkunft hier im neuen Bosparan. Ein altes Gemäuer südlich des Yaquir war einstweilen seine neue Behausung. Dort fand er tagsüber borongefällige Ruhe, war vor Praios' Fluch geschützt. Erinnerungen schwangen sich lautlos empor, überwältigten ihn: der Fall der Vieltürmigen, die Erstürmung der Stadt, Menschen, die in Panik davonrannten. Er roch den Schweiß und die Angst, als seien nicht seit jenen Schreckenstagen Jahrhunderte verstrichen. Er schmeckte das Blut, das in den Adern der Unglücklichen brannte.

War es nicht eine wahre Gnade Borons – das Vergessen? Würde er sonst nicht unter der Last der vergangenen Zeiten zusammenbrechen? Wie wurde Athina damit fertig? Die Erinnerungen waren eine unaufhaltsame Flut. Bilder füllten seine Gedanken aus. Bilder, von denen Tenebraël zum Teil nicht einmal wußte, ob sie der Vergangenheit angehörten oder eine ferne oder nahe Zukunft zeigten. Eindrücke und Worte bedrängten ihn; Pestilenz, der Verderber der Leiber, schwarze und feurige Schwerter, Feuer und Blut. Sie trieben ihn vor sich her, wehten ihn über das Land und durch die Städte, auf eine Suche ohne Ziel. Schon oft hatten Träume ihn geführt. Wie Tenebraël glaubte, waren sie Zeichen des Herrn Boron.

Der Übergang zwischen Traum und Wirklichkeit war fließend und gefährlich. Erst vor einigen Tagen war Tenebraël in den Ruinen des alten Bosparan aus einem Traum erwacht, und am Horizont dräute bereits die Praiosscheibe, deren Schein ihm schon brennende Qual bereitete, wenn noch kaum ein Sterblicher ihre Glut erahnen konnte. Immer wieder waren es Erinnerungen an das zerstörte Bosparan gewesen, die ihn in letzter Zeit überwältigten. Zusammen mit seiner Gefährtin hatte Tenebraël sich in das neue Bosparan aufgemacht: Vinsalt, die Hunderttürmige, die Stadt der Verschwörungen. Während Athina noch ihre Freundin Rahjamanda auf den Zyklopeninseln besuchte, hatte Tenebraël sich in der Stadt umgesehen. Wie prunkvoll sie doch war mit ihren Opern und Bühnen, auf denen jede Art von Lustspiel aufgeführt wurde! Die protzig zur Schau gestellte Pracht der Patrizierhäuser und Villen. Die Vinsalter verstanden es, ihren Reichtum zu zeigen. Ein Prunk, der sich auch in der Mode widerspiegelte. Aber Tenebraël sah auch Seltsames, wie die erst vor kurzem modern gewordene Perückenpracht, mit der sich die hochgestellten Männer ausstaffierten.

Dunkle Flecken auf der weißen Weste der Stadt wurden nicht geduldet. Zumindest in der Nordstadt lag kein stinkender Unrat auf den Straßen. Die bepuderten Nasen der edlen Damen und Herren wollten keine üblen Gerüche schnuppern.

Jetzt, im Monat Hesinde, wo die Praiosscheibe bereits versunken war, konnte Tenebraël sich unter die Sterblichen mischen und ihre Wärme und Lebenskraft spüren. Auf den Straßen drängten sich die Menschen. Männer und Frauen aus allen Teilen des Lieblichen Feldes, aber auch aus fernen Reichen. Noch dichter war das Gedränge auf den Märkten: Viehmarkt, Flachsmarkt, Stadtmarkt und Fischmarkt wurden zum Tummelplatz für Fremde und Einheimische. Tenebraël streifte gerne inmitten der Menschenmassen umher, besuchte die Kuriositäten-Basare und wühlte in Trödel und güldenländischen Kostbarkeiten. Kürzlich war er bei einem der Wassertürme gewesen, die Teile der Stadt mit fließendem Wasser versorgten. An einer der Mauern hatte er, kaum noch lesbar und moosüberwachsen, seinen Namen gefunden: Das Zeichen eines seiner letzten Besuche in der Kaiserstadt vor nahezu 300 Jahren.

In der Zurschaustellung seines Reichtums stand das moderne Vinsalt dem vergangenen Bosparan in nichts nach. Während es jedoch damals protzig dicke Mauern, gewaltige Bogen, riesige Säle waren, legte man heute mehr Wert auf Verfeinerungen; Stuck, die Gemälde berühmter Künstler an den Wänden der Paläste, Schnitzereien im ganzen noblen Hause, zierliche Möbelchen mit kostbaren Intarsien.

Erwachen,
Erkennen,
Verstehen,
Handeln!

Geschrei lenkte seine Gedanken fort von der Vergangenheit in die Gegenwart. Über den Lärm hinweg tönte der Angstschrei einer Frau. Tenebraël beschleunigte seine Schritte. Hier wollte der Schatten in der Nacht helfen, er, der doch gerade erst selbst getötet hatte. Geschwind schritt Tenebraël voran, eilte mit übermenschlicher Schnelligkeit durch den Regen, die dunkle Gasse hinab, bis sich vor ihm ein kleiner Platz auftat, von dem zwei weitere Straßen zwischen engstehenden Häusern in undurchdringliches Dunkel führten. Zu seiner Linken, den Platz beherrschend, erhob sich über zwei Etagen ein einst herrschaftliches Haus: eine alte Villa, erbaut im geradlinigen Stil der Klugen Kaiser. Die offenen Fenster starrten, toten Augen gleich, auf die Straße hinab, so als beobachteten sie das Geschehen am Treppenaufgang zu einem Doppelportal. Dieses Portal, das wie ein allesverschlingendes Maul offenstand, schien einen Hauch von Moder auszuatmen. Ein nur schwer zu beschreibendes Unwohlsein überkam Tenebraël. Das zugenagelte Portal war augenscheinlich erst vor kurzem gewaltsam geöffnet worden, davor lagen die herausgebrochenen Bohlen, die es versperrt hatten. An die Mauer war eine Stange gelehnt, die aus dem eisernen Zaun gerissen worden war, der einen einstmals prächtigen, jetzt aber verwilderten Park umgab.

Vor den Stufen, die zum Portal hinaufführten, scharten sich drei Halbwüchsige um eine Gestalt, die am Boden kauerte und ein klägliches Wimmern von sich gab. Es war ein junges Mädchen, ihrer Kleidung nach wohl eine Dienstmagd. Das Kleid war zerrissen und dreckig. Einer der Burschen kniete neben ihr und bemühte sich, die verkrampften Finger von den Resten ihres Gewandes zu lösen. Währenddessen versuchte der zweite die heftig strampelnden Beine auseinanderzuzwingen. Das arme Ding krümmte sich im verzweifelten Versuch, die Überreste des Kleides und seine Tugend zu bewahren.

Dieser Anblick genügte Tenebraël: Mit wenigen Sätzen war der nächtliche Rächer bei dem Knaben mit dem Strick. Kompromisse waren nicht seine Art.

Noch im Laufen hatte er sein Rapier gezogen, das er nun mit übermenschlicher Kraft dem Burschen bis zum Griffkorb in den Rücken stieß. Noch während der Knabe verständnislos auf das Stück Stahl starrte, das so plötzlich aus seiner Brust gewachsen war, hatte der Rächer aus dem Dunkel sich seinem nächsten Opfer zugewandt. Der Blonde, der auf dem Boden kniete, hatte vom Schicksal seines Kumpanen nichts mitbekommen; er hätte ohnehin kaum eine Möglichkeit gehabt, den Angreifer aus dem Dunkel abzuwehren, der nun mit beiden Händen nach seinem Kopf griff. Ein schneller Ruck, ausgeführt mit gewaltiger Kraft, ein dumpfes Knacken, und eine weitere Seele wurde von Golgari emporgetragen. Mit schreckgeweiteten Augen starrte der dritte auf das Geschehen, das sich vor seinen Augen abspielte. Er wollte aufstehen, doch seine Beine versagten ihm den Dienst. Als der Tod aus den Schatten den Blonden achtlos zur Seite schleuderte, den Kerl auf dem Boden anfauchte und dabei sein Gebiß entblößte, gaben des Knaben Beine und Blase nach. Mit einem Satz flog der Vampir über die Magd hinweg und starrte auf die weinende, sich benässende Gestalt zu seinen Füßen, die um Gnade winselnd die Hände erhob …

Er war da, und sie folgten seinem Ruf. Ein einsamer Jäger war das erste Opfer. Es gab ihm neue Lebenskraft.

Das Volk war argwöhnisch; ein Kundschafter und Jäger war nicht zurückgekehrt. Dies gemahnte zur Vorsicht, und man mied das Gebiet, in dem er verschwunden war. Er spürte das Leben in seiner Nähe, doch es blieb fern von ihm. Er konzentrierte sich, besann sich auf den Ruf und steckte seine geistigen Fühler aus, tastete und fand ein Ziel, zwei Ziele, ein Dutzend – das Volk. Er spürte, daß dort noch mehr war, eine andere Kraft. Doch sie war fern und nicht so präsent wie er selbst.

Er überwand sie, das Volk folgte seinem Ruf.

»Es ist genug«, erklang eine Stimme aus der Finsternis. Aus den Schatten trat eine junge Frau. Sie war einen Kopf kleiner als Tenebraël, doch kräftiger gebaut. Die glatten schwarzen Haare trug sie als Pagenschnitt. Eine einfache, in die Stulpenstiefel gestopfte Leinenhose und eine wollene Weste boten ihr kaum Schutz gegen die nächtliche Kälte. Sie stützte sich auf einen mit Schnitzereien verzierter Wanderstab aus Haselnußholz, der wohl auch als Waffe in üblen Gegenden dienen mochte.

»Zwei wurden gestraft, damit einer daraus lerne. Athina, ich werde ihn nicht töten, seine Zeit ist noch nicht gekommen.«

»Du willst auch nicht deine Todesgier befriedigen?«

»Mein Hunger ward bereits gestillt.« Unter dem prüfenden Blick ihrer großen grünen Augen senkte er den Kopf. »Sie war alt und wäre sicherlich bald gestorben.«

»Du hast sie getötet? Wo es doch genügt, einen Teil ihrer selbst zu rauben.« Ihre Stimme klang strafend.

»Sie war verurteilt, eine Mörderin, und hätten sie andere als ich gefunden, wäre ihr Schrecklicheres widerfahren. Dies mag ein kultiviertes Land sein, dennoch hausen auch hier hinter den hübschen Fassaden üble Menschen.«

Wortlos wandte Athina ihrem alten Freund den Rücken zu und kümmerte sich um das weinende Mädchen, das von den Ereignissen, die ringsum vorgegangen waren, kaum Zeugnis genommen zu haben schien.

Während Athina das Mädchen tröstete, bemühte sich Tenebraël um den Knaben, aus dessen Leib die Spitze des Rapiers hervorstand. Dieser lag noch immer stöhnend und mit schmerzverzerrtem Gesicht am Boden, die Klinge umklammernd, als vermöge er so, den Schmerz zu lindern. Er achtete nicht darauf, daß er sich bei seinem sinnlosen Versuch die Hände zerschnitt. Der Vampir beugte sich zu ihm herunter, sein Blick streifte die tränennassen Wangen seines Opfers, verharrte einen Moment an der Pfütze kostbaren Lebenssaftes, die sich unter ihm ausbreitete und mit dem Regen vermengte, dann blickte er ihm in die Augen und tötete ihn.

Athina hatte sich neben der Magd niedergelassen und beruhigend auf sie eingeredet. Sie spuckte in die Hand und verrieb den Speichel auf den Kratzwunden, dann setzte sie ihre Kraft ein. Die Kräfte der Magie, die Erdkräfte Satuarias, wie sie die Hexen nannten, konnten wahre Wunder vollbringen. Kurz darauf war die Haut des Mädchens wieder unversehrt, nur noch einige kleine rötliche Male wiesen auf die verheilten Wunden hin. Die Magd ließ alles willenlos mit sich geschehen und beruhigte sich langsam wieder. Leise schluchzte sie vor sich hin, den Kopf an die Schulter Athinas gelehnt und die Arme um sie geschlungen. Als die Hexe ihr ein Taschentuch reichte, schneuzte sie sich lautstark und schaute aus großen, von Tränen geröteten Augen erstmals zu ihren unbekannten Rettern auf. Außer einem einfachen »Habt Dank!« brachte sie nichts heraus. Sie wich dem prüfenden Blick Tenebraëls aus und klammerte sich noch fester an Athina.

Hatte sie doch erfaßt, wie Tenebraël mit ihren Schändern verfahren war.

»Sie trägt ein Kind unter dem Herzen«, richtete Athina das Wort an Tenebraël, der den letzten überlebenden Burschen verjagt hatte.

»Ich habe dies ebenso gespürt. Die Aura des ungeborenen Lebens in ihr ist bereits stark. Es wird ein kräftiges Kind werden. Welch ein Frevel, wenn ihm etwas zugestoßen wäre.«

»Ich bringe sie zum Tempel der Travia. Dort wird man sie sicher aufnehmen und ihr weiterhelfen. Von dort kann sie auch ihrer Herrschaft eine Nachricht zukommen lassen.« Während Athina dies sagte, richtete der Vampir seine Blicke auf die alte Villa. »Willst du mitkommen? Du weißt, daß nachts die Straßen nicht sicher sind?« fragte die Hexe mit einem ironischen Lächeln.

Ihr Gefährte hob spöttisch eine Augenbraue. »Du hast schon immer recht gut auf dich aufzupassen vermocht, immerhin bist du die älteste Tochter Satuarias, die ich je kennenlernte.«

Nachdenklich warf Tenebraël einen Blick auf die im Dunklen liegende, aufgebrochene Tür. Eine Wolke hatte sich vor das Madamal geschoben, Dunkelheit lag über der Villa. Es sah aus, als hätten sich die Fenster wie Augen geschlossen.

Der helle, große Bau war Travia geweiht. Das säulengetragene Vordach wurde von einem wuchtigen Fries voller fliegender, alabasterner Gänse zur Straße hin abgeschlossen. Ein marmorner Mann in bürgerlicher Kluft bildete die linke Ecksäule. Der Steinerne war von seinem weiblichen Pendant zur Rechten durch eine Schar getrennt, die mit den Halbreliefs verschieden großer Kinder geschmückt waren. Fast erschienen sie Tenebraël wie menschliche Orgelpfeifen.

Der Vampir wartete in einem Hauseingang gegenüber dem Tempel auf seine langjährige Gefährtin. Seltsam, wie sorglos die Menschen doch in die Nacht hinaustraten und nicht bedachten, welches Unheil ihnen dort drohen könnte. Ohne ihn zu bemerken, marschierte ein uniformierter Trupp an ihm vorbei: vier Gardisten der Stadtwache. Im streng militärischen Gleichschritt hämmerten ihre Stiefel auf das nasse Pflaster der Straße.

Das Hämmern vieler nagelbeschlagener Stiefel; das Gerenne unzähliger Füße, Schreie voll Furcht und Triumph. Waffengeklirr, das Tosen von Bränden. Die letzten Stunden des alten Bosparans … Tenebraël selber stand im Schatten eines heubeladenen Wagens und beobachtete die hastige Flucht der Bosparaner vor den eindringenden Garethern. Dann verwandelte er sich in einen Raben und flog zum Palast der Horas.

Eine Hand legte sich sanft auf seinen Arm. »Hast du wieder Dinge gesehen, die längst vergangen sind?« fragte Athina ruhig, »Hast du wieder in Satinavs Buch des Schicksals geblickt, zurückgeblättert?«

»Manchmal frage ich mich, ob meine Berufung nicht eher eine Bestrafung ist. Alles vor meiner Erhebung liegt zu weit zurück, als daß ich mich noch daran erinnern könnte, daß es dort etwas gegeben hätte, wofür mich die Götter strafen. Und habe ich nicht schon immer treu die Götter geehrt, gemäß den Lehrsätzen meines Lehrers? Habe ich nicht immer unserem Herrn Boron und seiner Tochter Marbo gedient, indem ich ihre Lehre ins Land trug? Habe ich nicht immer wieder den Kampf mit den Ketzern und Häretikern gesucht? Ich bemühe mich, den Menschen Beschützer und Führer zugleich zu sein«, murmelte Tenebraël eher zu sich selbst denn zu Athina.

»Laß uns ruhen, die Nacht ist nicht mehr lang, und unsere Seelen brauchen Frieden. Die Kleine, ihr Name ist übrigens Amene – wie der der Kaiserin –, ist gut versorgt im Tempel. Man wird ihrer Herrschaft eine Botschaft senden.«

»Was wollten diese Ratten von dem Mädchen? Zu ihrem eigenen, widerwärtigen Vergnügen – oder steckte mehr dahinter? Ich werde zu diesem Haus zurückkehren. Es war mir, als ob ich dort etwas gespürt hätte, weniger eine Präsenz von etwas, denn ...«

»Die Abwesenheit von etwas«, ergänzte Athina »Dieser Ort hatte auch auf mich eine seltsame Wirkung. Wenn du zu ihm zurückkehren willst, werde ich mitkommen. Doch nicht in dieser Nacht, bald steigt Praois' Antlitz empor – und auch nicht in der nächsten: Die Zeit der großen Feier ist gekommen.« Der Boronsjünger nickte: »Ich werde auf dich warten.«

Tenebraël legte seinen kalten Arm um die Gefährtin, und schweigend gingen die beiden ungleichen Geschöpfe zu ihren Schlafplätzen. Über ihren Köpfen folgte ihnen ein dritter: ein lautlos mitfliegender Rabe, dessen ausgebreitete Schwingen im Licht des Madamals ihren Schatten auf sie warfen.

Dutzende Füße liefen, trippelten. Das Volk drängelte, schob einander an, um dem Ruf Folgschaft zu leisten. Ihm näher zu kommen. Ihm zu dienen. Ihm Opfer zu sein.

Sie waren unbedeutende Tiere, schwach, und doch gaben sie ihm Kraft. Er öffnete die Augen, starrte aus der Finsternis seiner Seele ins Dunkel seines Verlieses.

Selten waren Tenebraël die nächtlichen Gassen so einsam und leer vorgekommen. Plötzlich war ihm wieder einmal bewußt geworden, wie einsam sein Leben verlief. Gefährten und Bekannte kamen und gingen im Laufe der langen Jahre, nur seine Freundin und Vertraute Athina, eine Eingeborene, teilte diesen verlassenen Pfad mit ihm. Die wenigen Freunde, die er einst gewonnen hatte, waren nicht mehr. Gestorben und bereits seit langem von den meisten Sterblichen vergessen. Nur in seinen und Athinas Erinnerungen blieben sie lebendig.

Auf der Suche nach Gesellschaft irrte Tenebraël in den Straßen und Gassen umher und blieb schließlich vor einem Schild stehen, das der Schriftzug ›Haus Olorande‹ in verblichenen Farben zierte. Eine steinerne, nur von einer blakenden Fackel beleuchtete Treppe führte hinab zu einem schmuddeligen, ehemals roten Vorhang. Dahinter verbarg sich die Gaststube, oder, wie Tenebraël sich bald korrigieren mußte, das ›Vorzimmer‹ eines wohl weniger auf einen Schankbetrieb ausgerichteten Etablissements. Zwei Knaben, offenbar Zwillinge, und ein halbes Dutzend Frauen verschiedenen Alters räkelten sich mehr oder weniger gelangweilt an der Theke. Einige andere waren in durch Vorhänge abteilbare Séparées damit beschäftigt, Kunden das Geld aus der Tasche zu ziehen. Einige dieser Nischen waren bereits vor neugierigen Blicken geschützt und hinter ihnen waren recht eindeutige Geräusche zu vernehmen. Wenn dies auch nicht die Gesellschaft war, die Tenebraël gesucht hatte, so war ihm heute fast jede Begleitung, jeder Gesprächspartner recht.

Zielstrebig ging er zur Theke, setzte sich neben eine der Frauen und bestellte ein Glas Bosparanjer. Viel würde er nicht trinken, diese Art von Nahrung brauchte er nicht mehr. Aber damit Tenebraël die Schankdame, eine elegant gekleidete Endvierzigerin, nicht verärgerte, wollte er zumindest das Teuerste bestellen, das dieses Haus zu bieten hatte.

Seine Nachbarin am noblen Mahagoniholz der Theke war eine junge Nivesin, kaum zwanzig Götterläufe alt. Das feuerrote, gelockte Haar hatte sie im Nacken hochgesteckt. In der schummrigen Beleuchtung schimmerte ihre helle Haut fast weiß. Wie herrlich perlengleich mochte sie erst im Sonnenlicht erscheinen? Das Mädchen roch nach Reinlichkeit, nach einem ordentlichen Bad mit Seife, wie Tenebraël mit seinen geschärften Sinnen wahrnahm. In dieser Nacht hatte sie noch keinen Kunden bedient. Was Tenebraël jedoch besonders anziehend an ihr fand, war ihr Kleid. Ein weißgelbes, den Körper an den richtigen Stellen betonendes, mit Pailletten besetztes Prachtstück, das auch einer Hofdame zur Zierde gereicht hätte. Der Vampir liebte diese hellen, leuchtenden Farben; sie erinnerten ihn an fast vergessene Sonnentage. An diesem Abend hatte er selber ein helles Gewand angezogen, es ließ ihn nicht ganz so bleich erscheinen. Auch wenn die Nacht seine Heimat war, so lag ihm doch nichts an ihrer grauen Farblosigkeit. Schwarz trug Tenebraël nur, wenn es sich auf der Jagd zu verbergen galt.

Tenebraël ließ sich vom Leben am Hofe berichten, von Amene-Horas und von Botschaftern fremder Länder. Der Vampir war ein geduldiger Zuhörer und frischte altes, fast vergessenes Wissen auf. Aihrescha, so hieß die Nivesin, war eine gebildete und gewandte Erzählerin, aber schwatzhaft wie ein Maraskaner. Zwei weiteren Frauen, die sich ebenfalls hinzugesellt hatten, bestellte Tenebraël perlenden Bosparanjer, doch er ignorierte sie so lange, bis sie sich schließlich anderen, gesprächigeren Gästen zuwandten.

Tenebraël ertappte sich immer wieder dabei, daß seine Augen den weißen Hals der Nivesin suchten. Nein, dachte er, ich brauche sie nicht. Der Vampir rief sich in Erinnerung, daß Nivesenblut bitter schmeckte. So mußte Engasaler Wein schmecken. Das bittere Blut der Wölfe floß in den Adern dieses Volkes und ihre Lebenskraft war stark.

Er sammelte neue Kraft, die durch seine Adern pulsierte. Die neu dazugewonnene Kraft würde nicht lange ausreichen. Jetzt, wo er erwacht war, brauchte er schnell mehr Nahrung. Nochmals stemmte er sich gegen das letzte Hindernis, das ihn einengte.

Schläfrig öffnete Athina die Augen und blinzelte in die Sonne. Sie hauchte dem schlafenden Jüngling neben ihr einen Abschiedskuß auf die Stirn. Das Fest war zu Ende; für einige Zeit würde jedes Mitglied der satuarischen Gemeinschaft wieder eigene Wege gehen. Was immer auch in der letzten Nacht vorgefallen war, nun kehrte sie wieder zu ihrem Gefährten Tenebraël zurück. In einem halben Jahr würde man sich wieder treffen, feiern, tanzen und die Hexensalbe brauen. Leise und darauf bedacht, ihren Begleiter der letzten Nacht nicht zu wecken, schlüpfte Athina in ihre Hose, zog ihr Hemd und die Weste an und ging lautlos von dannen. Sie verabschiedete sich herzlich von allen Brüdern und Schwestern, denen sie begegnete, nahm ihren Stab aus Haselnußholz zwischen die Beine und flog davon. Mit ihr flog ihr stummer und ständiger Begleiter und Vertrauter, der Rabe Thjiras.

Aihrescha hatte sich schnell auf den seltsamen Gast mit der altmodischen Ausdrucksweise eingestellt, der offensichtlich nur von ihr unterhalten werden wollte und dem das Geplauder zu genügen schien. Das würde heute Nacht zwar ihren Verdienst schmälern, doch war ihr der Fremde lieber als einer jener jungen Adeligen mit ihren obskuren und abartigen Wünschen. So erzählte sie, was ihre letzten Freier ihr berichtet hatten. Sie konnte über viele Dinge sprechen; Männer plauderten im Bett so manches Geheimnis aus. Die persönlichen Geheimnisse, die sie erfahren hatte, behielt sie jedoch für sich. Sie hatte keine Lust, von einem erbosten ›Liebhaber‹ das Gesicht oder die Brüste zerschnitten zu bekommen. Besonders Berichte aus fernen Ländern schienen ihren Gast zu interessieren. Als das Gespräch auf die finsteren Vorkommnisse im Osten des Mittelreiches, in der Provinz Tobrien, kam, horchte Tenebraël auf. Die Ereignisse dort brachten etwas in seinem Innersten zum Schwingen.

Der Kampf auf Garether Seite wider die nekromantischen Ausgeburten der Hela Horas, ihre knöcherne Garde. Das Splittern von unheilig belebten Knochen. Der dumpfe Aufprall von Leibern auf den kostbaren Mosaiken des horaskaiserlichen Palastes. Die Kaiserin auf goldenem Thron und der unbeugsame Stolz in ihren Augen. »Es ist zu Ende, Hela!«

»Wollt Ihr mir nicht noch einen Bosparanjer spendieren?«

Tenebraël rief nach der Schankmaid und bestellte Aihrescha das gewünschte Getränk. Wie viele Geheimnisse mochten sich in ihrem hübschen Kopf angesammelt haben, die sie nicht bereit war, mit irgend jemand zu teilen?

Einige Stunden später verließ er das ›Haus Olorande‹, voller neuer Informationen, doch nachdenklich wie zuvor.

Tenebraël wanderte ziellos durch die nächtlichen Gassen Vinsalts. Die kurze Ablenkung, die er sich gegönnt hatte, konnte seine innere Unruhe nicht besänftigen. Der nächtliche Wanderer schlenderte an der Arena vorbei, passierte die Markthalle und wandte sich in Richtung Madamalpark.

Als der edel Gewandete wenig später grüßend an einer vierköpfigen Schar ›Greifer‹, wie man die Vinsalter Stadtgardisten nannte, vorbeizog, ahnten diese nicht, daß an ihnen ein Wesen vorüberging, das sich als Schatten im Licht der alveranischen Paradiese sah.

Im dunklen Zugang des Sternenturms kauerte er sich zusammen, verwandelte sich in einen Raben und stieg dem Madamal entgegen. Der Boronsvogel kreiste noch einige Runden über dem Park und schaute einigen Musikanten und Gauklern zu, um die sich eine Menschenmasse geschart hatte. Dann flog er davon.

Das Haus ... Der Platz. Er starrte auf die leeren Fensterhöhlen. Etwas war anders als sonst. Das Dunkel, das von diesem Ort auszugehen schien, hatte sich ein wenig gelichtet; die Schatten waren nicht mehr so tief wie in der letzten Nacht. Seltsam, dachte Tenebraël, sollten Athina und ich uns so getäuscht haben? Nunmehr erschien ihm dieses Haus wie jede andere Ruine. Der Rabe, der er war, flog zurück zu seinem Ruheplatz, um auf Athinas Rückkehr zu warten.

ENDLICH FREI!

So lange war er gefangen, hatte er geschlafen.

Die drei nächtlichen Besucher hatten ihn geweckt, sein Gefängnis geöffnet. Hätte er das Gefäß, das sein Körper darstellte, nicht bald mit Lebenskraft füllen können, er hätte seine Kraft auf ewig verloren.

Nun würde die Jagd wieder beginnen, er witterte eine ganze Nacht voller Leben.

Und sein Geist griff nach den ungeladenen Gästen.

Tenebraël hatte seiner Gefährtin versprochen, auf sie zu warten, bevor er handelte. Abermals fragte sich der Vampir, warum er in den Träumen der vergangenen Monate immer wieder die Türme Vinsalts gesehen hatte. Wenn dies ein Zeichen Borons oder Marbos war, und daran gab es für ihn keinen Zweifel, gab es hier für ihn eine Aufgabe zu erfüllen.

Ihm kam das vor langer Zeit Gelernte in Erinnerung. Die von üblen namenlosen Mächten unschuldig zur Vampirin gemachte Sterbliche Etilia, die dank Boron lebendig geborene Tochter Marbo. Tenebraël sowie andere Brüder und Schwestern Marbos, die sich als Paladine Borons verstanden, dankten es dem Herrn über den kleinen und großen Schlaf, indem sie ihm dienten. Dadurch, daß sie seinen Glauben bewahrten und seine

Gläubigen behüteten. Dieser Lehre nach war Etilia ein Opfer von Vampiren geworden. Als man ihr die sterbliche Existenz nahm, war sie in freudiger Erwartung, und in ihrer großen Verzweiflung flehte sie zu Boron. Boron erhörte die Worte der jungen Frau, und so ward Marbo geboren. Sie wuchs heran, fast ein gewöhnliches Kind, das die aus Blut gegorene Milch seiner Mutter trank, auch wenn diese dem blutigen Trieb in ihrem Inneren folgen mußte. Es war ihr möglich, den Sterblichen gleich auf Dere zu wandeln, und doch trug sie den Keim des Fluches, den sie bisweilen weitergab, in sich. Diese und andere für jedermann ketzerischen Gedanken gingen Tenebraël durch den Kopf, bevor ihn ein traumloser Schlummer überkam.

Als Tenebraël erwachte, wartete Athina bereits ungeduldig. »Ich habe eine Spur gefunden«, berichtete sie.

»Hast du denn gar nicht geruht, geliebte Freundin? Wenn du in der Nacht und am Tag die Stadt durchstreifst, solltest du dir zumindest in der nächsten Nacht ein wenig dem Herrn gefälligen Schlummer gönnen.«

Ein rätselhaftes Lächeln war die einzige Antwort auf seine Bemerkung. Athina berichtete, was sie in Erfahrung gebracht hatte:

»Bis vor dreißig Jahren gehörte das Haus Cuno de Berassi, einem Medicus aus angesehener Familie. Er verschwand damals auf den Zyklopeninseln. Seine Familie glaubte anscheinend an seine Wiederkehr und ließ das Haus unangetastet. Doch wie wir beide nur allzugut wissen, währt nichts ewig. Als die Berassi sich auf das glatte Parkett der Politik wagten, kamen sie dort zu Fall. Nun, wie dem auch sei, anscheinend hat man die Villa vergessen, und seit damals ist sie wohl von niemandem mehr bewohnt worden. Vielleicht gab es auch eine Erbstreitigkeit. Lieber Freund, laß uns aufbrechen, hinaus in die Nacht.«

»Warte bei dem Haus auf mich, ich kenne noch jemanden, der eine Verabredung mit Golgari hat.«

Auch wenn sich Tenebraël selten klar ausdrückte, wenn es um seine *Nahrung* ging, wußte sie, daß er wieder ›auf die Jagd‹ ging. Allerdings konnte man es kaum als Jagd bezeichnen, wenn Tenebraël – wie in dieser Nacht – vorhatte, die Lebensfrist eines verurteilten Kinderschänders, den am nächsten Tag der Strick erwartete, um einen Tag, vielmehr eine Nacht, zu verkürzen. Man würde ihn am nächsten Morgen mit aufgeschnittenen Pulsadern in seiner verschlossenen Zelle finden. Vor langer Zeit hatten Tenebraël und Athina oft über diese Thema gestritten: »Mein Vergnügen liegt im Leben, deines … Verzeih, ich weiß, daß du Leben nimmst, um selbst zu leben.«

Letztlich hatte Athina eingesehen, daß Tenebraël nur tötete, wenn es sein eigenes Leben unbedingt verlangte und daß der Vampir einem Menschen auch nur einen Teil seiner Lebenskraft rauben konnte, wenn er nicht beabsichtigte, ihn zu töten. Zudem vermochte er, seinen Hunger nach Leben auch an Tieren zu stillen.

Er kehrte zurück in sein Heim, das ihm so lange Gefängnis gewesen war. Er beschloß, noch eine Weile hierzubleiben. Diese Stadt war ein gutes Jagdrevier. Nachdem man ihm seine Handlanger genommen hatte, mußte er selber auf die Pirsch gehen.

Vor ihnen lag eine große Empfangshalle. Das Licht des Madamals, das durch die Ritzen der staubblinden Fenster fiel, beleuchtete den Raum nur notdürftig. Athina kniete nieder und zündete eine mitgebrachte Fackel an. Währenddessen schaute sich Tenebraël weiter um. Ihm machte das Halbdunkel des Raumes weniger zu schaffen, und es behinderte seine Sicht nur unerheblich. Zwei breite hölzerne Treppen führten an den Außenwänden empor und vereinten sich ein

Stockwerk höher zu einer Balustrade. Die geschnitzten Figuren neckischer Satyare und Dryaden, die im hölzernen Weinlaub Versteck spielten, zierten Handlauf und Geländer. Drei Türen unter dem hölzernen Balkon führten in das Innere des Gebäudes. Auch sie waren mit Schnitzereien verziert, welche die feeischen Motive des Geländers aufgriffen. Zwei Türen waren geschlossen, die dritte lag – offenbar eingetreten und gewaltsam aus den Angeln gerissen – auf dem staubbedeckten Boden. An den Wänden hingen Porträts hochnäsig dreinschauender Männer und Frauen, die nach der Mode vergangener Jahrzehnte gekleidet waren. Dazwischen protzten Waffen und ungezieferzerfressene Jagdtrophäen.

Auf einem stattlichen Geweih eines ausgestopften Hirschkopfes ließ sich Athinas Vertrauter, der Rabe, nieder und starrte interessiert in die toten Glasaugen seiner Sitzgelegenheit.

Über einem gewaltigen Kamin aus rosafarbenem Eternenmarmor kreuzten sich unter einem Wappenschild zwei Schwerter. Rechts vom Kamin waren aus Tüchern, abgerissenen Vorhängen und Teppichen drei Nachtlager bereitet worden. Davor, auf dem ebenfalls marmornen Boden, zeugten die verkohlten Reste eines Feuers und ein Dreibein von einer primitiven Kochstelle.

Ein Speisezimmer, eine Küche, ein Eßzimmer und Schlafräume für das Küchenpersonal – mehr Erkenntnisse brachte die flüchtige Erkundung des Erdgeschosses nicht ein. Alle Räume wirkten so, als ob sie seit langem unbenutzt wären. Dicke Staubschichten bedeckten den Boden und die Einrichtung. Nur ab und zu fand man auch Spuren von Menschen, Fußtritte oder verrückte Möbel.

»Es ist im Keller.«

»Wo sonst, alles lichtlos' Gezücht verkriecht sich im Dunkel.«

»Seltsam, diese Worte aus deinem Munde zu hören, Tenebraël. Ich hoffe, du zählst dich nicht selber zu diesem Gezücht.«

Den gewohnten Spott der Hexe nicht achtend, schritt Tenebraël die in der Küche entdeckte Treppe hinab. Athina gebot dem Raben lautlos, in der Eingangshalle zu warten und sie vor etwaigen Besuchern oder Verfolgern zu warnen. Dann folgte sie ihrem Gefährten die knarrenden Stufen hinab.

Eine einfache Kammer schloß sich an: rostige, eiserne Haken in der Decke, in die Tonfliesen eingelassene Amphoren, in denen Lebensmittel kühl gehalten worden waren, Regale an den Wänden, auf denen ein einsamer Topf Honig stand: eine Vorratskammer ohne Vorräte.

An der der Treppe gegenüberliegenden Wand hatte man die Regale entfernt. Der dort geschaffene Durchbruch im Mauerwerk paßte nicht in das Bild eines herrschaftlichen Vorratsraumes. Das Loch in der Wand führte zu einem mit Brettern abgestützten, sanft abfallenden Gang. Auch dieser Durchschlupf war nicht neu, sicherlich vor mehr als einem Dutzend Jahren erbaut, wie die unzähligen Netze zeigten, die ganze Generationen fleißiger, achtbeiniger Webkünstler geflochten haben mochten. Allerdings war irgend jemand, der diese Fleißarbeit nicht schätzte, hier achtlos durchgebrochen.

Vor dem Licht der Fackel huschten kleine, vielbeinige Schatten davon: Spinnen, Kakerlaken und anderes Ungeziefer. Vorsichtig bedeutete Athina Tenebraël zurückzubleiben. Obwohl dieser davon überzeugt war, im Dunkel besser sehen zu können als die Hexe mit ihrer Fackel, ließ Tenebraël sie gewähren. Athina betrat den Gang. Staubbedeckte Spinnweben zischten kurz auf und verglühten im Feuer der Fackel. Im Gegensatz zu den Fliesen des Vorratsraumes bildete in dem provisorischen Durchgang festgetretene Erde den

Boden. Der Grund dämpfte ihre Schritte. Vorsichtig arbeitete Athina sich in der Dunkelheit vor. Ein nutzloses Unterfangen, dachte Tenebraël, allein das Licht der Fackel würde jeden auf die sich nähernde Hexe aufmerksam machen. Am Ende des nur drei Schritt langen Durchgangs trat Athina auf die Trümmer einer Tür, die wie von einer Trollfaust von innen in den Gang geschmettert waren.

Vorsichtig stieg sie über die Überreste der Tür. Sie ahnte, daß das Ziel ihrer Suche nicht mehr fern war. Mauern aus großen, grob behauenen Steinquadern, einige Tische mit metallenen Instrumenten, ein großer Spiegel zur Linken, zwei Vorhänge zu Rechten. Das war das erste, was Athina wahrnahm. Als Tenebraël ebenfalls den Raum betrat, sahen sie sich näher um.

Sie waren ganz nah. Es würde Nahrung, Kraft und neue Energie für ihn geben. Ganz nah.

Diese Kammer mußte zu einem alten Gebäude gehören. Vielleicht ein Kellergewölbe aus Bosparanischer Zeit. Tenebraëls Blick fiel auf ein dünnes, langes Messer, das jemand in einen Tisch gestoßen hatte und das nun im Licht glänzte.

Ein Buch, auf das ein Tropfen Blut spritzte. Ärgerlich wischte der Schwarzgewandete mit dem Ärmel über seine Notizen und wandte sich dann dem festgeschnallten Opfer auf dem Tisch zu. Nicht, Zulipan! Das darfst du nicht! Das flehende Wimmern und Klagen seines Opfers unbeachtet lassend, senkte der Puniner Magier das blutige Messer, um…

»Nicht jetzt!« Ein scharfer Ausruf Athinas hielt Tenebraël zurück.

Wie lange hatte er schon auf das Messer in dem stabilen Eichentisch mit den dicken Metallbändern direkt vor ihm gestarrt?

»Es wäre mir auch lieber, ich wüßte, wer oder was auf diesen Tischen festgebunden war. Versuche, den Träumen zu widerstehen! Ich habe Angst davor, den Gefahren, die uns vielleicht hier unten begegnen, allein gegenüberzutreten. Fühlst du etwas? Spürst du jemanden?«

»Ein ungewisses Gefühl der Bedrohung und Verzweiflung«, entgegnete Tenebraël.

Der Raum war ein Labor, keine Kräuterküche, wie Athina sie von ihren Schwestern und Brüdern kannte, aber auch kein Magierlabor, wie Tenebraël es schon öfter gesehen hatte. Dies war die Werkstatt eines Anatoms und Medicus. In der Mitte standen zwei eichene Tische, beide mit breiten, stabil aussehenden Bändern und Reifen versehen. Sie sahen aus, als ob sie ihren offensichtlichen Zweck – jemanden hier festzuhalten – hervorragend erfüllen würden.

Auf einer breiten Holzbank vor der Mauer links des Eingangs lagen teils silbrig blitzende, teils stumpf schimmernde Messer neben Zangen, seltsam gebogenen Haken und ungewöhnlich langen Nadeln. Sägen, Bohrer und Fleischerbeile vervollständigten das Kabinett der medizinischen Folterwerkzeuge. In großen Gläsern mit einer trüben Flüssigkeit schwammen undefinierbare Klumpen, die sich keiner der beiden näher anschauen wollte. Der Bank gegenüber, an der Wand, stand ein schwerer, schritthoher Steintrog. Innen, etwa einen Spann unter seinem Rand, wies er eine umlaufende Schmutzspur auf, so als wäre er vor langer Zeit mit Wasser oder einer anderen Flüssigkeit gefüllt gewesen. Was mochte man hier gewaschen oder gebadet haben, fragte sich Tenebraël. Der Spiegel am Ende des Raumes war aus mehreren Stücken eines silbrigen Metalls zusammengesetzt, das immer noch glänzte und dank der flackernden Fackel ein Zerrbild der Eindringlinge zeigte. Athina entzündete eine der Fackeln in den eisernen Wandhaltern. Sie warf ein flackerndes Licht, das mehr Schatten zu erwecken als Dunkelheit zu vertreiben schien.

Tenebraël griff nach einer hölzernen Schatulle, die neben den Werkzeugen stand. Eine von Delphinen gestützte Krone zierte den Deckel des kleinen, spannlangen Behälters. Irgendwo hatte der Vampir dieses Wappen schon einmal gesehen. Tenebraël befürchtete schon, daß ihn wieder die Erinnerungen übermannen würden, doch die Bilder aus der Vergangenheit blieben aus.

Wie lähmend andererseits dieses ›sich nicht erinnern können‹ war!

Vorsichtig öffnete Tenebraël das Kästchen. Im schwachen Licht der Fackeln war eine kleine, goldene Münze mit der Darstellung eines Raben zu erkennen.

Leichenberge auf den Straßen Al'Anfas, die große, die schwarze Pest. Überbracht von den Raben Borons. Überall der Geruch von totem, verwesendem Fleisch. Schwärme von Ratten, die durch die Straßen huschten, wohlgenährt von dem Aas, und doch selber krank, denn diese Seuche tötete nicht nur das zweibeinige Ungeziefer. Athina, die sich von den Bildern des Schrecken abwandte. Gebeugte Gestalten, die das Unheil nicht fassen konnten, das über die Stadt gekommen war. Sie ahnten nicht, daß auch sie schon verflucht waren und bereits den Keim der Krankheit in sich trugen. Die Pestbeule, die ihrem Ruf alle Ehre machte …

Tenebraël schüttelte den Kopf, als gelte es, ein lästiges Insekt zu verscheuchen, und er kämpfte gegen seine bitteren Erinnerungen an. Zögernd nahm der Vampir die Münze in die Hand. Auch die andere Seite war mit dem Abbild des Boronsvogel verziert. Eine Öse am oberen Rand wies darauf hin, daß die Münze wohl als Anhänger getragen wurde. Er kramte unter seinem Hemd einen Brustbeutel hervor und steckte das Amulett hinein. Dann wandte Tenebraël sich Athina zu, die gerade einen der schweren Vorhänge zur Seite zog.

Er wartete noch. Kostete die Vorfreude aus. Berauschte sich an der Erwartung, bald wieder zu speisen.

Sie kamen näher, als er gedacht hatte. Vorsichtig schlich er ihnen entgegen. Lauerte, wie es nur einer seiner Art konnte.

Eine Nische mit einem Skelett. Ein kunstvoll geschmiedetes, metallenes Gerüst, an dem jeder Knochen sorgfältig befestigt war, hielt das Gebein aufrecht. Einige der Knochen waren mit bunten Bändern und Schildchen markiert, auf die mit verblaßter Tinte etwas Unleserliches geschrieben stand.

Athina lauschte. War dort nicht ein Geräusch zu hören gewesen? Von diesem Ort ging eine schmerzhafte Ausstrahlung aus, eine böse Aura, die ihre Gefühle abtötete. Sie blickte zu Tenebraël hinüber. Dieser betrachtete eine Münze, um sie dann in einen Beutel zu stecken, den er am Hals trug.

Plötzlich huschte ein Schatten durch Athinas Beine. »Nur eine Ratte«, sagte sie mehr zu sich selbst als zu Tenebraël, der durch den Raum auf sie zuschritt.

Dann ging alles blitzschnell. Ein Schemen, ein gestaltgewordener Schatten, huschte hinter dem zweiten Vorhang hervor und sprang auf Athina zu. Abwehrend hielt die Hexe der Wesenheit ihre blakende Fackel entgegen. Erschrecken und Erkennen verzerrten ihre Züge. Dies war kein Kind der Nacht wie ihr Gefährte. Dies war ein Kind der Finsternis, ein wahrer Vampir und Seelentrinker. Obwohl sie so schnell reagierte wie ein Schattenkrieger, kam ihre Abwehr zu spät. Ein Hieb, dem Tritt eines Darpatbullen gleich, traf sie in die Magengrube und ließ sie vornüberkippen. Die zweite Faust sauste auf ihren Kopf. Das letzte, was Athina sah, bevor sie in eine endlose Schwärze fiel, war Tenebraël, der sich auf den Angreifer stürzte.

Tenebraël hatte plötzlich gespürt, daß sich eine Gefahr näherte, jemand oder etwas, das ihm seelenverwandt war. Etwas, das zuvor nicht zu spüren war, weil es gesättigt schien. Bevor Tenebraël jedoch Athina warnen konnte, nahm das Unheil seinen Lauf.

Als der bewußtlose Körper der Hexe hart auf dem Boden aufschlug, war Tenebraël bereits durch den Raum gelaufen und sprang den Schatten von der Seite an. Er versuchte, ihn mit den Armen zu umschlingen. Für einen Moment sah Tenebraël sich im Spiegel – im Kampf mit einem unsichtbaren Gegner. Doch dieser sprengte den eisernen Griff, wandte ihm das Antlitz zu. Ein wirrer Ausdruck lag in diesen Augen, in dem schmalen, totenbleichen Gesicht des fremden Vampirs. Eine abgemagerte und kranke Gestalt. Die dunklen Adern, die durch die pergamentähnliche Haut seiner Schläfen schimmerten, pochten heftig.

Der fremde Vampir schlug zu, die Faust nicht geballt, sondern die Finger einem lebendigen Dolche gleich vorgestreckt, um Tenebraël zu durchbohren. Doch dieser wich dem Hieb aus und versuchte die Hand zu packen, um den Schwung des Gegners gegen ihn zu verwenden. Der Fremde reagierte schneller, wich dem Zugriff aus. Sein Tritt schleuderte Tenebraël an den Eichentischen vorbei gegen die Bank an der Wand. Begleitet von einer Wolke aufgewirbelten Staubes brach das Möbel zusammen. Die gläsernen Gefäße zerschellten auf dem Boden. Bleiche Fleischklumpen, aus ihren durchsichtigen Gefängnissen befreit, hüpften und schlitterten über den Boden. Klirrend fielen mit ihnen die Werkzeuge, die sie aus lebendem und totem Fleisch geschnitten hatten, und bohrten sich in den Rücken des Gefallenen.

Ehe Tenebraël sich gänzlich erhoben hatte, war der andere bereits über ihm. Der Vampir konnte sich kaum aufrecht halten, sein unbekannter Gegner stieß ihn weiter durch den Raum. Tenebraël zog eines der bronzenen Messer aus seinem Rücken und schlug damit nach den Händen, die ihn stießen und traktierten. Die wenigen, blutlos klaffenden Schnitte schlossen sich jedoch augenblicklich wieder – etwas anderes hatte Tenebraël auch nicht erwartet. Wie zwei Boxer im Ring umtänzelten sie einander, auf eine Schwäche des Gegners lauernd. Als Tenebraël mit Athinas Wanderstab nach dem unbekannten Vampir schlug, packte dieser den Stab, riß ihn an sich und zerbrach ihn ohne große Anstrengung. Fieberhaft überlegte Tenebraël, suchte in Gedanken nach einer Waffe, seinen Gegner zu besiegen.

So als habe dieser Tenebraëls Überlegungen erraten, sprach sein bis dahin stummes Gegenüber zum ersten Mal: »Du kannst mich nicht töten, *Bruder.* Alles, was mir schadet, ist auch zu deinem Schaden. Ob es Praios' Antlitz, geweihtes Wasser oder das verfluchte Holz ist. Gib das Leben deiner Gefährtin auf, so schone ich das deinige. Wir brauchen nicht zu kämpfen, diese Stadt bietet genug Wild für uns beide. Gib Frieden, oder du wirst deine Hände bald nie wieder gegen mich erheben.«

In diesem Moment erreichte die Flüssigkeit aus den zerbrochenen Gläsern die Athina entfallene Fackel und entzündete sich zu einer hellen Stichflamme. Erschrocken blickte Tenebraëls Gegner zur Seite, zu der besinnungslosen Athina. Diese kurze Unaufmerksamkeit seines Gegners nutzte Tenebraël, und er ging erneut zum Angriff über. Er deckte sein Gegenüber mit Schlägen ein, die jedem Menschen den Brustkorb oder zumindest einige Rippen zerschmettert hätten. Der Finstere verlor das Gleichgewicht, taumelte gegen einen der Eichentische und wich zur Wand mit dem Steintrog zurück. Tenebraël setzte nach, diesmal war er es, der den Gegner vorantrieb. Doch das Glück war ihm nicht hold: Der Boronsjünger trat auf eines der glitschigen Fleischstücke und stürzte neben den Trog.

Triumphierend ging der Finstere erneut zur Attacke über, ergriff einen Gegenstand auf dem Boden und hob ihn auf. Es handelte sich um ein Fleischerbeil.

Die erhobene Axt des Henkers. Anfeuernde Rufe des Volkes zu Füßen des hölzernen Gerüsts mit Richtblock, Scharfrichter und Delinquenten.

Punin in den Abendstunden. Noch immer stand die Praiosscheibe am Himmel und schien herab, als wolle sie jedem Ketzer die Seele aus dem Leib brennen. Doch hier gab es keine Ketzer, nur Zweifler und Fanatiker. Zu Hunderten waren die Menschen zusammengekommen, um zu sehen wie das vom Orden der göttlichen Kraft und von Sonnengebieter Zerilec I. gefällte und durch Priesterkaiser Aldec Praiofold II. bestätigte Urteil vollstreckt wurde.

Soeben zwang man den ersten der stolzen Krieger nieder, die heute den Flug über das Nirgendmeer antreten sollten. Hoch erhobenen Hauptes war der greise, doch ungebrochene Recke die Stufen des hölzernen Podestes emporgestiegen. Ein letzter Blick auf das Volk, dann zwangen des Scharfrichters Gehilfen seinen Kopf auf den Richtblock nieder. Man schien es eilig zu haben, man wollte das götterungefällige Schauspiel beenden. »Rondra sei mit Euch!« Dies waren die letzten Worte des Ritters an seine Freunde, die ihm bald nachfolgen sollten. Ein gemeinsamer Ausruf aus hunderten Kehlen, ein dumpfer Schlag, als die Axt mit einem einzigen Hieb ihr blutiges Werk verrichtete und ein unhörbarer Aufschlag, als das Haupt in einen Weidenkorb fiel.

Die Sonne ging unter, und dennoch würde die Zeit für Tenebraël nicht mehr reichen. Die Verurteilten waren unrettbar verloren.

Der zweite Ritter folgte, schritt ebenso würdevoll die Stufen hinauf. Ein junger Bursche war es, der noch immer die Kluft seines Ordens trug, doch zerrissen und vom eigenen Blut besudelt. Tenebraël ahnte, wie dieser die bohrenden Blicke der Anwesenden spürte. Die neugierigen Blicke der Kinder, die von ihren Eltern hochgehoben wurden. Der strenge Blick der Richterin, die finsteren, strafenden Augen des Sonnengebieters, der aus dem Dogenpalast herabgestiegen war, um sein Urteil zu überwachen, aber auch der tränenverschwommene Blick Athinas. Tenebraël selbst, gebannt durch die am Himmel stehenden Praiosscheibe, nur geborgen durch die Schatten seiner Unterkunft. Zornig ballte der Vampir die Faust, als der Hieb niedersauste. Ein Aufschrei aus der Menge, als der Henker in der blutigen Robe sein Werk nicht mit einem Schlag vollbrachte. Ein Strahl roten Blutes spritze auf die Schaulustigen und färbte auch die gelben Gewänder seiner Mörder dunkelrot. Hastig wurde zum zweiten Hieb ausgeholt, die Axt fiel von neuem hernieder …

Was war geschehen? Abermals war er ›fort‹ gewesen. War in Bishdariels Traumland eingetaucht, in geraubte und vergessen geglaubte Erinnerungen. Wie lange? Über sich erblickte Tenebraël seinen Gegner – ein triumphierendes Lächeln auf dem eingefallenen Gesicht, sprühender Wahnsinn in den Augen. Etwas lastete auf Tenebraël. Auf Beinen und Unterleib lag der schwere steinerne Trog, der vormals an der Wand gestanden hatte. Der Vampir spürte ein seltsames Gefühl in seinem Oberkörper. Panisch versuchte er, sich aufzurichten. Entsetzen! Sein Leib zuckte zurück, das konnte nicht sein! Seine Arme!

»Sucht Ihr etwas?« Voller Genugtuung griff der Sieger des Gefechts in den steinernen Trog und hielt zwei schlaffe Stücke Fleisch empor. »Wie Ihr seht, halte ich mein Wort. Ihr wart lange genug traumverloren, daß ich mein Wort wahrmachen konnte.«

Stumm lag Tenebraël da, konnte nicht fassen, was ihm geschehen war. Er würde nicht verbluten, sein Leib war von anderer Beschaffenheit. Vielleicht würden seine Arme wieder anwachsen. Aber soviel Zeit würde ihm sein unbekanntes Gegenüber sicherlich nicht gönnen. Abermals versuchte der Vampir, sich aufzurichten, die Bürde abzuwälzen.

»Ihr seht aus wie ein zertretener Wurm, der sich unter einem Stiefel windet. Verzeiht meine Unhöflichkeit, Euch nicht die Hand zu reichen, doch sollt Ihr zumindest meinen Namen erfahren. Man kannte mich einst unter dem Namen Yerdawan, doch heute brauche ich ebensowenig einen Namen wie mein Gott!«

»Frevler, Häretiker. Eure Seele ist verdammt auf ewig.«

»Mag sein, und dennoch *lebe* ich, und es macht mir Spaß, *wie* ich lebe. Und auch Ihr könntet ein wenig Spaß haben. Was tut Ihr statt dessen? Zieht mit Sterblichen umher und durchstöbert alte Ruinen, die Euch nichts angehen. Jeder macht einmal einen Fehler. Auch ich habe einen Fehler begangen, als mich dieser besessene Medicus einfing und in einen steinernen Sarg steckte. Dummerweise werdet Ihr aus eurem Fehler nicht lernen können. Es war Euer letzter.«

»Laßt uns den Kampf ehrenhaft zu Ende führen. Ihr habt meine Schwäche ausgenutzt.«

»Ich fasse es nicht, Ihr hört Euch an wie einer dieser schwertschwingenden Rondrianer, diese Eisenfässer, die so stolz darauf sind, sich gegenseitig den Schädel einzuschlagen. Falls Ihr es noch nicht bemerkt habt, Ihr seid ein Blutsauger, ein Vampir. Oder *wart* ihr früher einmal einer dieser Schwertträger?«

»Ich bin anders als Ihr: Wir Kinder der Nacht sind Paladine unseres Herrn Boron. Kinder seiner Tochter, Söhne und Töchter Etilias.«

Yerdawan hatte sich auf einen der Tische gesetzt, ließ die Beine hinabbaumeln. Die Arme über der Brust verschränkt, lauschte er anscheinend aufmerksam.

»Wollt Ihr nicht lieber um Euer erbärmliches Leben bitten?«

»Ihr würdet es mir sicherlich nicht gewähren. Spottet nur, aber hört zu und lernet! Die Götter verfluchen Euch. Die erste von *uns* war ein unschuldiges Opfer. Sie …«

»Ihr seid wohl kaum unschuldig zu nennen. Zu oft habt Ihr getötet.«

»Doch nur, um Boron zu dienen.«

»Wenn das Eure Rechtfertigung ist …«

»Etilia flehte zu Boron, dieser möge zumindest dem Kind ein sterbliches Dasein schenken. Ich werde nicht zu Euch flehen. Boron schenkt mir …«

Ein spöttisches Lachen unterbrach Tenebraël. »Ihr glaubt es wirklich, oder? Ihr haltet Euch wirklich für etwas *Besseres.* Ihr seid des gleichen Ursprungs wie wir, Kinder des einzigen Gottes, dem diese verderbte Welt würdig ist, dem Gott, dem man seinen Namen raubte. Die Brut jenes Gottes, den man das Rattenkind nennt und den die Güldenländer verehren, des Namenlosen. Fühlt das Blut, schmeckt es, laßt Euch davon durchdringen, werdet eins mit ihm. Füllt Euch mit dem Sikaryan, der Lebenskraft eurer Opfer, immer und immer wieder.«

Während der letzten Sätze hatte Yerdawan die noch immer bewußtlose Hexe gefesselt. Ein Stöhnen aus ihrer Richtung zeigte an, daß sie wieder zu sich kam.

»Wir tragen das durch Borons Gunst gereinigte und geheiligte Blut Marbos in uns. Wir sind Ihm verpflichtet und dienen Ihm, wo wir können.«

Yerdawan ignorierte Tenebraëls Ausführungen. Mit übermenschlicher Kraft beugte der Finstere den Kopf der Gefangenen. Widerstand gegen den ungeheuer starken Griff war ihr nicht möglich. Dennoch versuchte sie, sich ihm zu entziehen, als er sie mit beiden Händen packte und achtlos an den Stricken hob, mit denen sie gefesselt war. Doch alles Winden und Drehen war nutzlos, und so wurde sie zu Tenebraël hinübergezerrt.

Langsam umspielte der Finstere mit den Krallen seiner Rechten den weißen Hals der Hexe. Seine Nägeln ritzten ihre Haut, so daß ein einzelner Blutstropfen hinabfiel auf das Gesicht des gefangenen Tenebraël.

»Die Sterblichen nennen uns *Bluttrinker*, doch das trifft es nicht. Blut ist kostbar, doch unendlich kostbarer ist ihre Lebenskraft, nach der ich so sehr giere.

Seht her. Ich werde Eure halbgöttliche Kraft trinken, und vor allem: Ich werde das Gefäß Eures Körpers endgültig leertrinken, die von Euch geraubten Kräfte den meinen hinzufügen und Euch unwiderrufliche Verdammnis schenken. Dann erst werde ich mich Eurer Gefährtin widmen, und ich werde mir dabei viel Zeit nehmen. Doch das werdet Ihr nicht mehr erleben, der jämmerliche Rest Eures Verstandes wird dann auf immer dahin sein, erloschen wie eine Kerze im Wind.« Abermals wurde die gefesselte Athina quer durch den Raum gezerrt. Hinüber zu einem der eisernen Fackelhalter. Mühelos hob Yerdawan sie hoch und hängte sie an ihren Stricken dort auf. Schmerzhaft tief schnitten ihr die Fesseln ins Fleisch, und ihre Arme verdrehten sich, als wollten sie aus den Schultergelenken springen.

Athina richtete die Augen zu Boden, aber Yerdawan zwang sie, ihn anzuschauen. »Wir jagen euch, ihr Kinder der Kröte, denn ihr seid die Erlösung, die der eine Gott schenkt.«

Fast zärtlich leckte seine Zunge die Tränen von ihren Wangen und suchte ihre Lippen. Athina preßte ihren Mund fest zusammen, schrie jedoch auf, als sich die spitzen Zähne des Vampirs in Wange und Lippen bohrten. Diese Gelegenheit ausnutzend, stieß Yerdawan seine Zunge in ihren Mund, küßte sie nach Art der Menschen, und sie schmeckte ihr eigenes Blut von seinen Lippen.

Dann drehte Yerdawan sich langsam um und schritt auf Tenebraël zu, der immer noch verzweifelt versuchte, den schweren Steintrog von sich zu wälzen. Tenebraël fröstelte. Obwohl sein Körper niemals Kälte empfand, umfing ein firunskalter Hauch seine Seele. Aber etwas gab ihm Zuversicht, eine pulsierende Wärme aus dem Ledersäckchen an seinem Hals.

Yerdawan entriß Tenebraël den Brustbeutel. »In dieses Gefäß werde ich eure Herzen stopfen und sie als Andenken mitnehmen. Soviel Spaß wie mit euch hatte ich schon lange nicht mehr.«

Seine Linke hielt den Lederbeutel, während die andere Hand nach dem sich windenden Tenebraël griff und ihn unter dem steinernen Trog hervorzog.

Wie eine Geliebte preßte Yerdawan Tenebraël an sich. Hielt mit der Linken dessen Hüfte umfangen und mit der Rechten den Kopf. Dann küßte er ihn auf die Lippen und sog die Lebenskraft an sich, aus seinem Opfer hinaus.

Tenebraël hörte und fühlte ein Rauschen, das rasch anschwoll. Ein Rauschen wie der Strom von Blut in den Adern seiner sterblichen Opfer, das langsam zum Flügelschlag eines gewaltigen Vogels wurde. So mußte es sein, wenn ein Lebenstrinker den Tod brachte. Dies waren sicherlich auch die letzten Empfindungen all jener Unglücklichen gewesen, denen er in vielen hundert Jahren geholfen hatte, Einlaß in die alveranischen Paradiese zu finden. Tenebraël versuchte ein letztes Mal aufzubegehren, den Kopf wegzudrehen, aber der Griff Yerdawans hielt ihn fest wie die Kiefer eines Schlingers. Dann gab Tenebraël auf.

Tenebraël hörte etwas wie ein gurgelndes Knurren, dann zuckte der Kopf seines Gegners hoch. Entsetzen war auf dessen erstarrtem Gesicht zu sehen. Ein dicker Tropfen roten Blutes rann aus seinem Mundwinkel, fiel auf den Boden. Der Mund klaffte auf, die mächtigen Fangzähne entblößend. Irgend etwas ging in Yerdawan vor, aus seinem Schlund stieg plötzlich Rauch auf. Seine Hände zuckten zur Kehle hoch, ließen Tenebraël fallen. Yerdawan taumelte zurück und blieb regungslos stehen, die weit geöffneten Augen starrten zur Decke. Seinen Händen war der Lederbeutel entfallen, der nun auf dem Boden lag. Die

Münze war herausgerollt und kreiselte auf dem Boden.

Tenebraël rollte sich von Yerdawan fort und bemühte sich, vom Boden hochzukommen. Er war jedoch zu geschwächt. Erschöpft versuchte er, sich mit den Beinen aufzurichten, den Rücken an die Mauer gestützt. Plötzlich kam ihm ein anderer Gedanke, er besann sich auf seine Kraft. Es gelang ihm, allen Schmerz aus seinem Kopf zu verbannen und sich in einen Raben zu verwandeln.

Gerade als der schwarze Vogel sich aus seinen Kleidern hervorgearbeitet hatte, war auch Yerdawan wieder handlungsfähig. Einen irren Ausdruck im verzerrten Gesicht, die Augen zusammengekniffen, als blende ihn ein überderisches Licht, suchte er seinen Gegner. Er bückte sich nach den Kleidern, die vor ihm lagen. Den Raben bemerkte er nicht. Als er sich wieder aufrichtete, kam der Rabe Tenebraël wie ein rächender Sendbote der Götter über ihn. Er krallte nach dem Gesicht des wahnsinnigen Vampirs, hackte mit seinem Schnabel nach dessen Augen. Seine scharfen Krallen zerrissen die Haut wie Papier. Yerdawan schlug panisch mit den Armen um sich und wich in eine Ecke des Raumes zurück. Er schien gar nicht mitzubekommen, daß der Rabe vorübergehend von seinem Angriff abgelassen hatte. Erst langsam kam ihm die Erkenntnis, daß die gefiederte Gefahr anscheinend verschwunden war. Zögernd nahm er die Hände herunter. Wo war seine Nemesis? Schon immer hatte er Respekt und Furcht vor den Tieren und Boten der Götter gehabt, und nun war hier in seinem Unterschlupf eines der vermaledeiten Tiere aufgetaucht. Und wo war Tenebraël? Verwirrt blickte er sich um. Plötzlich kam der schwarze Rächer erneut auf ihn zugeschossen. Wieder schützte Yerdawan sein Gesicht, indem er den linken Arm hochriß. Mit der Rechten schlug er wild nach dem Raben, der jedoch seinen Hieben flatternd auswich.

Ein Schmerz in seinem Oberkörper ließ in zusammenzucken. Etwas Heißes hatte seine Haut berührt. Entsetzt sah er auf seine Brust hinab. Ein zweiter Rabe hatte sich hineingekrallt, und drückte ihm mit dem Schnabel eine goldene Münze in die tiefe Wunde, während der andere Rabe, Athinas Vertrauter Thjiras, der seiner Herrin zu Hilfe geeilt war, Krallen und Schnabel in seine rechte Hand hieb. Die Wunde in der Brust wuchs und dehnte sich aus. Der Oberkörper des Vampirs schien zu zerspringen, es zogen sich Risse und Furchen hindurch. Dann ging eine rasend schnell ablaufende Veränderung mit der unheiligen Kreatur vor. Der Unterkiefer und die Kehle zerfielen, als hätte er gerade aus einem Giftkelch puren Drachenspeichel getrunken, und ein gräßliches Keuchen kam aus der zerstörten Gurgel. Teile fielen von ihr ab, und die Ungestalt brach zusammen. Es schien, als zersetze sich ihr Körper von innen. Die Adern färbten sich dunkel, platzten auf und gaben einen nach Blut und Eisen stinkenden Rauch frei, der rasch verwehte, ebenso wie der Leib, der zu Staub zerrann.

EPILOG

Beide, Hexe und Vampir, hatten nur noch einen gemeinsamen Gedanken: fort aus Vinsalt, Abstand zwischen sich und das Erlebte bringen!

Athina wollte Leben um sich spüren. Es zog sie nach Anchopal, in den heiligen Hain der Peraine. Hier würde sie viele Brüder und Schwestern treffen, sie könnte unter ihnen sein und mit ihnen reden, tanzen und lachen. Sie wollte sich ablenken. Doch zuerst wollte sie ihrer Freundin Rahjamanda Lebewohl sagen. Auch wenn die Ereignisse der vorletzten Nacht dazu geeignet waren, jedem normalen Menschen auf Lebenszeit die Nachtruhe zu nehmen, sie würde vergessen. Vielleicht nicht in einer Woche oder in einem Monat, aber sicherlich in einigen Jahren, und sie hatte noch viel Zeit vor sich, mehr, als sie selber ahnen sollte. Sie hatte versucht, noch etwas über das Rabenamulett zu erfahren, das sie im Labor des Medicus gefunden hatten. Im Vinsalter Borontempel hatten sie in Erfahrung bringen können, daß ihr Fundstück vermutlich ein lange verschollener Teil der Kette der Zwölfgötter war. Jenes heilige Artefakt der Zwölfgötter, das im Praiostempel zu Neetha aufbewahrt wird und der Überlieferung nach das Band ist, mit dem die Götter das Zwölfgötter-Edikt Kaiser Silem-Horas aus dem Jahre 1093 vor Hal bestätigt haben. Leider waren einige der Amulette, aus denen die Kette bestand, im Laufe der Zeit durch Kopien ersetzt worden. Bei dem Fundstück der ungleichen Gefährten schien es sich um eines der lange vermißten ›Originale‹ zu handeln. Athina war überzeugt, daß es sowohl ihr Leben als auch die Existenz ihres Gefährten gerettet hatte.

Tenebraëls Körper war genesen. Erstaunlich, wie schnell sich alles wieder zusammenfügte – wie ein zerbrochener Krug, den man mit Orazal zusammengesetzt hatte. Aber dennoch war es ein Gefäß, das immer wieder mit der Lebenskraft anderer gefüllt werden mußte, um nicht doch noch zu zerfallen.

Tenebraël war davon überzeugt, daß ihn Boron hierher gesandt hatte, just in jenem Moment, als sich der Verdammte befreite.

Lange hatten sie gegrübelt, was den Untergang Yerdawans bewirkt hatte. War es vielleicht das Amulett gewesen? Oder war es Borons und Marbos Segen, der auf dem Körper der Söhne und Töchter Etilias lag? Es würde noch ein weiter Flug werden, doch wenn Tenebraël in seinem Unterschlupf auf den Zyklopeninseln ankam, würde er Ruhe finden, um über die Ereignisse der letzten Tage nachzudenken.

Einige Stunden vor Morgengrauen verließ Aihrescha das ›Haus Olorande‹. Olorande von Radleth hatte sie zu Erkan Wegberg geschickt, einem Alchimisten und Medicus, der allerlei Kräuter für das ›Haus Olorande‹ lieferte. Diverse Rahjaika, stärkende und lustfördernde Mittelchen für Mann und Frau, hielt der Alchimist stets bereit, und nicht zuletzt große Vorräte Rahjalieb. Frau Olorande mochte es gar nicht gerne, wenn ihre Mädchen ausfielen, weil Tsa es gut mit ihnen meinte.

Aihrescha war froh, für eine Stunde der stickigen Luft des Bordells entkommen zu sein, beschleunigte dennoch ihre Schritte, denn ganz geheuer war es ihr allein in den menschenleeren Straßen nicht. Erkan war ein junger, gutaussehender Mann, deshalb würde Aihrescha die Bezahlung für die Ware gerne übernehmen. Sie kannte Erkan von früheren Geschäften und wußte, daß er sie bereits sehnsüchtig erwartete. Erkan wollte ausschließlich mir ihr handeln, wie er schon mehrmals nachdrücklich erklärt hatte. Fast mochte sie ihn, aber sie versuchte, diese Gefühle zu unterdrükken. Geschäft war schließlich Geschäft.

Um sich abzulenken, dachte sie noch einmal an den seltsam bleichen Fremden, der vor kurzem ihr Kunde gewesen war. Er hatte sie nicht einmal berührt und ein fürstliches Trinkgeld für eine halbe Nacht Geplauder gezahlt. Auch ihm wäre sie gerne zu Willen gewesen. Nun, vielleicht würden es die Götter fügen, daß sie einander wieder begegneten.

Abelmir war froh, daß die letzten Nächte so ruhig gewesen waren. Ein einziger Dieb hatte die Spitze seiner Hellebarde zu spüren bekommen; es würde wohl eine geraume Weile dauern bis dieser wieder sitzen konnte. Nur zwei tote Burschen bereiteten ihm Kopfzerbrechen, aber das war ein Fall für die ›Greifer‹. Zum Glück war niemand von Stand zu Schaden gekommen. Das hätte wahrscheinlich Ärger und vor allem viel Papierkram bedeutet. Keine Gefahr bedrohte die Sicherheit der Bürger und in einigen Stunden würde er ruhigen Gewissens wieder zu seiner Frau heimkehren können. Bei dem Gedanken an die Bosparanienplätzchen, mit denen sie ihn vielleicht ›überraschen‹ würde, mußte er schmunzeln. Früher wären ihm andere Überraschungen lieber gewesen, aber er war in die Jahre gekommen, und der Rücken tat ihm auch schon wieder weh. In der Ferne hörte er das Spiel des Uhrturms und Abelmir stimmte seinen Ruf an:

»Dritte Stund vorm Morgengrau'n,
werd weiter nach dem Rechten schau'n«

Der Nachtwächter klappte den Kragen hoch, als ihm der eisige Wind ins Gesicht blies. Der aufkommende Sturm tat sein bestes, die Regenwolken der letzten Tage fortzuwehen, und so sah Abelmir über sich Phexens Juwelen und das Madamal leuchten. Er wärmte seine Hände am zaghaft flackernden Flämmchen der Laterne. Als er über sich das Krächzen von Raben hörte, blickte er auf. Vor der Scheibe des Madamal zeichneten sich drei schwarze Vögel ab, die nach Westen flogen, geradeso, als wollten sie vor der in einigen Stunden aufgehenden Sonne flüchten.

STEPHAN JOHACH

DER MENSCHENFRESSER

Bastan hüpfte gut aufgelegt die Straße zum Praiostempel hoch. Es war ein strahlender Frühlingstag im 12. Jahr der Regierung Eslams I. Die Vögel zwitscherten, als wollten sie allen ihre Wiederkunft kundtun, und gestern hatte Bastan im Park sogar schon einen Frosch gesehen. Es war einer der großen Breitmaulfrösche gewesen, die sich gut zum Aufblasen eignen. Er liebte das leise Furzen, wenn die kugelrunden Frösche die Luft wieder von sich gaben! Fröhlich pfeifend schlenderte er die Stufen zum Tempelportal hoch, verstummte aber dann vor dem Eintreten. Es gehörte sich nicht, im Praiostempel zu pfeifen. Man durfte nicht mal pupsen oder aufstoßen, denn Praios wurde sehr schnell zornig. Er achtete also sorgsam darauf, kein götterfürstliches Mißfallen zu erregen.

In dem kleinen Raum der Praiosschule saßen bereits fünf andere Kinder; die winzige Gunda, die immer noch am Daumen lutschte und ständig an ihren blonden Zöpfen drehte, der mürrische Geppert mit seinen schiefen Zähnen und neben ihm sein bester Kumpel, Zolpan, ein dürrer Zehnjähriger, der Bastan einmal in den Zwölf-Götter-Brunnen geworfen hatte. Er setzte sich neben Jette, die es nicht wagte, ihn anzulächeln, denn gerade betrat der Geweihte den Raum. Wieder einmal war Bastan auf die letzte Minute eingetrudelt. Bosper, sein bester Freund, der wie sein Vater recht gewichtig durch das Leben stolzierte, saß direkt vor ihnen. Bastan mochte Jette ganz besonders, vor allem, weil sie einmal mit bemalten Fingernägeln zur Praiosschule erschienen war. Sie hatte dann auch von Seiner Gnaden Praioburn fürchterlich eins auf die Finger bekommen und sehr geweint. Bastan hatte sich heldenhaft gezeigt und das getan, was er am besten konnte: gepustet. Jette hatte schließlich aufgehört zu weinen und nur noch gelacht, weil er von dem vielen Pusten ganz rot angelaufen war. Nachdem sie daraufhin beide zwei Stunden lang wegen Störens in der Ecke gestanden hatten, waren sie zu Leidensgenossen und dicken Freunden geworden. Aber das durfte man in der Praiosschule natürlich nicht so zeigen. Man mußte immer mürrisch aussehen, wie die Priester, und streng gucken und zuhören. Ja, so war das in der Praiosschule. Trotzdem ging Bastan gerne hin. Schon allein wegen Jette, aber auch, weil er gerne die Geschichten aus den Annalen des Götteralters hörte. Die Stunde begann mit einem Gongschlag.

Nach dem Unterricht fanden sich die drei Freunde vor dem Tempel zusammen. »Kommt ihr mit zur Menegeri? Mein Papa hat mir Geld gegeben! Zwei Kreuzer!« bemerkte Bosper und lutschte an einer Zuckerstange, die er aus seinem Schulkittel gezogen hatte. »Wohin?« fragte Bastan und runzelte die Stirn, während er neidisch den Leckerbissen betrachtete, um den sich Buspers rotgefärbte Zunge schlängelte. Jette kicherte, und der weltgewandte Bosper sah sich zu einer näheren Erläuterung gezwungen. »Da, wo sie die Krüppel, Drachen, Bären und auch Orks Kunststücke machen lassen!« »Ach so! Aber das heißt Menascheri, glaub ich!« entgegnete Bastan altklug. Bosper prustete los. »Menascheri! Du bist ja dumm!« Bastan war beleidigt. Er sah sich bereits mit Jette zur Menascheri gehen, während Bosper irgendwo draußen vor der Stadt nach seiner Menegeri suchte. Sollte er doch mitsamt seiner Zuckerstange in die Brache gehen! »Ich lade euch ein! Ich hab nämlich genug Geld!« prunkte Bosper auf und überzeugte seine beiden Gefährten davon. Sie liefen los.

Der Marktplatz war ein einziges Getümmel von Beinen. Die drei Kinder machten sich einen Spaß daraus, möglichst schnell zwischen den umhereilenden Erwachsenen herumzukurven. Bastan blieb häufig zurück, weil er an jedem interessanten Passanten hochblickte und abzuschätzen versuchte, woher er kam. Dann rief er Jette und Bosper seine Vermutung zu. Zu Bastans großem Bedauern hatten die beiden keine Ahnung von Länderkunde, denn sie wußten nicht einmal, daß es bis zum Bornland so weit war, daß man bis zum Abendessen nicht zurück sein konnte. Er kannte sich da besser aus, aber er hatte ja auch einen Papa, der Geograph war. Gerade eben rannte Bosper versehentlich in eine rotzöpfige Frau mit bunt bemalten Armen, die ihm einige schlimme Verwünschungen nachrief und dann in der Menge untertauchte. »Das war eine Thorwalin, oder?« fragte der erschrockene Bäckerssohn.

Bastan blickte fachmännisch hinter der Frau her. »Das war keine Thorwalin! Das war eine böse Zauberin, die noch vom Krieg übrig ist! Und sie hat gesagt, du mußt platzen, wenn du nicht was von deiner Zuckerstange abgibst!«

Bosper blickte plötzlich ängstlich drein. »Wirklich? Hab ich gar nicht gehört.«

»Aber ich!« Sie setzen ihren Weg fort, Bosper mit einem seltsam aufgeblähten Gefühl am ganzen Körper und die beiden anderen mit je einer Hälfte der Zuckerstange.

»Kommt herbei, edle Damen und Herren, ihr Leut mit Kind und Kegel!« Der Schreihals vor dem Zelt der Menagerie brüllte sich die Seele aus dem Leibe. »So was habt ihr noch nicht gesehen! Sensationen über Sensationen! Ein echter tanzender Bornbär und eine noch viel echtere Basiliskenkrone, zu Bestaunen für nur einen Heller! Zu jeder vollen Stunde zeigen wir den Menschenfresser von Rommilys!« Die drei Kinder hatten sich vor dem Ausrufer aufgestellt und lauschten gebannt. Bosper hatte sein Unwohlsein und den auf ihn gesprochenen bösen Zauber wieder verdrängt.

Schließlich hatte er ja seitdem nichts mehr gegessen. Also stand wohl nicht zu befürchten, daß er jeden Moment platzen würde. Und außerdem wußte die Zauberin ja gar nicht, wie er hieß. Verzaubern konnte man aber nur die, deren Name man kannte!

»Na gut! Da hast du noch mal Glück gehabt«, hatte Bastan entgegnet! Die Zuckerstange gäbe er jedenfalls nicht mehr her. Er hatte einen Rest vorsorglich in seinem Wams verstaut. Nun standen sie also vor dem bunten Zelt der Menegeri, oder Menascheri, wie es richtig hieß.

»Was kostet das denn für Kinder?« Bosper hatte keck die Hände in die Seiten gestemmt und blickte zu dem Mann hoch, der in eine gelbe Weste gekleidet war und einen merkwürdig aufgebauschten Hut trug. Der Ausrufer grinste Bosper an und warf dann Bastan und Jette, die sich hinter dem breiten Rücken ihres Kameraden versteckten, einen väterlichen Blick zu. »Na, für deine beiden Freunde kostet es zusammen genau einen Heller! Und für dich das doppelte, wir rechnen nämlich nach Gewicht!« Er lachte brüllend. Unvermittelt wurde er ernst. »Hast du denn überhaupt Geld dabei, Kleiner?«

Jette wurde nun vorwitzig und fuchtelte mit dem klebrigen Rest ihrer Zuckerstange herum. »Wir haben viel Geld dabei! Zwei Kreuzer von Bospers Papa!«

Der Mann hob die Brauen. »Das reicht aber nicht! Dann müßt ihr noch mal nach Hause gehen und eurem Papa sagen, er soll euch mehr mitgeben! Und nun macht, daß ihr wegkommt.« Die drei zogen eine Schnute, und Bastan hätte am liebsten losgeheult. Er hatte sich noch niemals so sehr gewünscht, einen Menschenfresser zu sehen wie heute! Bosper war sauer und stand immer noch sturköpfig vor dem Mann.

Er überlegte gerade, ob er laut schreien sollte, als plötzlich aus dem Zelt ein schlaksiger junger Bursche auftauchte, genauso bunt gekleidet wie der Ausrufer.

Aber er trug keinen Hut: ein dichter schwarzer Schopf strebte in alle Himmelsrichtungen. Natürlich fiel sein Blick zuerst auf den zornigen kleinen Jungen vor dem Zelt. »Heh! Du siehst ja aus, als ob du gleich platzen würdest!« Er grinste Bosper an, dessen Gesichtsfarbe von einem blassen Zornesrosa zu einem marmornen Marbobleich wechselte. Bastan kicherte still in sich hinein! Doch zu seiner Überraschung stieß der Bursche den Ausrufer nun in die Seite. »Mensch Gutbert, laß sie doch rein. Es ist doch der letzte Tag, daß wir hier sind! Nun laß dich mal erweichen.« Er zwinkerte den dreien zu. Der Geknuffte knurrte nur etwas Unverständliches, und daraufhin winkte der Bursche die Kinder hinein. Sie folgten ihm mit vor Eifer glühenden Wangen. Selbst Bosper hatte sich wieder von seinem neuerlichen Schrecken erholt. Hinter ihnen schlug der Zeltvorhang zu, und sie traten in das phantastische Reich der Menagerie!

»Seht euch nur um. Ich heiße übrigens Smenga, und wie heißt ihr?« Sie nannten artig ihre Namen. Im Zelt war es dämmrig, fast wie im Borontempel. Die Kinder staunten mit kugelrunden Augen über die vielen wundersamen Dinge, die sich ihnen darboten. Auf einem Tisch waren vier blankpolierte Käfige aufgestellt, in denen riesige Vögel – sie waren fast so groß wie die Katze von Jette, aber viel bunter als alles, was sie jemals gesehen hatten – hockten. Jette war ein paar Schritte weitergegangen und starrte eine Elster an, die im letzten der Käfige betrübt auf einer Stange hockte. »Ist sie traurig?« fragte sie und lutschte mitleidig an ihrer Zuckerstange. Smenga wollte soeben eine Antwort geben, als Bastan ihm zuvorkam; er wußte alles über Elstern! »Natürlich ist sie traurig! Sie kommt von ganz weit her! Aus der Khomwüste, nein, ganz vom Rand der Khomwüste! Da gibt es nur Bidenhocker und Eidechsen! Ganz am Rand, da gibt es viele Zauberer, noch immer, obwohl kein Krieg ist! Und da gibt es noch viel mehr Diebe und Diebinnen!« Smenga starrte ihn verwundert an, schwieg aber. Bosper hatte ein mitleidiges Lächeln aufgesetzt. Er haßte es, wenn sich dieser dürre Angeber vor Jette aufspielte. Bastan fuhr fort. »Und weil es dort so viele Magier und Diebe gibt und die Magier nichts zu tun haben, weil gerade kein Krieg ist…« Er hob mahnend den Zeigefinger, wie er es von Seiner Gnaden Praioburn kannte. »… Eben deshalb kriegen die Diebe da nicht die Hand abgehackt, sondern sie werden in eine Elster verwandelt und müssen immerzu Glitzerzeug stehlen, weil sie ja mal Diebe waren…« Die Gesellschaft zog mit gemischten Gefühlen weiter und ließ die Vögel hinter sich.

Nachdem sie zunächst die ungefährlichen Untiere besichtigt hatten – zwei schnatternde Affen aus dem Regengebirge, ein Kalb mit drei Beinen und ein blindes Huhn aus Tobrien, eine zahnlose aranische Hyäne und nebenbei noch einen Bären, der aber schlief und streng roch – versammelte Smenga sie um sich. »Ihr müßt verzeihen, aber die Basiliskenkrone kann ich euch nicht zeigen. Sie wird nämlich gerade geputzt. Wißt ihr, sie stinkt furchtbar, selbst nach 100 Jahren noch! Wenn sie nicht alle zwei Wochen gereinigt wird, dann fallen die Besucher tot um.« Bastan rümpfte die Nase und Jette furzte theatralisch mit dem Mund. »So, jetzt gehen wir zum schlimmsten, zum furchtbarsten, zum garstigsten Geschöpf, das dieses finstere Gewölbe zu bieten hat!« Er richtete sich zu seiner vollen Größe auf und setzte ein düsteres, unheildrohendes Gesicht auf. Bastan war unwohl, und er versteckte sich hinter Jette, die Smenga mit offenem Mund anstarrte. Bosper schüttelte verächtlich den Kopf. »Wann kommt denn endlich der Menschenfresser?« platzte er in die mit Gruftstimme vorgetragene Ansprache des Gauklerburschen. Smenga blitzte ihn wütend an. »Du bist ein kleiner frecher Fettkloß! Man unterbricht keine Erwachsenen.« Bosper kniff nur den Mund zusammen und flüsterte Jette etwas ins Ohr, worauf sie leise kicherte. Smenga warf ihnen einen finsteren Blick zu. »Euch wird das Lachen noch vergehen! Los, gleich beginnt die Vorstellung, und dann müßt ihr wieder verschwunden sein. Ich darf euch nämlich eigentlich gar nicht da hinbringen! Er frißt mit Vorliebe kleine, dicke, knusprige Kinder!«

Bastan erschauderte und folgte den anderen zögernd. Er hatte schon ein Bild von einem Menschenfresser gesehen. Sein Vater hatte ein gewaltiges Buch, wo alle Tiere, Elfen und Zwerge darin abgebildet waren, auch Menschenfresser. Auf dem Bild hatte er einen gewaltigen, kahlen Schädel gehabt und riesige Zähne, die ihm aus dem Maul ragten wie kleine Dolche. Und sein Vater hatte gesagt, die Menschenfresser seien so groß, daß sie nicht durch die Haustür paßten, und sie hätten eine ganz bleiche Haut. Smenga blieb stehen, drehte sich zu den Kindern um und legte den Finger auf die Lippen: »Psst.« Dann hob er einen schwarzen Vorhang und schob die drei Freunde in die Höhle des Menschenfressers.

Drinnen war es nicht nur dämmrig, es war beinahe völlig finster. Und es roch streng; irgendwie nach Plumpsklo, fand Bastan. Seine Augen gewöhnten sich langsam an das Dunkel. Irgendwo neben ihm regten sich die Schatten der anderen. Smenga war im Finsteren verschwunden und hatte sie allein zurückgelassen. »Bastan?« Das war Jette, die nach seiner Hand tastete. »Ich kann nichts sehen!« Hinter sich hörte er das nervöse Schnaufen von Bosper. Plötzlich glomm ein Licht auf. Smenga tauchte dicht vor ihnen auf, in der rechten Hand eine Öllampe, deren Docht er nun herunterdrehte. Ihr heller Glanz sank zu einem Glimmen ab. Sein Wuschelkopf warf dabei einen gewaltigen, vielgehörnten Schatten auf die Wand, so daß die drei zunächst dachten, dies sei der Menschenfresser, der sich an sie heranschlich. Aber dann bemerkten sie ihren Irrtum und atmeten erleichtert auf. Smenga deutete nach vorn. »Da vorne ist er.« Sie starrten angestrengt in die Richtung.

Und wirklich, dort, gerade noch im Lichtkreis der Lampe, erkannten sie das Gitter eines großen Zwingers. Die Stäbe waren so dick wie Bospers Handgelenk, was etwas heißen wollte. Smenga schob sie näher heran. »Ihr müßt ganz nah herangehen, damit er euch auch sehen kann…« Er lachte leise. »Ihr habt Glück, denn heute morgen hat er schon ein unartiges Kind zum Frühstück bekommen. Er ist jetzt wahrscheinlich satt. Aber wenn ich's mir recht überlege, war an dem von heute morgen nicht viel dran!« Ein seltsames Funkeln erschien in Smengas Augen, und mit einem Mal sah Bastan abgrundtiefe Bosheit in ihnen aufleuchten. Seine Nackenhaare sträubten sich, und er wich unwillkürlich einen Schritt zurück. Lieber würde er tausendmal mit Seiner Gnaden Praioburn das »Praios, Unser Götterfürst« auswendig lernen als jetzt von Smenga an den Menschenfresser verfüttert zu werden…

»Du bist blöd!« zerriß Bospers kräftiger Knabentenor die grausige Stille. »Du willst uns bloß Angst einjagen! Das kenn ich! Das tun alle Erwachsenen!« Er stapfte mutig auf den Käfig zu. Smenga grinste schief, dann zuckte er die Achseln und leuchtete in den Käfig.

Gebannt glotzten die drei in die hintere Ecke des Gefängnisses, dessen stählerne Umfassung sie vor dem Unhold schützte. Ganz hinten in einem ansonsten finsteren Winkel stand ein Wesen, wie es die drei nie zuvor erblickt hatten. Der Menschenfresser hatte eine widerwärtige, olivfarbene, ledrige Haut, die spärlich behaart war. Die kleinen, tiefliegenden Augen glühten in einem matten Rot, während das Untier die Freunde musterte. Es war, abgesehen von einem dreckigen Lumpen um der Hüfte, völlig nackt. Dichtes, verfilztes Haar hing ihm vom Kopf bis auf die breiten Schultern. Ein etwa einen halben Schritt langer Bart baumelte von seinem Kinn herab, und ein Walroßschnauz verbarg das breite, menschenverschlingende Maul darunter.

Die drei waren sprachlos, und Smenga blickte triumphierend das Untier an, das sich nun erhob. Fassungslos erkannten die Kinder, daß das vermeintlich stehende Ungetüm bislang gesessen hatte und sich nun zu einer Größe von mehr als zwei Schritt aufrichtete. Dabei mußte es den Kopf schief halten, denn die Decke seines Verlieses war zu niedrig. Jette lutschte aufgeregt und unbewußt an ihrer Leckerei herum, während Bosper seltsamerweise ans Abendessen dachte. Bastan, der zunächst einfach fortlaufen wollte, stutzte und überlegte dann laut: »Aber der ist ja gar nicht kahlköpfig, und vorstehende Zähne hat er auch nicht …«

Dem Menschenfresser schien diese Äußerung zu mißfallen, denn nun stapfe er mit unsicheren, fast täppischen Schritten näher heran und streckte plötzlich und unerwartet seine behaarte Pranke durchs Gitter. Jette fiel vor Schreck rückwärts auf den Po und ließ dabei ihre Zuckerstange fallen. Mit einem leisen Geräusch fiel diese zu Boden, rollte aber nicht fort und blieb auf der Stelle reglos liegen. Es schien Bastan, als stelle sie sich tot angesichts des Unwesens.

Der Unhold stand nun dicht am Gitter und starrte zu ihnen heraus. Ein merkwürdiges Geräusch erfüllt die Luft, und Bastan glaubte bereits an ein Gewitter draußen, als Bosper, der sich in solchen Dingen bestens auskannte, bemerkte: »Der hat Hunger! Au weia! Der hat Hunger! Hört doch, wie sein Bauch knurrt!« Er wich weiter zurück, während Jette sich erschrocken aufrappelte und das schmerzende Steißbein rieb.

»Schade, jetzt ist sie mir hingefallen!« Sie blickte der Zuckerstange nach, die dicht vor den Gitterstäben im Staub lag.

Smenga grinste nur. »Ich sag doch, der Junge von heute morgen war ein bißchen dürr! So dürr wie ihr zwei!« Er drehte sich zu Bosper um. »Aber du dürftest ihm gerade recht kommen. Soll ich ihn mal fragen?« Bosper wollte gerade anfangen laut zu schreien, als er verblüfft auf den Menschenfresser blickte, der mit einem lauten »Uffzzz!« in die Hocke ging und versuchte, seine schwielige und dreckverkrustete Hand durch die Stäbe zu zwängen!

Smenga, der die Bemühungen des Menschenfressers beobachtete, drängte nun darauf zu gehen. Sein Schauspiel war sowieso am Unverstand dieser Kinder gescheitert. »Genug! Unser Riesentölpel verträgt es nicht, wenn er so lange von kleinen Frechdachsen angestarrt wird! Kommt jetzt, die Vorstellung beginnt. Ich höre Gutbert schon die Leute reinlassen.«

Gerade wollten sie hinaus, als Jette plötzlich blitzschnell mit ihrem zierlichen Füßchen – Bastan bewunderte ihre zierlichen Füßchen, sooft er konnte – die Zuckerstange zum Gitter schob, wo sie direkt unter den Wurstfingern des Geschöpfes wieder kleben blieb. Dieses hob das längliche, speichelfeuchte Gebilde vom Boden auf, ließ sich auf den Hintern plumpsen und stopfte es sich in das breite Maul. Die drei mußten lachen, denn das sah lustig aus, auch bei einem Menschenfresser. »Er hat sie gefressen!« jauchzte Jette, und Bosper schmollte.

»Eigentlich hab ich sie dir geschenkt, und nun frißt sie dieses Vieh. Du bist gemein, Jette!« Bastan wurde nun von Neugier gepackt. Er fischte seinen mittlerweile durch die Körperwärme etwas zerlaufenen Leckerbissen aus dem Wams und warf ihn gekonnt dem Menschenfresser an den Kopf.

Daraufhin ertönte ein dumpfes Geräusch des Wohlbehagens; das jedenfalls war Bastans Interpretation, und das Unwesen begann, die klebrige Substanz vorsichtig aus ihrem Kopfhaar zu pulen. Dabei musterte es mit geblähten Nasenflügeln interessiert die Anwesenden.

Smenga wurde nun böse. »Du dummer Junge! Jetzt müssen wir mit der Vorstellung warten, bis er das Zeug gefressen hat. Mann, seid ihr vielleicht Helden! Los jetzt, raus hier, sonst mach ich den Käfig auf.«

Die Kinder stürmten von Smenga getrieben hinaus, denn draußen waren bereits die Stimmen der ersten Besucher zu hören. Jette winkte dem Untier noch einmal zu, und Bastan und Bosper ärgerten sich, da es ihnen zum Abschied bestenfalls den Rücken zuwandte. Kurz darauf fanden sich die drei im Getümmel des Marktes wieder. Es wurde höchste Zeit, nach Hause zu gehen. Bosper verabschiedete sich mit den Worten »Ich hab Hunger, ich geh heim!« Jette und Bastan trabten noch eine Weile nebeneinander her, dann schlüpfte das Mädchen durch ein großes Portal in das Kontor ihrer Eltern.

»Da sieht man es wieder: Mir winkt sie nicht!« grummelte Bastan und eilte von dannen.

»Ach Bastan, manchmal meine ich, Hesinde hat es mit dir ein wenig zu gut gemeint!« Jost Munter blickte seinen Sohn mit gemischten Gefühlen an, während sie gemeinsam die Vorhalle der Hesindebibliothek betraten. Bastan verstand nicht so recht, was sein Vater meinte. Er war zum ersten Mal hier im Tempel, einem gewaltigen fünfeckigen Prachtbau im Zentrum von Gareth. Er war gestern abend direkt mit seinen Erlebnissen in der Menascheri herausgeplatzt und hatte seinen Vater mit zahllosen Fragen über Menschenfresser gelöchert. Schließlich hatte dieser Bastan resignierend einen Besuch in der Bibliothek versprochen, da er aus der Beschreibung seines Sohnes nicht ganz schlau geworden war. Bastan war sich ganz sicher, daß das Wesen kein Menschenfresser gewesen war, obwohl er noch nie einen gesehen hatte. Auch sein Vater hatte noch nie einen Menschenfresser gesehen, und hatte es auch nicht vor. Aber Jost Munter hegte bereits einen Verdacht, was die Menagerie da als Menschenfresser vorführte. Ein Oger war jedenfalls nicht in dem Käfig gewesen, dazu waren diese Monster einfach zu gefährlich! Eine Geweihte trat auf sie zu.

»Hesinde zum Gruß, Meister Munter! Diesmal mit Sohnemann unterwegs?«

Bastans Vater erwiderte den Gruß und lächelte Ihre Gnaden Gibretta an. »Ja gewiß! Das ist Bastan. Und ich kann Euch versichern, daß er aus eigenem Antrieb hierher kommt. Er ist in letzter Zeit recht hesindegefällig, wenn Ihr wißt, was ich meine.« Gibretta wandte sich lächelnd an den Knaben, der scheu an der Hand seines Vaters stand. »Sei uns willkommen im Tempel der Herrin, Bastan! Was möchtest du denn?«

Angesichts der Hohen Dame verschlug es dem Jungen die Sprache. Sein Vater griff hilfreich ein: »Er war gestern mit ein paar Freunden in der Menagerie. Und da hat er den Menschenfresser gesehen! Allerdings glaubt er nicht, daß es einer war!« Die Erwachsenen warfen sich vielsagende Blicke zu. »Fürwahr, das zeugt von einem hellen Geist. Nun, dann wollen wir doch mal sehen, was ich für den kleinen Naseweis tun kann. Komm mit, dein Vater kann hier auf dich warten.« Sie zwinkerte Jost zu und nahm den Jungen an die Hand. Die beiden entschwanden kurz darauf im Lesesaal.

Jost Munter blickte hoch, denn soeben betrat Ihre Gnaden Gibretta mit Bastan den Vorraum. Die Wangen des Jungen waren gerötet, und aufgeregt lief er sofort auf seinen Vater zu. »Es ist ein Troll! Ganz bestimmt, ein Troll! Aber ein kleiner!«

Gibretta kam langsam nach. »Meister Munter, ich muß schon sagen, ich würde ihn am liebsten hierbehalten. Er hat eine gewisse Begabung, sich Dinge zu merken. Oder wußtet Ihr, daß Trolle immer dreckige Fingernägel haben, zumindest der in der Menagerie.«

Sein Vater strich Bastan durch die blonden Haare. »Ja, manchmal weiß ich nicht so recht, ob er nur geträumt hat oder ob er wirklich alles sieht, wovon er erzählt! Ich hoffe, er war Euch keine Last.«

Die Geweihte strich Bastan nun ihrerseits über den Schopf. Dabei blickte sie seinem Vater streng ins Antlitz. »Ihr solltet dafür sorgen, daß er nicht nur die Seiner Gnaden Praioburn gefälligen Dinge lernt. Er würde weniger Fragen stellen, könnte er alsbald die Dinge nachlesen, über die er nachdenkt.«

Meister Munter wurde plötzlich ernst. »Da mögt Ihr recht haben, Euer Gnaden. Nur, seit meine Frau krank ist, habe ich selbst kaum Zeit für ihn, und da kommt mir die Praiosschule gerade recht. Und um ihn bei einem Schreiber in die Lehre zu geben, dazu ist er noch zu jung, und mir fehlt das Geld dazu.«

Der Blick der Geweihten ruhte eine Weile auf Vater und Sohn. »Nun gut, Ihr habt Eure Gründe. Ich hoffe, ich konnte Euch behilflich sein. Und, Meister Munter – ich möchte hoffen, Ihr werdet es ihm nicht verwehren, sollte er je den Ruf der Göttin vernehmen. Es stehen ihm alle Türen der Erkenntnis offen.« Jost Munter nickte, dann verabschiedeten Vater und Sohn sich und verließen den Tempel. Bastan plapperte die ganze Zeit über von Drachen, Trollen, Basilisken und anderen Ungetümen aus dem ›Bestum‹ – und davon, daß er morgen anfangen wollte zu lesen.

Sie hatten soeben das Haus betreten, als die Stimme seiner Mutter aus ihrem Zimmer erklang. »Jost? Bastan? Seid ihr das?« Der Junge ließ seinen Vater stehen und rannte durch die enge Diele an das Krankenbett seiner Mutter. Atemlos blieb er am Kopfende stehen. Seine Mutter lächelte ihm zu; ihr Haar war sorgfältig zu einem langen Zopf geflochten, damit es vom Liegen nicht verfilzte. »Wir waren im Tempel bei Hesinde! Es war ein Troll, ich habe es genau gesehen. Er sah fast genauso aus!«

»Bastan, hör mal. Bosper und Jette waren eben hier. Sie waren ganz aufgeregt und meinten, du sollst schnell nachkommen. Sie wären am Markt.« Bastan runzelte die Stirn. »Da haben wir gestern den Troll gesehen. Die Gaukler haben gelogen: Trolle fressen keine Menschen. Sie schlagen sie höchstens tot, aber fressen tun sie nur Süßes, genau wie Bosper.«

Der Vater, der soeben das Zimmer betrat, lachte. »Na, bevor du wieder aufbrichst, möchte ich, daß du bei Meister Garbisch neue Tinte holst, und Kerzen brauch ich auch.« Sein Vater war früher oft wochenlang von zu Hause fort gewesen. Aber seitdem die Mutter krank war und selbst im Sommer hustete und keuchte, arbeitete er meist daheim. Einmal die Woche kam Tante Mila, um sauberzumachen. Bastan mochte Tante Mila nicht besonders, und selbst Papa wurde muffig, wenn sie wieder einmal in seinem Arbeitszimmer »für praiosgerechte Ordnung und traviagefällige Gemütlichkeit« gesorgt hatte. Bastan machte sich auf den Weg.

»Na endlich, da bist du ja!« trompetete Bosper über den Markt. Er hatte einen halben Laib Brot in der Hand, seine Kiefer mahlten wahrscheinlich gerade die andere Hälfte zu süßem Brei. Hinter ihm hockte Jette auf den Stufen eines Bürgerhauses, das an den Marktplatz grenzte. Bastan war noch ganz außer Atem, denn Meister Garbisch hatte aus irgend einem Grund keine Kerzen gehabt. Also hatte Bastan zu einem anderen Krämer hetzen müssen. »Mama sagt, ihr habt was Tolles zu erzählen! Hab ich aber auch. Ich weiß nämlich, daß das gar kein Menschenfresser ist! Es ist ein Troll!« Bosper verschränkte die Arme und quetschte dabei das Brot unter die Achsel. »Das ist jetzt sowieso egal. Er ist nämlich abgehauen, der Menschenfresser!« Jetzt war es heraus, und Jette hüpfte ganz aufgeregt herum, während Bastan etwas dümmlich mit offenem Mund dastand und Bosper anstarrte.

»Abgehauen?«

»Alle Soldaten suchen ihn, sogar der Kaiser und Prinz Tolak!« fügte Jette mit wichtiger Miene hinzu. »Quatsch!« konterten Bosper und Bastan wie aus einem Munde. Bosper fuhrt fort: »Mein Papa hat es heute morgen von einem Kunden gehört! Gestern abend, als sie das Zelt abgebaut haben, da wollten sie ihn auf einen Wagen schaffen, und da ist er ausgerissen. Und jetzt hockt er irgendwo in der Stadt und frißt kleine Kinder, die vorbeikommen!«

Bastan erbleichte, aber dann entsann er sich seiner Entdeckung vom Morgen. »Quatsch! Es ist ein Troll, und die wohnen in den Trollzacken, ganz weit weg von hier. Und sie sind viel größer als der von gestern, so groß wie ein Haus! Der gestern war ganz klein, vielleicht noch ein Kind wie wir!« Bosper zuckte die Achseln. »Mein Papa sagt, der Kunde hätte gesagt, man soll nachts eine Kerze hinter die Fensterläden stellen, damit er nicht hereinkommen kann. Menschenfresser haben nämlich Angst vor Feuer!« Jetzt war Bastan klar, warum er so weit hatte laufen müssen.

Sie hockten sich gemeinsam auf die Stufen des Bürgerhauses. »Wo ist denn jetzt die Menascheri?«

Bosper verdrehte die Augen. »Das Zelt ist abgebaut, aber die Stadtwache hat die Gaukler nicht aus der Stadt gelassen, weil sie beim Einfangen helfen müssen.«

Jette sah ihren Einsatz gekommen. »Er hatte bestimmt Hunger, weil er doch keine Kinder frißt!«

»Genau! Das wird es sein! Im Bestum steht, daß sie Süßzeug fressen!« stimmte Bastan zu.

Bosper nickte gleichfalls und riß ein großes Stück Brot ab. Bastan trumpfte auf: »Wir fangen ihn selber ein! Bestimmt gibt es eine Belohnung vom Kaiser oder vom Prinzen!«

Jette wurde traurig. »Ich will nicht, daß er ins Gefängnis kommt! Sie tun ihm bestimmt weh! Und dabei hat er so nett gewunken!«

»Ein Glück, daß Mama noch nichts davon gehört hat, sonst dürfte ich bestimmt nicht raus!« tönte Bastan, und Jette nickte zustimmend.

»Meine Mama ist gerade bei Großmutter Alfrida in Angbar, und Papa merkt sowieso nichts, wenn er Geschäfte hat!«

Bosper räusperte sich verlegen. »Na, mein Papa wußte es ja schon. Ich hab Stubenarrest, bin aber durch die Kellerluke abgehauen. Die stand nämlich offen, weil wir heute morgen Mehl gekriegt haben!«

Bastan dachte angestrengt nach. Dann sprang er plötzlich auf und rief: »Ich weiß was!« Er breitete seinen Plan vor den Freunden aus. »Du, Bosper, mußt uns was Süßes besorgen, damit wir ihn anlocken können. Und du, Jette, mußt mitkommen, weil er dich mag, sonst hätte er ja nicht gewunken! Oder willst du lieber warten, bis die Soldaten ihn fangen?« Sie schüttelte den Kopf.

»Schön! Und was machst du dabei?« brummte der dicke Bäckerssohn!

»Ich komme auch mit, weil, es ist ja mein Plan!«

Jette kicherte plötzlich. »Da kommt dein Papa, Bastan! Er sieht böse aus.« Bastan wurde plötzlich bewußt, daß er ein Bündel unter dem Arm trug. »Oh, Mist, ich habe ganz vergessen, die Kerzen zu Hause abzuliefern! Wir treffen uns heute nach Mitternacht. Ich komme dich abholen Jette, dann gehen wir zu Bosper, das Zeug abholen!« Wenig später trennten sie sich. Hinter ihnen schimpfte Bastans Vater den säumigen Einkäufer aus.

Bastan saß verflixt in der Klemme. Er hatte ganz vergessen, daß es nicht so einfach war, aus einem Zimmer zu verschwinden, wenn die Eltern im gleichen Raum schliefen. Mama hatte einen so leichten Schlaf. Sie konnte immer genau sagen, wenn er nachts den Topf benutzt hatte. Jette und Bosper waren da besser dran. Sie hatten sogar ein eigenes Zimmer. Aber ihre Eltern waren ja auch reich – Jettes Vater war ein ›Pfeffersack‹, wie Zolpan immer sagte, wenn er Jette ärgern wollte. Nun, das änderte nichts an der problematischen Situation, in der sich der kleine Geograph und Bestumkenner befand. Die Mutter räusperte sich andauernd, hustete ab und an und atmete dann eine Weile nur keuchend. Er wartete. Aber es ging immer wieder von neuem los. Es war wie verhext! Seine Mutter wollte heute nacht einfach keine Ruhe finden. Schließlich herrschte Stille im Raum. Das war vielleicht eine aufregende Nacht! Erleichtert, daß seine Mutter endlich ihre wohlverdiente Ruhe gefunden hatte und Papa leise schnarchte, entspannte er sich. Jetzt konnte er seinen Plan umsetzen. Wenig später indes hatte ihn der Herr Boron überlistet, und der kleine Nachtschwärmer ruhte selig in seinen Kissen. Die Kiesel, die kurz darauf gegen die geschlossenen Läden flogen, hörte er nicht.

Bastan schwitzte vor sich hin. Zum einen schämte er sich mächtig, daß er eingeschlafen war, zum anderen hatte er ein schlechtes Gewissen, weil er seiner Mutter versprochen hatte, nicht ohne einen Erwachsenen nach draußen zu gehen. Schließlich lief der Unhold ja noch irgendwo in der Stadt herum. Praios sei Dank! dachte Bastan, denn sonst könnte er ihn ja nicht mehr einfangen und die Belohnung kriegen. Er traf bei Bosper ein und betrat den Laden. »Ist Bosper da?«

Bospers Mutter, eine kräftige Frau mit lustigen Schweinsäuglein, zwinkerte ihm zu. »Natürlich Bastan, er darf nicht raus, solange dieses Untier frei rumläuft.« Eine Kundin, die nach Bastans Ansicht alt genug war, daß sie aus dem Borontempel entkommen sein mußte, heizte das Thema noch an. »Ja, wie schrecklich!« krähte sie. »Ich habe gehört, er hat letzte Nacht ein paar Kinder geholt aus dem Meilersgrund. Sogar eine junge Frau soll er geschändet haben ...« Sie wurde sich des neugierigen Kinderblickes bewußt, der auf ihr ruhte, und verstummte.

Bospers Mutter versuchte die Situation zu retten. »Geh nur rauf, mein kleiner Brummer spielt gerade mit den Priesterkaisern!«

Bastan flitzte die schmalen, abgetretenen Stufen hoch. Der kleine Brummer hatte ihn gehört und stand schon oben an der Schwelle seines Zimmers, dessen Boden mit Zinnfiguren und anderem Spielzeug bedeckt war. »Wo warst du denn letzte Nacht? Jette und ich sind zweimal bei euch vor dem Fenster gewesen. Hast du verschlafen, oder was war los?« Er grinste plötzlich hämisch. »Jette meint, du hast die Hosen voll gehabt!«

Bastan errötete heftig und improvisierte rasch eine Erklärung. »Was heißt hier die Hosen voll! Ich war schon längst fort. Ich dachte mir nämlich, es wäre viel zu gefährlich für Jette, wenn sie mitkommt. Und weil ich die Süßigkeiten gestern abend noch nicht brauchte, bin ich auch nicht bei dir vorbeigekommen. Ich wollte nämlich erst einmal Erkundigungen machen!«

Bosper blies die Backen auf. »Und was?«

»Na, wo er jetzt ist, der Troll!« Bastan kam ein genialer Gedanke, und er setzte ihn sogleich in die Tat um. »Ich habe ihn gesehen! Er hat gerade eine junge Frau geschändet!«

Bosper wirkte enttäuscht. »Und ich dachte schon, er hätte irgendwen totgehauen oder sonstwas Schlimmes angestellt! Wo war das denn?«

»Im Meilersgrund!«

Bosper nickte. »Dann können wir ihn ja jetzt sofort fangen!« Sie beschlossen, Jette abzuholen. »Wir müssen durchs Fenster steigen. Mama sagt, im Keller sind wieder Ratten, weil es da so stinkt! Deshalb ist jetzt auch die Luke wieder zu.« Bosper rutschte noch einmal unter sein Bett, kam voller Staubfusseln wieder zum Vorschein und hielt triumphierend und zugleich etwas wehmütig seine Ersparnisse an Lebensmitteln in der Hand. Sie stopften die Leckereien in einen fleckigen Tuchbeutel und stiegen dann über das alte, hölzerne Obstspalier unbemerkt auf die Straße hinunter. Die Priesterkaiser blieben unbeachtet auf dem Boden zurück.

Jette war nicht zu Hause, und das, obwohl sie genau wie die anderen eigentlich nicht hinaus durfte. Aber ihr Vater war so beschäftigt, daß er ihr Fortgehen gar nicht bemerkt hatte. Wenig später fanden sie Jette in Begleitung zweier anderer Mädchen; sie spielten Palast und Brache und hatten mit Kreide die sieben Sphären auf das Pflaster gemalt. Gewöhnlich machte dieses Spiel viel Spaß, aber heute gab es Wichtigeres zu tun. Sie ließen Jettes Freundinnen stehen und machten sich auf die Jagd. Offensichtlich waren zwar alle Erwachsenen bemüht, die Kinder vor dem entlaufenen Menschenfresser zu retten, schienen dies aber nur halbherzig zu betreiben. Nicht einmal die Stadtgarde nahm Notiz von den zahllosen Kindern, die allen Unholden zum Trotz die Straßen und Gassen Gareths belebten.

Nachdem sie eingeweiht worden war, ließ Jette ihre weibliche Intuition spielen. »Wir sollten uns beeilen, damit wir ihn kriegen, bevor die Frau es der Stadtwache erzählt!« Daran hatte Bastan noch gar nicht gedacht. Diese Frau hatte ja schließlich schon viel eher gewußt, wo der Troll sich versteckte. Hoffentlich war es noch nicht zu spät!

Bosper kratzte sich an der Nase. »Kann sie denn noch sprechen? Ich denke, sie ist geschändet worden!«

»Nein, ich meine doch die Frau aus der Bäckerei!« warf Jette mit einem vielsagenden Blick ein.

Bosper räusperte sich plötzlich: »Ich weiß nicht recht, der Meilersgrund ist aber weit weg von zu Hause. Da wohnen die ganzen Armen, und da gehen abends die Bettler hin, wenn sie müde werden.«

Jette kicherte. »Mein Papa sagt, da laufen sie alle nur einhändig herum.«

»Und die Kinder sind frech wie Hundedreck!« entfuhr es Bastan, der diesen Spruch einmal von Zolpan gehört hatte. Die drei trabten danach Richtung Südstadt, dorthin, wo die Läuse und Bettler herkamen.

Es war schon nach Mittag als die Kinder die Grenze der besseren Stadtteile hinter sich ließen und die Südstadt von Gareth ihnen ihre stinkenden Ausläufer entgegenreckte. Die Häuser wurden mit der Zeit immer armseliger, verfallener und die Straßen immer dreckiger. Irgendwann liefen sie nicht mehr über Pflastersteine. Staubiger Dreck bedeckte die Straße an den passierbaren Stellen, der übrige Teil versank in einem Morast aus Fäkalien und Hausabfällen, die zum Himmel stanken! Nachdem sie zunächst noch recht guten Mutes gewesen waren, wurden die Freunde nach und nach immer stiller, denn ab und an begegneten sie auch den Bewohnern dieses Stadtteils: armselig gekleidete Frauen mit strähnigen Haaren, die von dreckigen Kindern umschwärmt wurden; Männer, die am hellichten Tage schwankend durch die Gegend torkelten; junge Burschen und Mädchen, die sie boshaft angrinsten und dann drohend auf sie zukamen. Einmal kroch eine Bettlerin vor ihnen über die Straße; sie besaß keine Beine. Bastan fühlte sich unwillkürlich an die Erzählungen über die Magierkriege erinnert.

Furchtbare Dinge waren damals geschehen; das war, ehe er auf die Welt gekommen war. Seine Eltern waren damals noch Kinder gewesen. Und doch, immer noch lagen finstere Schatten über einigen Menschen. Die Frau blickte sie aus ihren irren Augen an und lachte dann hämisch! Sie liefen verstört weiter.

Endlich erreichten sie den Meilersgrund; zumindest glaubten sie, dort zu sein, denn zu fragen wagten sie nicht. Bastan war mulmig zumute, Bosper hatte Hunger, und Jette war müde vom Laufen! Sie hielten eine kurze Beratung über ihr weiteres Vorgehen ab. »Wo ist denn nun der Troll? Bis jetzt hab ich noch nicht mal einen kleinen Hinweis gesehen! Keine toten Kinder, keine Haare!« schmatzte Bosper.

»Haare? Wieso Haare?« Der Bäckerjunge rollte mit den Augen. »Na, ein Hund verliert Haare, Katzen auch! Bei Jette zu Hause sind überall Haare auf den Möbeln, und vor der Hundehütte von Aldec liegen ganze Wollbällchen!«

Bastan erinnerte sich daran, daß auch die Nachbarskatze ständig Haare verlor, manchmal kotzte sie sogar Haarbüschel auf den Hof!« Er kratzte sich am Kopf. »Tja, dann sollten wir nach Haaren Ausschau halten, er hat ja genug davon! Und du Bosper, schwenk schon mal mit den Zuckerstangen, damit er sie auch sieht, wenn er uns beobachtet!« Sie brachen auf und streiften voller Tatendrang, aber ziellos durch die engen Gassen von Meilersgrund.

Ihr seltsames Verhalten erregte natürlich Aufsehen. Bosper fuchtelte ständig mit einer Zuckerstange in jede Seitengasse oder steckte sie versuchsweise in Kellerlöcher oder Schutthaufen, aber nichts rührte sich. Nur einmal scheuchte er eine dicke fette Ratte auf, die sich aufgeregt fiepend entfernte. Nach diesem Schrecken war er vorsichtiger und wählte eine besonders lange Zuckerstange aus, um das Risiko für Leib und Leben möglichst gering zu halten. Doch alles ohne Erfolg. Jette kam sogar auf die Idee, laut zu rufen. Aber das war ebensowenig erfolgreich. Da der Troll nicht erschien, gab sie nach einer Weile auf. Einige Bewohner der Gegend starrten den Freunden kopfschüttelnd nach, denn so eine seltsame Kindergruppe hatten sie hier noch nicht gesehen. Einige andere indessen betrachteten mit wachsender Gier die Leckereien und die schmucken Wämser, Hosen und Schuhe der drei.

»Ich will nach Hause!« entfuhr es schließlich Jette, und ihre beiden tapferen Kameraden beschlossen aus reinem Kavaliertum, sie umgehend nach Hause zu begleiten. Immerhin würde es bald dunkel werden. Zudem folgte ihnen seit einiger Zeit eine Horde von Dreckspatzen und Läuselümmeln, wie Bosper ganz leise bemerkte. Die Meute war zunächst auf Abstand bedacht, doch als die drei deutliche Anzeichen von Furcht zeigten, kamen sie bedrohlich näher. Zu allem Überfluß war Bosper nun auch noch übel, da er den halben Bestand an Trollnahrung aufgefuttert hatte. So ein Lockmittel verbrauchte sich schnell, wenn man es die ganze Zeit über schwenken mußte. Er hatte furchtbares Bauchgrimmen. Sie bogen in eine Seitenstraße ab und begannen zu laufen. Hinter ihnen erklang lautes Geschrei, und das Trappeln zahlloser nackter Füße ertönte. Es mußten Hunderte sein, Bastan war ganz sicher, wagte aber nicht sich umzuschauen.

Sie rannten, so schnell sie konnten, doch Bosper blieb immer weiter zurück. Schließlich rief er von hinten: »Ich kann nicht mehr. Mein Bauch tut weh, ich muß sterben.« Betroffen blieben Bastan und Jette stehen, und im selben Augenblick waren die drei von einer Meute johlender und bedrohlich dreinschauender Läusekinder umgeben. Sie rückten näher heran. Bastan war hundeelend zumute; er wußte, sie würden hier sterben! Zwischen Unrat und von diesen schmutzigen Kindern grausam gefoltert. Nun trat ein etwa zwölfjähriger Knabe vor, der die drei Freunde verächtlich musterte.

»Wasch wollt ihr hier? Wohl nich janz jlücklisch, wah? Bei so viele von uns hier um eusch!« Er spuckte Bastan einen safranfarbenen Klumpen vor die Füße. Dabei konnte man erkennen, daß ihm vorne einige Zähne fehlten. Es zischelte, wenn er sprach. »Schöne Latschen hasche an, wah! Könnt welsche brauchen, wah!« Er blickte sich beifallheischend um, doch die anderen Läusekinder starrten nur begierig auf Bospers Beutel. Der fühlte sich dann auch gleich angesprochen.

Vielleicht lag es an den Bauchschmerzen oder daran, daß er vor Jette heldenhaft erscheinen wollte, jedenfalls ließ er sich zu einem unvorsichtigen und recht lauten »Arschgesicht!« verleiten. Zwei Sekunden später wälzte er sich mit dem Arschgesicht am Boden. Bastan, der stets für die Diplomatie gewesen war, erkannte, daß hier alle Hoffnungen verloren waren. Er packte Jette am Arm und wollte um sein Leben rennen, allein sie waren von einem undurchdringlichen Ring aus Läusekindern umgeben. Ein rondragefälliger Zweikampf zwischen den Anführern mußte die Sache entscheiden! Daß er damit Bosper kurzerhand zum Anführer ernannte hatte, störte Bastan in diesem Moment nicht.

Jette war indes anderer Meinung, sie rannte schnurstracks mitten ins Getümmel, und ihre kleinen Fäuste traktierten die vier Gegner, die sich auf den armen Bosper gestürzt hatten. »Laßt ihn in Ruhe! Mein Papa wird euch allen die Hand abhacken lassen!« In ihrer Wut wirkte sie auf Bastan wie die Heilige Rondra selbst.

Jette und Bosper waren nun völlig in der johlenden Meute verschwunden. Fäuste flogen – dreckige und kleine, solche mit bemalten Fingernägeln und solche mit abgebissenen, schmutzigen Fingernägeln – es war ein einziges Wirrwarr! Gerade eben wollte Bastan sich mit dem Mut der Verzweiflung auf die Horde stürzen, um Jette zu retten, da griff der Herr Praios selbst ein. Er mußte die Ungerechtigkeit der Übermacht erkannt haben. Jedenfalls platzte in diesem Moment Bospers Beutel auf, und zwischen den Kontrahenten purzelten Zuckerstangen, Honigkuchen, Krapfen und allerhand Leckereien in den Staub. Kaum war dies geschehen, ließen die Habgierigen von ihren Gegnern ab und rissen an sich, was sie kriegen konnten. Einer raffte Bospers Schuhe auf, die er im Eifer des Gefechts verloren hatte. Selbst Jettes Haarband wurde das Opfer einer Räuberin. Bastan war mittlerweile zu einer taktischen Entscheidung gelangt: »Los, wir machen, daß wir hier wegkommen!« Sie wollten versuchen zu entkommen und das Getümmel aus blutigen Nasen, aufgeschürften Knien und vollen Mündern hinter sich zurücklassen.

Doch dummerweise war die Beute bereits nach wenigen Augenblicken verteilt, und die Unterlegenen wollten nun den Rest einfordern. Bastan sah sich vier Mädchen gegenüber: zwei ausgesprochen häßliche, eine fast so hübsch wie Jette, nur dreckiger. Die größte aber war furchtbar anzusehen. Sie trat vor Bastan hin und stieß ihn vor die schmächtige Brust. »Zieh dich aus! Ich will deine Klamotten!« Angestrengt starrte sie auf Bastan herab, den sie fast um Haupteslänge überragte. Wie unter Zwang machte er sich unwillkürlich an den Knöpfen seiner Weste zu schaffen. So unsympathisch war das Mädchen ja gar nicht. Man muß auch gönnen können!

»Bastan?« hörte er hinter sich Jette flüstern, doch er sah keinen Grund, dem netten Mädchen seinen Herzenswunsch zu verwehren.

Bosper, der seine Gegner abgeschüttelt hatte, drängte sich vor. »He, du dumme Kuh! Laß meinen Freund in Ruhe, sonst läßt dir mein Vater die Hand abhacken!«

Bastan, der sich unterdessen eifrig entkleidete, bemerkte nur, daß die Meute sich wieder sammelte. Einige von ihnen waren noch dabei, ihre jüngst erhaschte Beute zu verschlingen. Der zischende Jüngling von vorhin sprang plötzlich aus einem Hauseingang hervor und versetzte Bosper einen Kinnhaken, so daß dieser nur noch die Augen verdrehte und dann umfiel. Jette schrie angsterfüllt auf. Bastan, der immer noch nur Augen für das ausgesprochen hübsche Mädchen vor ihm hatte, bemerkte es wie durch eine Wattemauer. Mit einem Mal erschien es ihm peinlich, sich hier vor allen auszuziehen. Bospers Niederschlag gab ihm einen Ruck, so als sei etwas entzweigegangen. Das Mädchen stieß einen wütenden Schrei aus, und sie verkündete wutentbrannt: »Du mußt mir gehorchen, ich will es!« Bastan, der nichts begriff und völlig verdattert war, sah nur Jette, die weinend über dem wie tot daliegenden Bosper kniete. Der Übeltäter grinste höhnisch und rieb sich die schmerzenden Knöchel. »Dasch hat er verdient, der Pfefferschack, keiner nennt mich Arschgeschischt!«

»Doch, ich!« ertönte plötzlich eine dunkle Stimme. Die Kinder ringsum erstarrten und huschten dann davon. Das Mädchen, daß Bastan vorhin noch so anziehend und nett gefunden hatte, hatte sich beim Klang der Stimme wie unter einem Peitschenhieb geduckt. »Verschwinde, Tilka! Die gehören mir!« Die Stimme war kraftvoll, wie die eines Büttels. Plötzlich waren sie allein. Selbst einige Umstehende, die das Geschehen mit Belustigung verfolgt hatten, waren schnell in Seitengassen und hinter Türverschlägen verschwunden. Ein Schatten fiel auf die drei Kinder.

»Was macht ihr hier? Ihr solltet schnellstens wieder dahin zurück, woher ihr gekommen seid.« Bastan, der mit Tränen in den Augen auf den toten Bosper gestarrt hatte, hob langsam den Blick und erkannte die Beine eines Mannes. Seine Hosen waren nur noch zerlumpte

Fetzen, die durch andere Fetzen an Ort und Stelle gehalten wurden. Die Füße steckten in zwei ehemals vornehmen Stiefeln, aus denen nun vorne die Zehen herausschauten. Der Mann war in einen langen dreckigen Umhang gehüllt, der bis zum Boden reichte und einmal von leuchtend blauer Farbe gewesen sein mußte. Schwach konnte man noch ein helles Muster auf dem Stoff erkennen, doch der Schmutz und etliche Löcher hatten es beinah bis zur Unkenntlichkeit entstellt. Unter dem Mantel starrte der Mann vor Dreck; an der Jacke fehlten vier Knöpfe, die restlichen zwei trugen ein merkwürdiges zackiges Symbol, das Bastan bekannt vorkam. Langsam glitt der Blick des Jungen aufwärts zum Kopf des Mannes, der reglos dastand und die Musterung gelassen über sich ergehen ließ. Das Gesicht war glattrasiert und glänzte fettig. Pickel und Ausschlag bedeckten Nase und Stirn, das vorspringende Kinn zierte eine Warze. Das schlohweiße Haar hing in langen Strähnen bis auf den Rücken. Die dunklen, schmalen Brauen wölbten sich über klaren, tiefblauen Augen.

»Er hat Bosper ermordet!« schluchzte Bastan. Der Fremde hockte sich hin und strich Bosper über die Stirn. Dann legte er ihm den Zeigefinger auf die Nase und sprach: »Steh auf, oder ich freß dich!«

Im selben Moment riß der Tote leibhaftig die Augen auf und kreischte los. »Nehmt ihn weg! Er will mich fressen …«

Der Fremde hielt ihm den Mund zu. »Da haben wir's, ein wenig benommen, aber sonst wieder ein Schreihals, der nach seiner Mama ruft!« Jettes und Bastans Tränen versiegten, als sie Bosper wieder ins Reich der Lebenden zurückkehren sahen. »Los, folgt mir, ich bringe euch hier weg. Das ist kein Ort für Kinder feiner Leute!« Er setzte Bosper auf die Füße und trat einige Schritte zurück.

Jette, die wieder neuen Mut gefaßt hatte, sah zu

dem Fremden auf. »Ich darf aber nicht mit fremden Männern gehen!«

Der Mann kicherte und ließ dabei die Warze hüpfen. »Na dann, lebt wohl!« Er wandte sich zum Gehen. Bastan hatte wieder die Führung übernommen. »Wir kommen mit!« entschied er.

Jette war immer noch eine kleine Rondra. »Gut, wir gehen mit dir, aber wenn du uns was tust, dann wird dich Praios bestrafen. Wir kennen nämlich Seine Gnaden Praioburn, und der läßt uns bestimmt suchen, wenn wir nicht rechtzeitig zu Hause sind. Und mein Vater auch!« Ihr Blick loderte, und sie warf mutig das zierliche Kinn hoch, an dem eine kleine Blüte aus getrocknetem Blut klebte. Der Fremde lächelte nun sogar und winkte ihnen. Die drei folgten ihm. Doch nach wenigen Schritten bemerkte Bastan, daß er ja noch halbnackt war. Eilends lief er die paar Schritte zurück und holte seine Schuhe und das Wams, die unbeachtet am Boden lagen.

Mit der Jagd nach dem Troll war es nun vorbei! Mit hängenden Köpfen schlichen die Freunde dem Fremden hinterher. »Ihr habt mir immer noch nicht gesagt, was ihr hier wolltet!« Er sah sie nicht an, sondern blickte geradeaus. Jette wechselte einen Blick mit ihren Kameraden, dann begann sie zu erzählen. Nachdem sie geendet hatte, hielt der Fremde an und drehte sich zu ihnen um. Auf seinem Gesicht standen die Spuren längst verloren geglaubter Erinnerungen. »Ihr wollt wohl Helden sein! Mit einem Troll ist nicht zu spaßen, wenn es denn einer ist.« Seine Augen schweiften in die Ferne, dann sprach er weiter, und Bastan erschauerte beim Klang seiner Stimme. »Einst war ich genauso sorglos auf Abenteuer bedacht, und ich wollte an der Seite meines Meisters Großes vollbringen.« Er schüttelte den Kopf. »Aber diese Zeiten sind vorbei, auch wenn sie nicht vergessen sind!« Er hob den Blick, und die Kinder starrten sich an. »Wir müssen uns beeilen, sonst schaffen wir es nicht vor Einbruch der Dunkelheit. Eure Eltern werden sich bereits Sorgen machen.« Er schlug ein schnelleres Tempo an, so daß die Kinder ihm nur mühsam zu folgen vermochten. Bosper, der barfuß gehen mußte, humpelte.

Ihre Glieder schmerzten, die Beine waren bleischwer und die Füße wund gelaufen, als sie endlich in bekannte Gefilde kamen. Der Fremde trug Bosper auf der Schulter. Sie waren daheim; Bastan erkannte zur Rechten den Rahjatempel, dessen rosafarbene Front im Licht der untergehenden Praiosscheibe noch strahlender als sonst zu leuchten schien. Der Fremde, der sich bislang schweigsam verhalten hatte, blieb stehen. »So, ich glaube, dies ist euer Stadtteil.« Er lächelte. Jette, die mittlerweile ihr Mißtrauen abgelegt hatte, hüpfte wieder voller Freude und Energie auf einem Bein. Bastan war selbst zu Freudenbekundungen zu müde und grinste nur.

»Mein Papa wird dir sicher eine Belohnung geben, weil du uns geholfen hast!« verkündete Bosper übermütig.

»Wie heißt du eigentlich?« entfuhr es Jette.

Der Fremde lächelte nicht mehr, sein Blick war starr geworden. »Wäre mein Meister noch hier, so würde ich euch nicht als Bettler gegenüberstehen! Und auch mein Name würde mit Entzücken über meine Lippen gehen, weil es ein ehrbarer Name wäre. Doch so wie es gekommen ist, möchte ich euch meinen Namen verschweigen.« Jette verstand diese merkwürdigen Worte genausowenig wie Bastan, nur Bosper wagte eine Entgegnung: »Wo bist du denn in die Schule gegangen, doch nicht bei Seiner Gnaden Praioburn, oder?«

»Nein, sicher nicht. Und ich würde mich hüten, bei ihm in die Schule zu gehen; denn allein sein Name heißt mich Abstand wahren.« Dabei blickte er Jette an und legte ihr sanft die linke Hand auf den Kopf. Bastan blickte plötzlich besorgt drein, denn hatte nicht Seine Gnaden Praioburn gesagt: »Die linke Hand ist die Hand der Verbrecher, der Mörder und der verderbten Magier!«

Bosper, der sich erholt zu haben schien, lärmte nun im Angesicht der nahen Heimkehr los. »Trägst du mich nach Hause? Dann kriegst du was zu essen. Außerdem hab ich wieder Hunger! Mein Bauchweh ist wie weggeblasen.«

Nicht lange danach waren sie am Ziel. Bosper hatte sich ausgebeten, die Bäckerei von hinten betreten zu dürfen, damit er sich noch ein paar Schuhe überziehen konnte. »Sonst verhaut mich mein Papa, weil ich doch nicht barfuß laufen darf, und weil die Schuhe teuer waren!« Sie standen vor der verschlossenen Kellerluke. Bosper hatte längst die Hoffnung verloren, seinen Eltern könnte sein Verschwinden entgangen sein. Er hatte das Abendessen versäumt, und das war etwa so, als wenn Seine Gnaden Praioburn lachen würde – ein wirklich besorgniserregendes Ereignis. »Ich nehme das Spalier«, flüsterte er und grüßte scheinheilig eine Nachbarin, die gerade das Nachbarhaus verließ. Der Fremde war bei ihrem Anblick ein paar Schritte beiseitegetreten, so als habe er nichts mit den Kindern zu schaffen. Die Frau musterte ihn mißtrauisch und ging dann ihrer Wege.

Bosper versuchte, das dichtberankte Spalier als Leiter zu benutzen, aber er war zu erschöpft zum Klettern. »Verflixt, ich komme nicht hoch!« schniefte er leise, und die Kinder begannen über eine andere Möglichkeit nachzudenken. Lange jedenfalls konnten sie hier nicht unbemerkt stehenbleiben. Schließlich erbarmte sich der Fremde. Er schritt auf die Kellerluke zu und rüttelte vorsichtig daran. »Die ist geschlossen!« bemerkte Bosper. Der Fremde zuckte mit den Achseln, dann schien er nachzudenken, strich fast zärtlich mit der Handfläche über das Holz und ruckte noch einmal daran. Die Luke sprang auf. Den dreien gingen die Augen über.

»Was?« entfuhr es Bastan, der genau gesehen hatte, daß das Schloß nur von innen zugänglich war.

Der Fremde lächelte. »Es gibt für alles eine Erklärung. Ein bißchen verklemmt war sie.« Er machte eine einladende Gebärde zu Bosper, der mit offenem Mund dastand. Schließlich verabschiedete der Junge sich stammelnd, warf einen Blick auf das unberührte Schloß und verschwand im Keller.

»Jetzt bringe ich euch noch nach Hause, und dann verschwinde ich« sagte der Fremde. Er schien sich nicht darum zu scheren, daß Bosper ihm eine Belohnung und eine Mahlzeit versprochen hatte. Gerade wollten sie sich abwenden, und der Fremde war eben im Begriff, die Luke zu schließen – Bastan war sicher, daß sie daraufhin wieder fest verschlossen sein würde –, als von unten ein lautes Brüllen ertönte. Sie vernahmen ein Poltern und dann einen gutturalen Laut wie von einem hohlen Baumstamm, der sich räusperte. Kurz darauf tauchte der kreideweiße Kopf von Bosper aus der Luke auf. »Da …« Er gurgelte nur und japste unverständliches Zeug, während er sich verzweifelt bemühte, aus der Luke ins Freie zu steigen. Der Fremde fackelte nicht lange, hievte ihn hinaus und stieg hinab. Fast gleichzeitig wurde es im Keller hell. Bosper, der dies sah, hielt sich die Ohren zu. »Kein Feuer machen, o weia! Herr Fremder! Kein Feuer! Da sind die ganzen Mehlsäcke!« Jette hatte keine Ahnung, wovon er sprach, und Bastan konnte sich die seltsamen Äußerungen von Bosper nicht anders erklären, als daß dieser im Dunkeln gegen eine Wand gelaufen sein und sich dabei den Kopf schwer angestoßen haben mußte. Jetzt brüllte er wie am Spieß! »Papa! Papa! Hiiilllfffe! Der Menschenfresser!«

Die Straße belebte sich. Aus einigen Fenstern steckten die Nachbarn neugierig ihre Köpfe ins Freie! Direkt über der Kellerluke öffnete sich ein Fensterladen, und die Mutter Bospers starrte auf ihren Sohn hinab. »Wie siehst du denn aus?« brüllte sie und verschwand, ehe Bosper Zeit für Erklärungen fand. »Wenn ihr keine Angst habt, dann kommt herunter!« tönte es von unten. Im selben Moment erschien der Kopf des Fremden in der Luke, und er war nicht etwa blutverschmiert oder tot oder angefressen, wie die drei befürchtet hatten. Nein, er wirkte sogar recht fröhlich. »Na kommt schon! Ich muß euch was zeigen«, winkte er.

Bospers Mutter stürmte um die Ecke, dicht gefolgt von seinem Vater. »Wo bist du gewesen?« rief er. Bosper besann sich auf die altbewährte Taktik und brach laut schreiend in Tränen aus, was ihn fürs erste vor Schlägen bewahrte. Bastan schreckte zusammen, als direkt hinter ihm die Stimme der Nachbarin erscholl, die vor wenigen Minuten ihr Haus verlassen hatte. »Ich hab mir gleich gedacht, daß mit dem da was nicht stimmt. Ruft die Garde! So ruft doch die Garde!« Der Tumult weitete sich aus, und Bastan und Jette beschlossen, die Flucht nach vorn anzutreten. Sie kletterten in den Keller und bemerkten mit fassungslosem Staunen, daß der Fremde keine Lampe in der Hand hielt. Woher hätte er sie auch nehmen sollen? Statt dessen entsprang seiner Handfläche ein kleines, bläulichweißes Flämmchen, das genug Licht verbreitete, um einen Teil des Kellerraumes zu erleuchten. »Ein Magier!« keuchte Bastan und wäre am liebsten tot umgefallen. Das hatten sie jetzt davon. Er würde sie gleich in Mäuse verzaubern oder in Breitmaulfrösche… Doch nichts dergleichen geschah.

Hinten, in einer Ecke des Kellers, dort zwischen den Mehlsäcken rührte sich etwas; ein Kollern ertönte, und dann ein dumpfer, kehliger Laut, der Bastan irgendwie bekannt vorkam. Ein zotteliger Riesenkopf erschien im Schein des magischen Lichtes. Gelbliche, daumengroße Zähne wurden im Maul des Wesens sichtbar. »Das ist wohl euer Troll!« bemerkte der Magier und sah die beiden Kinder an. »Er hat die ganze Zeit in diesem Keller gesteckt, und ihr habt ihn im Meilersgrund gesucht.« Jette machte große Augen und steckte aus einem unbestimmten Grund die Finger in den Mund. Der Troll schien sie zu erkennen, denn er kroch aus seiner Ecke heraus und streckte seinen unglaublich langen Arm nach ihr aus. Entsetzt wichen die beiden Kinder zurück, denn von der riesigen Hand tropfte eine dunkle, zähe Flüssigkeit auf den Kellerboden. Der Magier lächelte, trat einen Schritt vor und berührte die Hand des Trolls, der dies gleichmütig zur Kenntnis nahm. Dann steckte er sich den Finger, der nun von der rätselhaften Flüssigkeit benetzt war, in den Mund. »Köstlicher Rübensirup, wahrscheinlich aus dem Angbarer oder Ferdoker Land«, sagte er und warf einen Blick nach oben zur Luke. Dort waren Stimmen laut geworden. Bastan erschauderte, aber irgendwie hatte er plötzlich mehr Angst vor den Menschen da draußen als vor dem Magier und dem Troll, die hier friedlich im Keller hockten. Bospers Leidensgeschrei war mittlerweile verstummt, und man konnte hören, wie er etwas von einem Ungeheuer im Keller erzählte, dem er gerade noch entkommen war.

»Wir haben nicht mehr viel Zeit.« Der Magier deutete nach oben. »Bald werden Soldaten da sein, oder jemand wird den Mut haben, hier hinabzusteigen.« Er warf einen Blick zur Kellertür, die in die Backstube führte. »Ihr könnt bald berühmt sein! Oder auch nicht. Es ist eure Entscheidung!« Bastan warf dem Troll einen Blick zu. Dieser saß völlig unschuldig auf seinem breiten Hinterteil und hatte die Schürze über seine langen, stämmigen Beine gebreitet. An seinem

Kinn klebte noch Sirup. Schließlich brachte Jette eine Entscheidung herbei. Sie tat einen Schritt auf den Troll zu, berührte scheu seine immer noch vorgestreckte Hand und leckte an dem Sirup. Der Bann war gebrochen, und Bastan nahm nun auch eine Kostprobe.

Draußen schrie Bospers Vater laut auf der Straße. »Ich sage: keine Fackel! Wer eine Fackel anzündet, den werfe ich eigenhändig in den Brunnen!« Es wurde jetzt wirklich Zeit! Gerade spähte ein blasses Gesicht vorsichtig über den Lukenrand in den Keller hinab. Der Magier ließ die Flamme auf seiner Hand verlöschen. Dunkelheit breitete sich aus, und das Gesicht verschwand so schnell wie es erschienen war.

Bastan hörte sein Herz klopfen. Abgesehen von dem hellen Viereck der Luke, war es völlig finster. Irgendwo bewegte sich der Troll. Dann plötzlich nahm er den scharfen Geruch des Wesens ganz deutlich wahr. Heißer, übelriechender Atem schlug ihm entgegen. »Wir wollen lieber keine Helden sein!« hörte er plötzlich Jettes Stimme sagen und wußte, sie hatte die richtige Entscheidung getroffen. Einen Moment lang herrschte Stille. Zwei Kinderherzen rasten, der Troll gluckste ängstlich, denn die Menge draußen erhob von neuem ihre Stimme. Von fern hörte man die Hufe von Pferden – sicherlich die Garde.

Einen Augenblick lang flammte das magische Licht wieder auf. Der Magier stand direkt vor Bastan. Er war nackt und hielt seine Kleider und die Stiefel als Bündel in der Hand. Schweiß bedeckte sein bleiches Antlitz, und er wirkte gehetzt. Die Warze an seinem Kinn schien unnatürlich groß. »Schnell, laßt mich mit ihm allein. Geht nach draußen und überlaßt den Rest mir. Es wird ihm nichts geschehen, wenn ihr uns nicht verratet. Aber geht!« Er drückte Jette das Bündel in die Hand und schob die verstörten Kinder auf die Kellertür zu, die hinauf in die Backstube führte.

Bleich und müde stiegen sie die wenigen Stufen

nach oben. Bastan wandte sich noch einmal um; eine Frage brannte ihm auf der Zunge. »Wirst du ihn in eine Maus verwandeln?« flüsterte er. Ein leises Lachen erklang. »Nein Junge, das entspricht nicht meiner Philosophie! Aber … ihr müßt uns die Tür ins Haus freihalten! Durch die Luke können wir nicht mehr.«

Tatsächlich drängten sich oben zahllose Schatten am Verschlag. Als Bastan die Tür zur Backstube öffnete, blickte er in die erstaunten Gesichter zweier Gardisten. »Beiseite Kinder!« brüllte der eine, und sie stürmten beide durch die offene Tür in den dunklen Keller, aus dem kein Geräusch zu hören war. Die Tür stand halb offen. Die Bewaffneten waren im Finstern verschwunden, während eine magere Frau in Uniform, die die Kinder erst jetzt bemerkten, herbeieilte und versuchte, ihren beiden Kameraden von der Treppe aus zu leuchten. Jette preßte immer noch das dicke Bündel an ihren kleinen Leib, aber niemand achtete auf sie.

»Hier ist nichts!« tönte es jetzt aus dem Keller, und man konnte hören, wie von draußen aufgeregtes Gezeter erscholl. »Aua, es tut so weh!« weinte Jette plötzlich, und Bastan stellte verwundert fest, daß sie sich am Boden krümmte. Die Frau blickte über die Schulter zu ihnen und – jetzt begriff der kleine Geograph und Held den Plan seiner Freundin – er kam herüber.

»He, was ist denn los, bist du verletzt?« Sie ließ sich neben Jette auf die Knie sinken und nahm sie in den Arm. Hinter ihrem Rücken ging die Tür weit auf, langsam und … DA WAR NIEMAND!

Bastan schluchzte laut auf, so sehr erschreckte ihn das, was er sah, denn etwas war nun doch in der Tür zu sehen! Es war so entsetzlich, daß er schrie und so ungewollt einen anständigen Teil zur Ablenkung der Frau beitrug. Diese blickte ihn und Jette verwundert an. Was war nur mit diesen Kindern?

Die Dielen knarrten unter einer unsichtbaren Last. Es roch wieder wie im Keller – streng nach Troll. Auf dem Boden bildete sich eine Spur aus einem dünnen, verwirbelten, schwarzen Faden, der in trägen Bewegungen von einem grausigen Gebilde tropfte, das man für einen übergroßen, dunklen und schmierigen Handschuh hätte halten können. Nur, ein Handschuh hätte nicht haltlos mitten in der Luft geschwebt und sich dabei noch bewegt. Die Kinder verdoppelten ihre Anstrengungen und übertönten nun sogar ein lautes »Ufffzzz!«, als der Träger des Handschuhs sich irgendwo stieß und, unsichtbar wie er war, einen Teil seiner Kopfbehaarung am Balken der Tür zurückließ, die aus der Stube in den schmalen Korridor der Bäckerei führte. Jette hatte ihre Arme so um die Frau geschlungen, daß diese nicht hochblicken konnte, ohne das Mädchen abzuschütteln. Schließlich verschwand die entsetzliche Erscheinung durch die Tür, während aus dem Keller die erbosten Schreie der Männer klangen, die kein Licht hatten.

Es dauerte ein Weilchen, bis die Frau Jette beruhigt hatte. Während sie sich über die merkwürdige Spur auf dem Boden wunderte, trug sie das bemitleidenswerte Mädchen, den jammernden Bastan im Schlepptau, nach draußen auf die Straße. Die Haustür stand weit offen, und einige Männer und Frauen, die von dem Lärm herbeigelockt worden waren, starrten im Halbdunkel des Abends auf die beiden Kinder. Bosper schrie vor Erleichterung auf, und die Kinder stürzten aufeinander zu. »Die Kinder sind entkommen!« kreischte eine Frau. Irgendwo von der anderen Seite des Hauses erklangen wütende Schreie. Schnell verbreitete sich das Gerücht, der Einbrecher oder Menschenfresser sei entkommen, nachdem er das kleine Mädchen geschändet habe. Das habe er jedenfalls versucht, so hörte man. Aber niemand hatte seine Flucht beobachtet.

Die drei Kinder wurden augenblicklich aus der Gefahrenzone geschafft. Bospers Mutter nahm sie unter ihre Fittiche. Von den Flüchtlingen war nichts zu bemerken. Sie brachte Bastan und das Mädchen zum Kontor von Jettes Eltern. Jettes Vater blickte zunächst freudestrahlend seine Tochter an, dann packte er sie am Ohr und zog sie in ein stilles Kämmerlein. Ihr Bündel warf er achtlos zu Boden, wo Bastan es hastig aufraffte. Wenig später ertönte das bekannte Geräusch einer Tracht Prügel. Irgendwann kehrten Jette und ihr Vater zurück – Jette mit geröteten Augen und ihr Vater mit gerötetem Gesicht. »Jette hat fürs erste genug erlebt. Sie kommt morgen nicht zum Spielen.«

Bospers Mutter räusperte sich. »Na, Bastan, deine Eltern kommen auch gleich vorbei, ich hab unseren Burschen nach ihnen geschickt!« Bastan bekam ob dieser Drohung gleich einen heißen Kopf und verspürte plötzlich einen quälenden Drang. Er entschuldigte sich kurz mit einem höflichen »Ich muß mal!« dann lief er nach draußen in den Hof. Das Bündel nahm er mit.

Als er sein Geschäft beendet hatte, wollte er wieder durch den Hintereingang ins Kontor schlüpfen. »Pssst«, machte es plötzlich neben ihm. Er zuckte zusammen, denn dort war niemand zu sehen. »Psst«, machte es erneut, diesmal ganz dicht neben seinem Ohr. Bastan wollte loslaufen und Hilfe rufen, da legte sich sanft eine Hand auf seinen Mund. Nur, da war keine Hand, das konnte er ganz deutlich sehen. »Mhmmpf«, machte er, dann: »Mhmmmphfffff.«

»Erschrick nicht. Ich bin es, und der Troll ist bei mir«, kam die verspätete Mitteilung aus dem Nichts, und die Hand lockerte sich.

»Ihr seid ihnen entwischt!« entfuhr es Bastan laut. Die Hand war wieder da! »Willst du uns verraten! Ich habe nicht viel Zeit; der Unfug hat eine Menge Kraft gekostet. Ich möchte meine Sachen wiederhaben. Gut, daß du daran gedacht hast!« Bastan, der die Sachen eher zufällig dabei hatte, konnte nun beobachten, wie sie ihm aus der Hand genommen wurden und in der Luft schwebten.

Von der Straße drangen laute Rufe in den Hof. »Sie haben den Keller gestürmt!« lärmte jemand. »Aber der Kerl war schon weg! Hat zwei Säcke mit Zucker angefressen, im Mehl gewühlt, den ganzen Sirup verschüttet und jede Menge Unordnung geschaffen. Er hat nichts als ein stinkendes Tuch zurückgelassen! Merkwürdiger Geselle; muß wohl ein Verrückter gewesen sein…«

»Wie der wohl rausgekommen ist?«

Bastan horchte angespannt auf das leise Atmen dicht neben seinem Ohr. Der Unsichtbare flüsterte wieder: »Sag Jette, sie hat die Gabe… Ach nein, sag ihr besser nichts.« Dann erschien plötzlich eine riesige Hand dicht vor Bastans Augen. Sie war von einem schmierigen schwarzen Schleim bedeckt, der in langen, dünnen Fäden auf den Boden tropfte. Irgendwo bellte ein Hund – Aldec! Ein lautes Grunzen ertönte, dann wehte Bastan heißer, stinkender Atem ins Gesicht. Die schmierige Hand senkte sich auf sein Haar, verklebte es geflissentlich mit Sirup und verschwand dann blitzartig aus seinem Blickfeld. Dem Jungen wurde schummrig zumute. »Wir gehen jetzt, der Hund kann uns Ärger machen…« Bastan hörte nicht mehr hin. »Sag Jette einen schönen Gruß von mir und von Strutz, ihrem besonderen Freund. Ich begleite ihn noch ein Stück des Weges!«

Bastan sank auf den Hosenboden; es war zuviel für ihn gewesen. Mochte kommen, was wollte, er hatte genug von Heldentaten und Abenteuern. Niemals wieder würde er sich wünschen, einen leibhaftigen Menschenfresser zu sehen, auch keinen unsichtbaren.

Er bekam gar nicht mit, daß Aldec bellend um die Ecke schoß, Bospers Mutter und sein eigener Vater, der inzwischen eingetroffen war, in den Hof traten. Gleichzeitig fiel die fast leere Regentonne direkt neben dem offenen Hoftor wie von Geisterhand bewegt, um und ergoß ihren modrigen Inhalt über den Hof. Ein lautes »Ufffzz« ertönte, dann kehrte wieder Ruhe ein, sah man von den erregten Erwachsenen, die um einen verstörten kleinen Jungen mit einer Sirupfrisur herumstanden und dem tobenden Aldec einmal ab. Der Hund sprang aufgeregt neben der Tonne herum. Sicherlich wieder Ratten! Jette stand oben am Fenster ihres Zimmers und winkte in den Hof. Oder winkte sie nicht doch irgend jemand anderem – vielleicht der tropfenden Siruphand und dem Bündel stinkender Kleider, die sich gemeinsam an den Hauswänden entlangdrückten, einer Gruppe schwatzender Garether auswichen und schließlich in der Dämmerung verschwanden …?

GLOSSAR

Bidenhocker = Aventurische Bezeichnung für ein Kamel.

Brache = die Dämonenbrache, Ort der ersten Dämonenschlacht 1561 v. Hal., im Südwesten von Gareth gelegen – ein bis heute verfluchter und gemiedener Ort.

Die sieben Sphären = Das aventurische Weltbild beruht auf dem Modell der Sieben Sphären, von denen die dritte die Welt der Menschen, die fünfte die Wohnstatt der Zwölf Götter und die siebte das Reich der Dämonen ist.

Eslam I. = erster Kaiser der Eslamiden-Dynastie, regierte von 391 bis 348 v. Hal das Mittelreich.

Magierkriege = eine Auseinandersetzung zwischen verschiedenen Magiergilden, die sich um das Erbe Rohals des Weisen zerstritten hatten und mittels beschworener Wesenheiten und arkaner Kräfte viele Landstriche verwüsteten. (403 v. Hal bis 398 v. Hal)

Marbobleich = Marbo ist die barmherzige Tochter des Totengottes Boron und wird allgemein als blaßhäutige junge Frau dargestellt.

Trollzacken = ein aventurisches Gebirge im Osten des Mittelreichs.

Christel Scheja

RATTE

Gütige Travia, es ist doch immer dasselbe!« murrte die dralle Magd. Kokett zupfte sie ihre Bluse zurecht und beugte sich ein wenig vor, damit der junge Mann, der die Becher auf einem Bord hinter dem Tresen in Reih und Glied aufstellte, einen besseren Einblick hatte. Prompt hielt dieser in seiner Arbeit inne. Er schielte begierig auf die appetitlichen Wölbungen und nickte nur noch geistesabwesend, während das Mädchen weitersprach.

»Geppert, unser Wirt«, brummelte sie, »liegt wie immer betrunken in seiner Kammer und überläßt den *Gelben Ochsen* mal wieder seinem zänkischen Hausdrachen. Ich hasse dieses widerliche Weib, das ein Regiment über uns führt, als seien wir Leibeigene! Sie scheucht uns von einem Ort zum anderen – in die Küche, zum Waschen – und gönnt keiner von …«

Plötzlich verstummte sie und wurde rot. Eine grauhaarige Frau, die ihre Fettwülste kaum unter der weißen Schürze verbergen konnte, hatte den Schankraum durch die Küchentür betreten und stützte nun die Hände in die Hüften.

Hastig ergriff die Magd den Stapel schmutziger Wäsche, den sie zuvor auf das zerschrammte Holz des Tresens gelegt hatte, und verließ den Raum, bevor das Gezeter der Wirtin über sie hereinbrechen konnte.

Die Frau sah sich nur um, musterte kurz den Jüngling, der eine Strähne seines blonden Haares aus der Stirn blies, und sich flink zu seiner Arbeit umdrehte. Sie ging an ihm vorbei.

»Beeile dich ein wenig, du dummes, schmutziges und unnützes Ding!« keifte die Wirtin im nächsten Augenblick los. Sie gab einem Mädchen, das auf Händen und Knien auf dem Boden herumrutschte und die dunklen Dielen des Bodens scheuerte, einen Tritt in die Seite. »Die Zwölfe allein wissen, warum mein trunksüchtiger Gemahl in seinen klaren Stunden gerade dir sein großes Herz zeigen mußte, Ratte!«

Die Angesprochene blickte auf. Ihr dunkelbraunes, verfilztes Haar hing ihr ins Gesicht oder stand wirr vom Kopf ab. Asche und Strohreste hingen ihr in den Strähnen. Das Gesicht war verschmiert und schmutzig, nicht besser sahen der aus Flicken bestehende Kittel und die weite Hose aus, die an ihrem Körper schlotterten. Ihre Füße waren nackt und bereits von einer dicken, schwarzen Hornhaut an der Unterseite bedeckt.

Der wenig schmeichelhafte Name paßte tatsächlich zu Rattes Erscheinung, da die großen Schneidezähne in dem eingefallen Gesicht deutlich hervorstanden und sie den großen, häßlichen Nagern, die die Knechte im Stall jagten und erlegten, noch ähnlicher machten. Rattes wahren Namen kannte niemand. Vor gut zehn Jahren war ein kleines Kind weinend auf der Straße umhergeirrt, die am *Gelben Ochsen* entlang nach Andergast führt. Geppert, der aus Greifenfurt kam, war ausnahmsweise mal nüchtern und nahm die Kleine in seinem Haus auf, weil sie ihm leid tat. Ihr Weinen hatte sein Herz gerührt, das größer war als sein Verstand. So zumindest begründete Ulmia ihren Widerwillen gegen das Mädchen. Sie bürdete dem Kind die niedrigsten und schmutzigsten Arbeiten auf, um sich zu rächen. Eingeschüchtert und schweigend gehorchte die Kleine seither den Befehlen der Wirtin.

Ihre Einsilbigkeit und die Tatsache, daß weder Ulmia noch ein anderer das Mädchen jemals wieder hatten weinen sehen, machten sie zu einem Geschöpf, mit dem weder die Aushilfen aus dem nahen Bauerndorf noch die unter dem Dach der Schenke Lebenden viel zu tun haben wollten. Da sich die Kleine weder wusch noch kämmte, kamen schnell Ekel und Abscheu dazu – sie wurde zu ›Ratte‹, die vor allem in der Küche arbeitete und nur dann in die Stube geschickt wurde, wenn sich dort rauflustiges Gesindel aufhielt. Aber das kam glücklicherweise selten vor.

»Arbeite weiter!« keifte die Wirtin nun und wich dem Blick der hellbraunen Augen aus, die das einzig Lebendige an Ratte zu sein schienen, »oder ich jage dich davon!«

Das Mädchen senkte den Kopf und schrubbte einförmig weiter, während Ulmia aufhorchte und die Geräusche, die von draußen kamen, einzuordnen versuchte.

Sie trat an eines der Fenster und schielte durch die Holzgitter hinaus. Ihre Augen weiteten sich, als dort eine Kutsche knarrend zum Stillstand kam. Offensichtlich hatte sich eine vornehme Reisegesellschaft eingefunden!

Ulmia leckte sich über die Lippen und wischte die schweißfeuchten Hände an der Schürze ab. »Ratte!« wandte sie sich mit scharfer Stimme nach hinten. »Nimm den Eimer und mach, daß du in die Küche kommst!«

Sie wedelte heftig mit den Händen, ehe sie die Tür nach draußen öffnete. Schließlich reisten so edle Gäste nicht sehr oft auf diesem Weg, seit die Reichsstraße besser befestigt worden war. Und noch weniger machten hier Rast. Sie mußte sie gut empfangen, vielleicht half das, den Ruf des *Gelben Ochsen* zu verbessern …

Travin, so hieß der Kutschenpassagier, half einer jungen Frau namens Dirahjane aus dem Wagen. Diese strich ihre Röcke zurecht und lächelte ihrem Begleiter huldvoll zu. Dann musterte sie wie der schwarzhaarige Mann das alte, heruntergekommene Haus mit dem windschiefen Dach und den moosbedeckten Schindeln. Travin bemerkte, daß sie angewidert die Nase rümpfte, dann aber eine freundliche Miene aufsetzte und der fetten Frau in der weißen Schürze entgegenblickte, die auf sie zutrat.

Travin wußte, was nun von ihm erwartet wurde. Er trat vor und ergriff das Wort, noch bevor die Wirtin – wer sollte sie sonst sein? – mit einem Schwall aus Schmeicheleien über seine Herrin und ihn herfallen konnte.

»Ihre Hochgeborene, die Baronesse Dirahjane Eiflinsfort von Rodenbach, wünscht hier zu logieren. Zeigt uns eure besten Zimmer!« erklärte er herablassend und beobachtete, wie die Frau andächtig nickte. »Ja, mein hoher Herr!« antwortete sie voller Eifer. »Bitte tretet doch in unsere bescheidene Herberge ein. Ihr werdet sehen, die besten Zimmer, die wir haben…«

Travin sah seine Herrin an, verdrehte spöttisch die Augen und bot ihr seinen Arm an. Sie legte ihre kleine Hand in seine Armbeuge, mit einer leichten, zarten Berührung, die zu ihrer Erscheinung paßte, war sie doch einen Kopf kleiner als Travin. In ihren hellen Gewändern aus feiner tulamidischer Seide und mit ihren sorgfältig frisierten Haaren wirkte sie in dem einfachen Haus fehl am Platz.

Selbst das Zimmer, in das sie die Wirtin führte, war weit unter dem, was Dirahjane gewohnt war, wie Travin feststellte. Das Bett war schlecht gepolstert, der einzige Tisch wackelte, als Travin seine Hand darauf legte, um sich abzustützen.

»Besser als nichts«, murmelte die junge Baronesse. Ihr Gesicht wurde starr und verlor das aufgesetzte Lächeln. Es ekelte ihr, als sie mit dem abgespreizten kleinen Finger Staub von einem der beiden Wandregale wischte. »Doch für unsere Pläne wird es genügen, nicht wahr, Travin?«

»Ja«, antwortete der junge Mann und preßte die Lippen zu einem dünnen Strich zusammen, als er an das dachte, was sie vorhatten. Er stieß einen Seufzer aus und wandte sein Gesicht von Dirahjane ab. »Ihr erlaubt doch, daß ich mich zurückziehe und nach meinem Zimmer sehe?«

»Natürlich! Geh nur, mein Guter, ich werde mich selber umkleiden und statt diesem Gewande ein anderes anlegen, obgleich das bei dem Schmutz nicht ratsam ist. Aber die Kuh von Wirtin wird sich fragen, warum ich keine Zofe bei mir habe. Geh nur und sorge dafür, daß sie sich keine Gedanken über diese Seltsamkeit und über gewisse andere Dinge macht. Ja« – sie gab ein leises Kichern von sich –, »leider reichen deine arkanen Kräfte nicht aus, dieses dreckige Zimmer zu reinigen ...«

»Ihr vergeßt, das gehörte nicht zu meiner Ausbildung, und der einzige passende Spruch, von dem meine Lehrmeisterin sprach, vermag nur eine Augentäuschung über diesen Dreck hier zu legen. Für mich ... gab es weit wichtigere Dinge zu lernen, obgleich ein solcher Zauber praktisch wäre, um sich Dienstboten zu ersparen«, begegnete Travin dem Scherz mit einem bitteren Unterton. »Bis später, Herrin.«

»Oh, was für eine feine Dame!« schwärmte eines der Schankmädchen mit verträumtem Gesichtsausdruck. »Sie trägt so feine Kleider und einen Goldreif, der ihren Kopfschleier hält. Ach, könnte ich doch nur Zofe sein, dann dürfte ich diese Dinge zumindest anfassen und pflegen! Bei Rahja und Peraine, das Gewand war sogar bestickt! Mit kleinen bunten Perlen und glitzerndem Garn! Sie ist bestimmt von hohem Rang!« So schwatzte sie eifrig und übertönte mit ihrer Stimme sogar den Lärm, der von der Schankstube in die Küche drang. Mittlerweile war es abend geworden, und die Dämmerung hatte andere müde Reisende und ein paar Bauern der Umgegend in den *Ochsen* geführt.

Die Magd wedelte mit den Händen, um ihre Worte zu unterstreichen. Zwei Mädchen aus dem hinter den Hügeln gelegenen Dorf, ein Küchenjunge und ein Knecht aus dem Stall lauschten andächtig und hatten aufgehört, weiter das Gemüse zu putzen und die Knochen für die Suppe abzuschaben.

Nur der norbardische Koch rührte nachdenklich in seinem großen, eisernen Kessel weiter und fügte hin und wieder ein paar Kräuter hinzu, um den Eintopf aus Fleisch und Feldfrüchten schmackhafter zu machen.

Ratte kauerte neben dem Feuer und drehte langsam den eisernen Grillspieß. Kein anderer hatte diese Arbeit übernehmen wollen, denn das in das Feuer tropfende Fett des Ferkels spritzte zischend von den Flammen hoch und brannte entweder kleine Löcher in den Stoff des Kittels oder schmerzte auf der nackten Haut der Arme. Ratte wurde durch den schmierigen Ruß, der sich auf dem Gestänge und dem Spieß festgesetzt hatte, noch dreckiger, aber ihr machte das offensichtlich nicht viel aus.

Für die hohen Gäste – die adlige Dame, von der das Schankmädchen so eifrig erzählte, daß seine Wangen bereits feuerrot vor Aufregung waren – hatte Ulmia die Vorratsräume plündern und das Ferkel vom alten Joppe schlachten lassen, das der Bauer erst vor ein paar Tagen gebracht hatte.

Schließlich, so raunte das Mädchen den anderen nun geheimnisvoll zu, habe sie gesehen, daß der schwarzhaarige Begleiter der Dame gut gezahlt habe, und Ulmia viel Zeit brauchte, um die Münzen zu zählen.

»Ich habe Silber und Gold blinken sehen«, wisperte sie nun eifrig, »als ich durch das Schlüsselloch schaute. Die feine Herrin muß sehr reich sein!«

»Und ich hab gehört«, warf der Knecht ein, »der Kutscher hat's erzählt, daß ihre Zofe an einem Schlangenbiß gestorben sei, und sie reist nun ganz alleine nach Andergast, um dort zu heiraten. Aber sie sucht ein ordentliches Mädchen als Dienerin. Jedenfalls hat er 'nen Namen gemurmelt, den ich nich' verstanden habe. Is' ja auch nich' so wichtig, oder?«

»Und wer ist ihr Begleiter?« Die schwatzhafte Magd schob eine schmutzigblonde Haarsträhne in ihr Kopftuch zurück. »Er hat etwas Unheimliches an sich, finde ich.«

»Ne, der Kutscher sachte 'was von 'nem Hofmagus. Schlag dir aus'm Kopf, ihn unter deine Röcke zu locken. Bestimmt verwandelt er dich dann in 'ne warzige Kröte ...«

Die Magd schwieg einen Moment und nagte an ihrer Unterlippe, während die anderen lachten. »Na ja, er könnte ...« Sie warf einen Blick auf Ratte, die sich nicht stören ließ und wie blind in den Raum starrte.

Die Magd zuckte zusammen und verwarf den Gedanken, den sie den anderen noch hatte kundtun wollen, denn Ulmia war leise in die Küche getreten. Sie versetzte dem Mädchen eine schallende Ohrfeige. Aufschluchzend wich die Schwatzhafte einen Schritt zurück und duckte sich zitternd. »Hör auf zu tratschen und geh wieder an deine Arbeit! Die Gäste murren schon, bei Travia! Oder soll ich dich zu deinem betrunkenen Vater auf den Hof zurückschicken?« gellte die Stimme der Wirtin durch den Raum. »Ihr anderen faulenzt nicht, sonst könnte es euch ähnlich ergehen!«

Sofort beugten sich die Mädchen und der Junge wieder über die Rüben, während der Knecht den Knochen beiseite warf und sich schnellen Schrittes aus der Küche entfernte. Sie alle kannten den zornigen Ausdruck in Ulmias Augen, der nichts Gutes verhieß. Drohungen wie die eben ausgestoßene machte sie nur zu oft wahr. »Ratte!« Ulmia deutete auf das schmutzige Mädchen. »Ich brauche dich draußen in der Stube. Joni, dreh den Spieß weiter!«

Der Junge verzog das Gesicht, gehorchte aber ohne aufzumucken und drückte sich an Ratte vorbei, die mit schlurfenden Schritten und gesenktem Kopf auf die Wirtin zukam. Jeder wußte, was das bedeutete: In der Gaststube tummelte sich wieder allerlei Gesindel, grobes Volk, das sich nicht genierte, die Mädchen zu betatschen oder ihnen unter die Röcke zu greifen, vielleicht sogar auf ihren Schoß zu ziehen und sie so von der Arbeit abzuhalten. Ulmia führte zwar ständig Travia im Munde, aber sie wußte genau, wann mit den Gelüsten der Gäste ein Geschäft zu machen war.

Die rauhen Kerle und Weiber aber, die Ratte bedienen sollte, bezahlten für jene besonderen Dienste schlecht und mißhandelten die Mädchen und Jungen, so daß diese tagelang nicht mehr für die Arbeit zu gebrauchen waren. Schlimm wie die Orken benahmen sich diese Söldlinge! Sollten sie doch das schmutzige Mädchen belästigen! Die Wirtin deutete auf ein Tablett mit irdenen Bechern und einer bauchigen Flasche. Ratte hob es auf und trat in die Stube.

Travin hatte einen Platz in der hintersten Ecke der Stube gewählt. Er verzichtete auf das Mahl, das Dirahjane bald aufgetragen würde. Seine Begleiterin und Herrin speiste auf dem Zimmer. Es entsprach ihrer Stellung und war wegen anderer Gründe auch besser so …

Travin nahm einen tiefen Schluck aus seinem Becher. Der Wein war so sauer, daß er die düsteren Gedanken vertrieb. Er beobachtete die Männer und Frauen in der Stube, die lärmten und tranken, unflätige Zoten von sich gaben oder das Essen schmatzend in sich hineinstopften.

Söldner, Abenteurer, … heruntergekommenes Volk und ein paar Bauern, aber er erkannte auch einen Vertreter der magischen Zunft an dessen auffälliger Kleidung, blitzte die metallene Hörnerhaube doch immer wieder im Licht, so wie der in einen Stab eingesetzte Edelstein. Dagegen wirkte die mit arkanen Zeichen bestickte Robe abgetragen und schmutzig.

Der Angehörige eines Schwertordens – vielleicht war er auch ein Rondrageweihter – stach durch sein blinkendes Kettenhemd und den hellen Wappenrock unter den Gästen hervor. Doch die Hälfte der hier Anwesenden war sicher nicht das, wofür sie sich ausgaben, und Travin rechnete sich selber dazu.

Auch Dirahjane war eine Simulantin. Sie war zwar von edlem Geblüt, aber nicht in der Angelegenheit unterwegs, die der Kutscher scheinbar leichtfertig herausgeplappert hatte. In Wahrheit litt seine Herrin unter einem Fluch, dessen Auswirkungen Travin zu beobachten und einzudämmen hatte.

Die Wirtin würde sich, wenn sie spät in der Nacht das Geschirr holen ließ, sicherlich darüber wundern, daß das Fleisch gänzlich verspeist worden war, die Knochen fein säuberlich abgenagt, das Mark herausgesogen, das Gemüse und Brot aber nicht einmal angerührt worden waren. Doch er glaubte nicht, daß die Dicke Fragen stellen würde. Eine größere Summe hatte ihren Mund verschlossen.

In dieser Nacht – in der das Madamal gänzlich verschwunden sein würde – brauchte Dirahjane menschliches Leben und Blut. Deshalb waren sie in dieser heruntergekommenen Herberge eingekehrt und nicht in der weit besseren und neueren, die nun eine Vierteltagesreise zurücklag. Unter dem zerfallenden Dach des *Gelben Ochsen* würde ein Mord eher verschwiegen werden.

Das Opfer auszuwählen und zu Dirahjane zu bringen, war Travins Sache. Er umklammerte den Löffel so fest, daß die Knöchel weiß hervortraten und nahm stummen Anteil an den Gesprächen um sich herum, denen er mittels eines kleinen Lauschzaubers gut folgen konnte.

»Weißt du«, fing er die Unterhaltung zwischen zwei alten, grauhaarigen Männern auf, deren zernarbte Gesichter in dem schwachen Licht der Öllampen und des Feuers recht unheimlich wirkten. »Ich habe ja viel in meinem Leben gesehen, aber noch übler als dieser Baumdrache im Bornländischen war ein Tier, das wir mal jagen mußten, ein ganz gewöhnlicher Wolf, wie es zunächst schien, aber das Biest hatte es in sich. Der Hirte, bei dem wir nächtigten, schwatzte etwas von einem Geisterwolf, der Rache suchenden Seele eines Ermordeten … Na ja, und das Vieh …«

Travin hatte keine Lust mehr, den alten Geschichten zu lauschen und drehte sich zur anderen Seite. Eine andere Gruppe unterhielt sich über eine Hexenjagd, die ihnen das Wohlwollen der Inquisition und einiges an Gold eingebracht hatte. Drei andere grübelten laut darüber nach, wie sie wieder an einen Auftrag und an Geld kommen könnten; ein junger Mann prahlte vor seinen Gefährten mit erotischen Abenteuern, die er im fernen Tulamidenland erlebt haben wollte.

Travin verwarf den Gedanken, einen der Gäste zu bezaubern und Dirahjane auszuliefern. Keiner von denen war alleine unterwegs.

Er verwünschte das Band, das ihn an die Verfluchte fesselte und spülte seine aufkommende Übelkeit hinunter. Ein Entrinnen aus dieser Verstrickung gab es nicht, und doch nutzte es nichts, hier und jetzt zu verzweifeln. Vielleicht geschah doch ein Wunder, das ihn erlöste … Er glaubte nicht mehr daran.

Die Söldner neben ihm lachten, als der eine seine Erzählung beendet hatte, und prosteten sich zu. »Und dann war da noch dieser dreibeinige Gaul, von dem …«

Travin trank seinen Becher leer. Vielleicht war jemand aus dem Gesinde für seine Zwecke geeignet, jemand den die Wirtin …

Angeekelt wich er zur Seite, als eine schmutzige, stinkende Gestalt dicht an seinem Tisch vorbeistrich. Das, was ein Mädchen sein sollte, näherte sich einer Gruppe von finsterem Gesindel, das schon vorher durch sein Gegröle aufgefallen war.

Enttäuschtes Stöhnen machte sich unter den Kerlen und der kantig und hart wirkenden Frau in ihrer Mitte breit, als das schmutzige Mädchen stumm einige Becher und eine Flasche Schnaps auf den Tisch stellte.

»He, was ist denn das?« krakeelte einer von ihnen, der zuvor schon reichlich Bier in sich hineingeschüttet hatte. »Was schickst du uns denn für 'ne verlauste Vogelscheuche? He, Wirt, ich will für mein Geld von 'nem anständigen Mädel bedient werden!«

Die Dreckige achtete nicht auf das Geschrei, so als sei sie taub oder blöde. Gerade als sie sich umdrehte, packte sie eine behandschuhte Hand von hinten, und der angetrunkene Kerl warf sie rücklings über den Tisch, stieß dabei einige der Becher zu Boden, die mit einem dumpfen Ton auseinanderbrachen. Die Söldnerin hatte immerhin den Krug retten können und prostete ihrem angetrunkenen Kumpan grinsend zu.

Travin wandte sein Gesicht ab. Er wollte sich nicht einmischen, wie viele andere. Das Grölen der Bande wurde lauter, und die Geräusche um sie herum verstummten, während zwei der Männer die Arme des Mädchens festhielten, damit ihr Freund leichteres Spiel hatte. Travin hörte das Keuchen und die unterdrückten Schreie des schmutzigen Mädchens. Sie zappelte heftig und trat mit den Beinen aus. Der Betrunkene fluchte sehr.

»Nun mach schon Alrik! Dich hat das Aussehen einer Dirne ja nie gestört, wenn sie wenigstens unten schön eng war!« stachelte die Söldnerin ihren Kumpan an.

»Rischtig ...«, betonte dieser mit einem Rülpsen und schnaubte, als ihn plötzlich jemand zurückzog.

»In Rondras Namen, laßt das Mädchen in Ruhe! Sie steht unter meinem Schutz!« sagte der Diener Rondras und blickte kalt auf den schäbigen, sabbernden Kerl herab, der ihn aus blutunterlaufenen Augen anstierte. Der Betrunkene richtete sich schwerfällig auf, während seine Begleiter das Mädchen losließen. Travin beobachtete das Geschehen wie gebannt. Die schmutzige Göre fiel auf die Knie und brachte sich krabbelnd so schnell sie konnte in Sicherheit, während die Gruppe den Ritter herausfordernd anstarrte und zwei der Männer sich in Position setzten, um notfalls aufzuspringen und ihrem Freund beizustehen. Travin ahnte, was jetzt kommen würde. Er erhob sich, drückte sich an den neugierig auf die Szene starrenden Gäste vorbei und erreichte die kleine Treppe, die zu den Zimmern im Obergeschoß führte, als eben eine Faust gegen Kettengeflecht klatschte.

»Du willscht mir wasch, Kerl?« grunzte der Betrunkene. Travin hastete nach oben, ehe die Prügelei losging, der er sich nicht aussetzen wollte. Als er einen Blick nach unten in den Schatten der Treppe warf, sah er, wie die Wirtin mit einem dünnen Stock auf das dreckige Mädchen eindrosch und schrille Beschimpfungen von sich gab, die jedoch bald in dem ausbrechenden Tumult untergingen.

Dirahjane lächelte Travin an, als er ihr Zimmer betrat. »Was ist denn da unten los?« fragte sie neugierig.

»Eine Schlägerei zwischen Gästen, Herrin. Ein Geweihter oder Ritter der streitbaren Göttin hat Partei für ein Schankmädchen ergriffen, das von einem Söldner mißhandelt wurde.«

»Ja, das gebietet seine Ehre«, entgegnete Dirahjane und strich sich durch das feine Haar, das nun nicht mehr durch den Schleier verdeckt war und im Kerzenschein glänzte. Ihr frisch angelegtes Kleid war schulterfrei und betonte zusätzlich die vornehme Blässe ihrer Haut. Hinter ihr auf dem Tisch stand die leere Fleischplatte.

»Hast du schon ein Opfer für mich gefunden?« wechselte sie plötzlich das Thema und leckte sich über die Lippen.

»Ich glaube, ja!« erwiderte Travin zögernd und

nahm sich einen Apfel aus einer der Schalen, legte ihn aber wieder zurück, als er eine schimmelige Stelle bemerkte. »Ich muß nur warten, bis sich der Ärger dort unten gelegt hat und die Gemüter der Männer und Frauen abgekühlt sind, sonst würde es auffallen.«

»Natürlich ...« Sie lächelte und ging auf ihn zu. Zart strich sie ihm mit einer ihrer Hände über die Wange. »Du hast mir immer gute Dienste geleistet, Travin. Vielleicht kann ich dich doch irgendwann freigeben und gewisse Dinge vergessen, die meinen erlauchten Vetter, den Inquisitor, sicher interessieren würden.«

Travin nickte wortlos und biß sich auf die Lippen. Dies war wieder einer der Augenblicke, in denen sie zeigte, daß sie ihn in ihrer Gewalt hatte, seit sie herausgefunden hatte, daß er mit seiner magischen Begabung nicht immer den Wegen Hesindes gefolgt war.

Dann zog Dirahjane erstaunt eine Augenbraue hoch. »Warum ist es plötzlich in der Gaststube so leise geworden? Sieh bitte nach!« befahl sie ihm.

Ratte zitterte noch immer vor Angst und Schmerz, während sie die Tonscherben und die heruntergefallenen Essensreste zusammenklaubte und sich zwischen den Füßen der Söldner besonders klein machte. Sie wimmerte. Die Striemen, die Ulmias Stock auf ihrem Rücken hinterlassen hatte, brannten dämonisch.

Rattes Pein war erst zu Ende gewesen, als Geppert unerwartet in der Stube erschienen war. Der Wirt war zwar nicht mehr jung, aber noch immer ein beeindruckender Mann von zwei Schritt Größe, mit breiten Schultern und einem mächtigen Brustkorb, ein Hüne also, vor dem selbst der schwankende Söldner, der eben einen Hocker erhoben hatte, Respekt zu haben schien.

»He, du da ... stell den Schemel wieder zurück, oder willste dir und deinen Freunden den Abend verderben? Probier lieber mal meinen Doppeltgebrannten. Ratte, hol ihn her!«

Das Mädchen war ihm dankbar, denn Ulmia hatte aufgehört, sie zu schlagen und ihren Mann finster angestarrt. Auch wenn er ihr sonst alles überließ und sich seinen Lastern widmete, wußte er doch durchzugreifen, wenn es Streit gab. Er hatte Ratte durch das Haar gefahren, als sie den schweren Krug aus dem Keller geholt und auf den Tisch wiederhergestellt hatte. »Bist'n gutes Mädchen!«

Nachdem Geppert eine ›Runde für alle‹ spendiert hatte, war Ratte nicht mehr beachtet worden.

Das Mädchen huschte, selbst von der Wirtin unbeachtet, die mit säuerlicher Miene den Schnaps verteilen half, aus dem Schankraum und warf die Scherben auf einen der Abfallhaufen hinter der Küche. Sie dachte nicht daran, jetzt schon wieder in die Küche zurückzukehren und dort die schmutzigen Becher und Schalen zu spülen.

Sie nahm einige Schlucke aus dem Wassereimer am Brunnen und wischte mit den feuchten Händen über ihr Gesicht. Die Feuchtigkeit vermischte sich mit den Tränen, die plötzlich aus ihren Augen zu rinnen begannen. Ratte schluchzte leise und rannte zum Waldrand, kroch durch das Dickicht, bis sie ihren Baum erreichte, einen knorrigen alten Stamm, an dem die noch lebenden Äste mit einer Hand zu zählen waren.

Auch das Mädchen Ratte mußte manchmal weinen, doch niemals tat sie es vor anderen Menschen. Sie preßte ihre Wange an die rauhe, noch immer sonnenwarme Rinde des Baumes, der schon sehr oft ihren Schmerz geteilt hatte. Ihre Hände zerrieben das Moos auf der Wetterseite, während sie langsam auf die Knie sank und fast lautlos keuchte und wimmerte.

Sie haben mir weh getan, und der eine wollte mich…, dachte sie. Solche Männer und Frauen haben meine Eltern umgebracht und keine Gnade gekannt, selbst als Mutter sie anflehte, Meana zu verschonen. Sie haben sie grausam umgebracht. Nur die alte Nada haben sie laufen lassen, weil sie ihnen zu alt und zu häßlich war. Genau das haben sie ihr nachgeschrien! Seitdem dachte ich immer, keiner würde mir etwas tun, wenn ich schmutzig, häßlich und widerlich wäre, aber nicht einmal das …

Ihr Vater hatte sie damals in einer Höhlung unter Baumwurzeln versteckt, als er das Kommen der Banditen vernahm. Ratte erinnerte sich noch, wie sie sich an eine glitschige kalte Wurzel geklammert und vorsichtig hinausgelugt hatte. Sie hatte sich die Knöchel blutig gebissen, als sie im Schein von Fackeln mitangesehen hatte, wie die Männer ihrer Familie nicht nur alle Habseligkeiten nahmen, sondern ihren Vater auch noch zwangen mitanzusehen, wie einer nach dem anderen Mutter und Schwester so weh taten, daß sie schrien, während sie seine Beine immer weiter in ein hastig entfachtes Feuer schoben. Seitdem gellten die Schreie immer wieder – in manch einer schrecklichen Nacht.

Als sie am nächsten Morgen – oder waren schon Tage vergangen? – später aus der Baumwurzelhöhle gekrochen war, hatte sie die toten und mißhandelten Leiber ihrer Familie gesehen und war schreiend davongelaufen. Sie erinnerte sich noch an peitschende Äste in ihrem Gesicht und an Wurzeln, über die sie gestolpert war, ehe sie die Straße gefunden hatte.

Deshalb hatte sie seither keinem Menschen mehr vertraut, weder dem freundlichen Bären von einem Wirt, noch irgendeinem anderen, und darum hatte sie sich in eine tierhafte, schmutzige Gestalt verwandelt. Sie richtete sich ein wenig auf und blickte auf ihre Hände, die sie kaum richtig erkennen konnte. Deshalb war sie Ratte geworden, verachtet und verspottet, aber auch geschützt …

Travin hatte beim Heruntergehen bemerkt, das das schmutzige Mädchen aus der Stube hinausgelaufen war. Er hielt dies für eine günstige Gelegenheit, sie aufzuspüren und abzufangen, denn sie eignete sich bestens für sein Vorhaben. So, wie die Wirtin sie behandelte, würde sie wohl keiner vermissen. Man würde glauben, die Schmutzige sei aus Angst vor weiterer Strafe davongelaufen.

Dirahjane würde allerdings nicht besonders zufrieden sein.

Er zuckte zusammen, als ihn der hünenhafte Wirt aufhielt und ihm einen kleinen Becher mit scharfem Schnaps aufzwang. Travin lächelte dankbar, während er sich innerlich sträubte, den starken Alkohol hinunterzuschütten. Verlegen wich er zur Seite aus und stieg über das ausgestreckte Bein eines blonden Tagediebs hinweg, um nach draußen zu kommen.

Die frische Nachtluft war wie ein angenehmer Schauer nach der stickigen Schwüle der von den Gerüchen vieler Menschen stinkenden Stube. Er blieb einen Moment stehen und atmete tief ein. Dann erst sah er sich um und murmelte eine Verwünschung, als er das Mädchen nirgendwo entdeckte. Vielleicht hatte er sich doch geirrt, und sie war schon wieder in die Küche zurückgekehrt!

Aber das machte ihm nicht lange Sorge. Travin schloß die Augen, atmete tief und ließ seine arkanen Kräfte wirken. Dann blickte er auf. Seine magischen Sinne durchdrangen Gebüsch und Unterholz.

Plötzlich blendete ihn eine grelle Aura. Travins Zauber war gestört, er schüttelte benommen den Kopf. »Das kann doch nicht sein!« murmelte er und umrundete das Haus, schlich an der Küche vorbei, in der es noch klapperte und Stimmen erklangen. Er drückte sich in den Schatten eines Schuppens, als eine Magd auf den Hof hinaustrat und einen Eimer in weiten Bogen ausgoß. Schließlich wollte er an dem windschiefen Verschlag vorbei in den Wald hineinschleichen, als ihn eine Bewegung an einem der Fenster des oberen Stockwerks zusammenzucken ließ.

Dirahjane! Der Fluch hatte schon eingesetzt und zwang sie, ihrem Trieb zu folgen. Er ballte die Fäuste.

Wie konnte die Gier sie so früh schon ergreifen? Travin stieß eine Verwünschung aus. In Prajomars Zauber ließen sich nur wenige Regeln erkennen, so war er allenfalls auf den Tag genau zu bestimmen, nicht aber auf die Stunde.

Wer hätte wohl in dem braunhaarigen Gelehrten mit der großen Geiernase, der die Kinder des Grafen, so auch Dirahjane, unterwiesen hatte, einen Mann erkennen können, der sich mit dunkelmagischen, borbaradianischen Zaubern beschäftigte? Dem nicht einmal die satuarischen Flüche fremd zu sein schienen?

Prajomar hatte Dirahjane begehrt, als sie zu einer jungen Frau herangereift war, aber das Mädchen hatte ihn nur ob seiner Nase verspottet und lächerlich gemacht.

Später hatte sie dann bitter für ihren Hochmut bezahlen müssen, als der Lehrmeister sein wahres Gesicht enthüllte.

Dirahjanes Amme war das erste Opfer des Verfluchten gewesen. Sie verwandelte sich langsam in ein Geschöpf der Niederhöllen. In jeder Neumondnacht verlor sie ihr menschliches Aussehen sowie Verhalten und gierte nur noch nach menschlichem Blut. Irgendwann wurde sie von den Burgwachen gestellt und erschlagen, ein Wesen, halb Mensch, halb Untier: Sie hatte offenbar nicht mehr in ihre menschliche Gestalt zurückfinden können.

Travin wußte, daß sich auch seine Herrin irgendwann nicht mehr in eine Menschenfrau zurückverwandeln würde.

Als offenkundig war, daß Prajomar den Fluch der Wandlung in ein blutdürstiges Tier auch über Dirhajane geworfen hatte, da hatte ihre Familie sie aus dem Land schaffen lassen, um sie davor zu schützen, von der Inquisition gefaßt und dem Feuer übergeben zu werden. Travin war aus dem Kerker geholt worden, in dem er auf seine Befragung durch einen Inquisitor und seine Hinrichtung als Hexer, die folgen sollte, gewartet hatte.

Travin war der Sohn einer Kräuterheilerin aus dem Dorf unterhalb der Burg, das Kind einer wirklichen Tochter Satuarias, und einer der wenigen Männer, die die Gaben geerbt hatten. Seinen Vater hatte er niemals kennengelernt. Das Leben an der Seite seiner Mutter war still und friedlich verlaufen. Die Menschen schätzten sie beide, auch wenn Travin in den Augen mancher, die um Heilung baten, Furcht gesehen hatte.

Mit einem Schlag war Travins Leben zerstört worden: Zuerst war die Kräuterheilerin im Wald von einem umstürzenden Baum erschlagen worden, dann hatte Prajomar von Silberfels, als Spuren seiner schwarzmagischen Taten entdeckt wurden, Travin verleumdet, um von sich selber abzulenken. Der junge Mann war ergriffen und in den Kerker gesperrt worden. Er harrte mutlos seiner Verurteilung, bis der Baron selber in das finstere Loch gekommen war und ihm das Leben geschenkt hatte. Aber frei war Travin nicht. Solange sie lebte, würde er Dirahjane dienen müssen, wenn er nicht zum heimatlosen Gejagten werden wollte.

Der junge Hexer zuckte zusammen, als er das Schlagen lederner Schwingen hörte. Dirahjane landete in seiner Nähe hinter dem Schuppen und sah ihn herausfordernd an.

»Wo ist es?« fragte sie rauh und gierig. Ihre zarten Gesichtszüge waren zu einer faltigen Grimasse verzerrt und wie ihr nackter Körper von dunkelgrauer

Haut bedeckt; ihr Haar lag wie ein Fell über Kopf und Nacken. Aus dem Mund ragten zwei spitze Hauer, den Fangzähnen eines Wolfes nicht unähnlich.

»Mein Opfer ... wo ...!«

Sie packte ihn hart an der Schulter, so daß sich ihre krallenbewehrten Hände durch den Stoff seiner Kleidung gruben. Jetzt erst erinnerte sich Travin wieder an das Mädchen, das eigentlich sein Ziel gewesen war. Schlagartig kehrte auch das seltsame Gefühl zurück.

Doch Dirahjane konnte ihn blitzartig töten, schneller als er die Verfluchte mit seiner Magie bannen konnte, und so war es besser, daß er ihr gehorchte, statt seinem Gefühl nachzugeben. »Dort hinten im Gebüsch. Ich muß sie holen ...«, flüsterte er.

»Ja, mach schnell!« knurrte die Edelfrau und schlug klackend die Zähne aufeinander. Noch hatte sie sich in ihrer Gewalt, aber schon bald würde die Gier mächtiger werden und sie über jeden herfallen lassen, der ihr über den Weg lief. Einen Augenblick spielte Travin mit dem Gedanken, eben dies geschehen zu lassen, damit Dirhajane endlich entdeckt und getötet würde, aber auch wenn jemand sie erschlüge, würde man sich doch an ihn, den Begleiter der Baronesse, erinnern und ihn für mitschuldig halten.

Dieses Risiko konnte er nicht eingehen. Auch fürchtete er sich davor, nach Dirhajanes Tod allein der fremden, feindlichen Welt ausgeliefert zu sein – so allein wie das Mädchen, das sich an einen Baum klammerte und noch immer weinte, als Travin sie entdeckte. Er hatte Mitleid mit ihr, als er die Kleine so sah, aber das Fauchen Dirahjanes riß ihn aus diesen Gedanken.

So beugte er sich hinunter und berührte sie an der Schulter.

»Komm mit!« sagte er sanft zu ihr, die ihn entsetzt anstarrte. Ihre Augen waren unruhig und ängstlich wie die eines gehetzten Tieres. Travin nutzte den Blickkontakt, um ihren Willen dem seinen unterzuordnen und um Macht über sie zu gewinnen. Für einen kurzen Moment hatte er das Gefühl, daß sich ein stärkerer Wille, der in ihr verborgen war, auflehnte und seinen Bann zu brechen drohte, aber dann beugte sich ihr Geist seiner Macht.

»Hab keine Angst, Kleines, ich will dir nichts tun!« erklärte er und zwang sie, aufzustehen und ihm zu folgen.

Als einer der Gäste aus dem Haus gestolpert kam, um sich nahe des Abfallhaufens zu erleichtern, zog er sie in den Schatten des Schuppens, doch stieß dabei gegen Dirahjane. Diese zischte leise, krächzte aber erst, als der Mann wieder zurückgetorkelt war: »Das? Das bringst du mir... dieses schmutzige, magere Ding? Die Wirtin, dieses fette Ferkel hätte mir besser geschmeckt!« keifte sie unzufrieden.

»Es war nichts anderes da!« erklärte Travin und begann zu schwitzen, weil das Mädchen neben ihm unruhig wurde. Der Bann zerbrach. Ihre dünnen Muskelstränge, die er unter seinem Griff um ihren Arm spürte, waren angespannt.

Ehe die Kleine sich von ihm losreißen konnte, umklammerten zwei Krallenhände ihre Schultern. Das Mädchen öffnete zwar den Mund, aber es vermochte nicht zu schreien. Der Schreck lähmte ihre Stimme. Travin spürte plötzlich etwas Fremdes, Unheimliches. Er wich einige Schritte zurück.

In dem Augenblick, in dem sich Dirahjane vorbeugte, um ihre spitzen Zähne in die Kehle der Magd zu graben, ging ein krampfartiges Zucken durch den Körper ihres Opfers.

»Mutter Sumu!« flüsterte Travin und ballte die Fäuste. Er war das erstemal in seinem Leben wirklich fassungslos und konnte die astrale Kraft förmlich riechen, die von den *beiden* Frauen ausging.

Dirahjane kam nicht mehr dazu, ihr blutiges Mahl zu beginnen. Unter ihren Klauen verschwamm flirrend die Gestalt des schmutzigen, dürren Mädchens und verwandelte sich in die eines Luchses mit nachtschwarzem Fell, dessen Kopf jedoch silberne Streifen aufwies. Einen Augenblick schien das Wesen nicht zu wissen, wie es sich wehren sollte, doch dann siegte der tierhafte Überlebenstrieb. Die geschmeidigen Hinterläufe traten aus und schleuderten die Baronesse zu Boden, die einen lauten, unmenschlichen Schrei von sich gab, aber dann, nachdem sie sich wieder gefangen hatte, mit einem gierigen Zischen auf den Luchs losging.

Travin starrte wie gebannt auf das Geschehen. Dirahjanes Hunger schien noch angestachelt worden zu sein. Sie versuchte, das Tier zu packen, das laut aufheulte, als sich die Klauen in sein Fell gruben und ihm blutige Striemen über den Leib zogen. Fauchend schlug es mit den Vorderpfoten aus, um das Gesicht der Verfluchten zu zerkratzen.

Beide stürzten und rollten vor der Küchentür fauchend und zischend über den Boden. Die Tür flog auf. Ein Kreischen erklang, und das Licht einer Laterne erhellte plötzlich die Szene.

»Das ist das Werk des Namenlosen! Bei Praios' göttlichem Zorn – tötet sie beide!« Diese Stimme riß Travin aus dem Bann, in den ihn der Kampf versetzt hatte. Der Lärm hatte die Gäste aufgeschreckt, die nun herbeieilten, sofort aber wieder zurückwichen. Mägde kreischten und verbargen sich hinter der Tür. Nur ein besonders mutiger Mann näherte sich den Kämpfenden, sprang aber zurück, als Dirahjane nach ihm schlug.

»Geschöpfe der Finsternis, die Unheil über uns bringen!«

»Hexenwerk!«

»Die Zwölfe mögen uns beschützen!«

»Gebt mir eine Armbrust, ihr Narren!« Einer der alten Söldner übertönte das haltlose Gebrüll mit einem scharfen Befehl. »Vielleicht kann ich ihnen so beikommen!«

Jemand reichte ihm tatsächlich die geforderte Waffe, und Travin wich unwillkürlich in den Schutz des Schuppens zurück. Die Entscheidung war ihm abgenommen worden.

Dirahjane schrie schmerzerfüllt auf und ließ mit schrillem Geheul den Luchs los, der, aus mehreren Wunden blutend, die Flucht ergriff. Einige Knechte hetzten ihm nach, während ein anderer, nun mutig gewordener Gast sein Schwert aus der Scheide riß und in die Brust Dirahjanes bohrte, die noch immer fassungslos auf den Armbrustbolzen in ihrer Schulter starrte. Sie flatterte mit den ledrigen Schwingen, ihre Flügelkrallen rissen an dem Bolzen, sie nahm kaum wahr, daß das Schwert ihr den Todesstoß versetzt hatte.

Ihr Zischen und Kreischen endete in einem Gurgeln. Die Verfluchte faßte sich mit einem letzten Keuchen an die Brust, aus der dunkles Blut hervorsprudelte, und sackte zusammen.

Travin zitterte. Er wich noch weiter nach hinten und prallte gegen einen der zurückkehrenden Knechte. Die Menschen scharten sich mittlerweile um die Tote. Einer leuchtete sie mit einer Fackel an.

»Bei den Zwölfen! Das ist ja eine Frau!« raunte einer der Bewaffneten.

»Das ist die feine Dame, die hier abgestiegen ist«, fügte ein anderer Gast hinzu, und Travins Sinne schlugen Alarm, aber ehe er davonlaufen konnte, ergriff ihn einer der Knechte am Arm.

»Du bist doch der, der bei ihr war!« zischte der gedrungene, bärtige Mann und kniff drohend die Augen zusammen.

»Dämonen und des Namenlosen Pest!« kam es derweil von der Menschenansammlung. »Hexerei! Wo steckt der Begleiter der edlen Frau überhaupt? Wir müssen ihn finden! Er ist an allem schuld, und vielleicht …!«

Der junge Hexer nahm allen Mut und alle Kraft zusammen und trat den Knecht so kräftig er konnte in den Bauch. Er riß sich los und flüchtete in wilder Panik in die Dunkelheit.

Hinter Travin wurde Geschrei laut: »Der Hexer flieht! Fangt ihn ein, damit wir ihn seiner gerechten Strafe zuführen können! Der Dämonenknecht hat uns das Geistertier auf den Hals gehetzt und die Edle mit schwarzer Magie verzaubert!« rief der alte Söldner dazwischen.

Travin rannte, so schnell er konnte. Er stolperte mehrmals und stieß gegen Wurzeln und Stämme, wich kaum den ihm ins Gesicht peitschenden Zweigen aus, doch die Nacht und die Dunkelheit des Madamals waren seine Freunde. Erst als er nur noch die nächtlichen Geräusche des Waldes um sich vernahm, sank er, heftig nach Luft ringend, in einer laubgefüllten Mulde nieder und schlief schließlich vor Erschöpfung ein.

Der Hirte blickte auf und zog einen brennenden Ast aus dem Feuer. »In Borons Hallen mit dir! Scher dich davon!« brüllte er drohend, während sein Hund heftig bellte. Vor ihm stand ein junger, anscheinend ausgehungerter Luchs.

Der Mann gab seinem knurrenden und kläffenden Hund ein Zeichen, die Schafe zusammenzuhalten, und schlug eine Geste gegen das Böse. »Gütige Peraine, beschütze mich und meine Herde!« murmelte er mit belegter Stimme, als das Tier im Licht des brennenden Astes besser zu sehen war. »Tsa, ich bitte dich, lege deinen schützenden Mantel über mich, auf daß dieses Unheilstier an mir vorübergehe. Ich habe kein Unrecht getan…« Seine Stimme zitterte. »Ich bin nicht der, den du suchst. Geh fort und laß mich in Frieden…«

Er zog ein Bündel aus einer seiner Manteltaschen und warf es dem Tier zu. »Nimm mein Fleisch als Gabe und geh!« flehte der Hirte und atmete erst auf, als der Luchs den Stoff zwischen die Zähne nahm, nachdem er an dem Bündel geschnüffelt hatte.

Erleichtert wischte der alte Mann den Schweiß von seiner Stirn und hob die Hände zu einem Dankgebet an die angerufenen Göttinnen.

Tiere wie dieses – so wußte er aus den Erzählungen der alten Frauen –, deren Fell nachtschwarz mit silbernen Streifen war, bargen die Seelen jener in sich, die durch großes Unrecht gestorben waren. Und sie suchten nach schuldigen Menschen, denen sie einen Teil ihres Schmerzes heimzahlen konnten. Erst vor acht Jahren hatten Krieger drei solcher Geistergeschöpfe auf Befehl des Barons gejagt und getötet – zwei Luchse und einen Wolf, die mehrere Reisende gerissen und eine Bauernfamilie überfallen hatten.

Der Hirte hoffte, daß auch dieses Wesen bald sterben würde, damit es nicht etwa zurückkehrte. Fröstelnd setzte er sich wieder neben sein kleines Feuer.

Travin seufzte erleichtert. Er hatte sich einigermaßen erholt und genoß es, das Erwachen des Waldes zu beobachten, als die Dämmerung anbrach. Er wußte, daß er so schnell wie möglich weiterziehen mußte, weil man ihn bestimmt noch suchen würde.

Endlich frei! Trotz seiner mißlichen Lage und der wenig Frieden versprechenden Zukunft war er doch glücklich, jetzt, da ihm die Entscheidung aus den Händen genommen worden war.

Ein Jahr hatte er Dirahjane dienen müssen und ihre Wünsche nach Opfern erfüllt, bis die Dienerschaft mißtrauisch geworden war, weil zu viele ihrer Verwandten und Freunde aus den Dörfern verschwunden waren.

Dirahjane hatte ihn wie einen Sklaven behandelt, ihn ob seiner niedrigen Herkunft verspottet und lächerlich gemacht. Wann immer er sich zaghaft gegen sie auflehnte, hatte sie ihm mit der Auslieferung an die Inquisition gedroht und sich voller Vergnügen an seiner Qual geweidet. Der Alptraum war jetzt für immer vorbei! Und er hatte aus ihm gelernt!

Travin lachte über seinen neugefundenen Mut und war entschlossen: Mochte man ihn jetzt auch suchen, vielleicht gelang es ihm ja in die weniger zivilisierten Gebiete Aventuriens zu fliehen, in das Orkland, nach Thorwal, oder in den tiefen Süden, wo er nicht von der Inquisition verfolgt würde.

Er atmete die würzige Waldluft ein und beobachtete die Vögel im Blattwerk über sich. Endlich konnte er sich wieder so ungebunden fühlen wie in den glücklichen Tagen, als er nichts weiter als sein Dorf gekannt hatte.

Plötzlich schreckte er auf. Er hatte ein Geräusch vernommen, das nicht zu den anderen paßte. Auch die Vögel verstummten unvermittelt. Er setzte sich auf und sah, wie das zerlumpte, schmutzige Mädchen vom *Gelben Ochsen* aus dem Dickicht taumelte und auf dem Laub zusammenbrach. Er erhob sich, um sie vorsichtig zu mustern. Das Kribbeln in seinem Körper war wieder da, und zwar stärker als zuvor, als er sich ihr näherte.

Da stieß sein Fuß gegen einen harten Gegenstand. Travin beugte sich hinunter, um einen gelben Knochen aufzuheben, der einmal ein menschlicher Unterkiefer gewesen war.

An diesem Ort war vor langer Zeit etwas Schreckliches geschehen, das spürte er nun ganz deutlich. Seine magische Kraft schien sich selbständig machen zu wollen, um ihm Bilder aus der Vergangenheit zu zeigen. Der junge Hexer beschloß, dem magischen Drängen nachzugeben. Er sah, wie fünf Menschen durch den Wald hasteten. Leibeigene oder Bauern – er vermochte es nicht genau zu sagen, denn die armselige, abgetragene Kleidung verriet nichts über ihren Stand. Der einzige Mann unter ihnen trug ein kleines Mädchen von vielleicht sechs Jahren auf den Armen, während die erwachsene Frau ein älteres Kind an der Hand mit sich zog und die Greisin ein Bündel trug. Plötzlich hielten sie an. Nicht weit von ihnen brachen dunkle Gestalten durch das Unterholz. Der Mann setzte das Kind ab, sagte etwas zu ihm und schob es unter eine Wurzel nahe der Mulde, in der Travin geruht hatte.

Der junge Mann stolperte zurück und entdeckte unter dem Wurzelwerk des ausladenden alten Baumes tatsächlich eine Höhlung, wie die, die er soeben in seinem Tagtraum gesehen hatte.

Sofort sprang er wieder aus der Vertiefung hervor, doch schon trat die Schar der wild aussehenden Frauen und Männer heran, die die Frau und das Mädchen packten und sie niederwarfen, während sie den Mann fesselten und grausam folterten. Die alte Frau jagten sie mit Stockschlägen davon. Obgleich er keine Laute hörte, konnte Travin sich die Schreie und das Flehen angesichts der schmerzverzerrten Gesichter und angsterfüllten Augen vorstellen. Sie brachten die drei Menschen, nachdem sie sie mißbraucht hatten, um und scharrten Laub über sie, nachdem sie sie ihrer Kleidung beraubt hatten, und verschwanden mit deren Habseligkeiten …

Travin ließ das Knochenstück fallen und rang nach Luft. Um die schrecklichen Bilder abzuschütteln, blickte er zu dem Mädchen hinüber, stützte es und half ihm vorsichtig in eine sitzende Stellung.

Die Kleine wehrte sich nur schwach.

»Habe keine Angst mehr, bitte! Ich werde dich nicht

mehr verzaubern ...«, sagte er beruhigend und wartete. Das Mädchen schlug die Hände vor das Gesicht, aber sie weinte nicht, sondern verharrte eine ganze Weile so.

Travin hatte plötzlich eine Ahnung: »Warst du das kleine Mädchen, dessen Eltern und Schwester hier starben?« fragte er, denn es konnte kein Zufall sein, daß er gerade hier auf sie traf.

Sie sah ihn voller Mißtrauen an. »Ja ... woher weißt du ... du das?« Ihre Augen wurden schmal, ihr Atem ging schneller.

»Ich ... ich habe es gesehen. Mit meinen Zauberkräften«, antwortete Travin langsam und fügte dann hinzu: »Genauso wie du welche besitzt, denn du hast dich verwandeln können, als du in Gefahr warst ...«

»Ich ... hatte Angst, ... aber es ist böses Hexenwerk ...«, stammelte das Mädchen erschreckt.

»Ja, du hast dich verwandelt.« Travin suchte nach den richtigen Worten. »Aber das ist nicht böse und finster. Meine Begleiterin, die Edeldame, das schreckliche Untier ... sie war böse, weil ein grausamer Schwarzmagier sie verflucht hatte. Du aber ...«, er verstummte und sah sie fragend an, während er im Wirken seiner Magie eine Antwort suchte, »bist mit guten Kräften geboren worden. Du bist wie ich. Mutter Sumu und ihre Tochter Satuaria haben dich mit Kräften beschenkt, die sich jetzt gezeigt haben, nachdem sie lange geschlummert haben ...«

Er lächelte, und gleichzeitig kam ihm ein Gedanke: Sie war so allein wie er, aus einer vertrauten Umgebung herausgerissen, und auch er war ein Ausgestoßener. Ließ er sie alleine, würde sie ihre Kraft wieder unbewußt nutzen und letztlich auf dem Scheiterhaufen enden, weil die Furcht der Menschen vor solch wildem Zauber groß war. Vielleicht konnte er ... Das warnende Gefühl, das sich seiner bemächtigte, schob er beiseite.

»Willst du wieder zu deinen Leuten in der Schenke zurückgehen?« fragte er.

Sie schüttelte stumm den Kopf und wich mißtrauisch zurück.

»Nein ...«, wisperte sie leise. »Sie wird mich wieder schlagen, die Wirtin, weil ich heute morgen nicht dagewesen bin ... und ich will nicht mehr Ratte sein, es nutzt ja nichts ...«

Sie begann zu weinen. Travin beugte sich vor und nahm sie in die Arme, achtete nicht auf den Schmutz, der an ihr klebte. Er wußte nun, daß sie mit ihm kommen würde.

»Ratte? Warum bist du so geworden und hast dich so genannt?« fragte er dann neugierig.

»Weil ich ... weil ich geglaubt habe, daß man mir dann nicht so weh tun würde wie meinen ...« Und dann sprudelte all das hervor, was Travin schon ungewollt durch seine Zauberkraft gesehen hatte. Das Mädchen beendete seinen Bericht mit einem Schluchzen: »... und weil ich so häßlich war, nannte Ulmia die Wirtin mich schließlich Ratte, weil sie mich ja bei irgendeinem Namen rufen mußte.«

»Und wie ist dein wirklicher Name?« fragte er. »Würdest du ihn mir verraten?«

Ihr Gesicht hellte sich auf. »Ish ... Isch ... Ishidija«, kam es schließlich zögernd aus ihrem Mund.

»Gut, Ishidija. Das ist ein schöner Name«, erklärte Travin. »Was hältst du davon, wenn wir zusammen fortgehen? Ich bin nun auch allein und muß aufpassen ...« Er erzählte ihr kurz, was ihm geschehen war.

Ishidija antwortete erst nach einer Weile: »Ja! Alles ist besser, als dorthin zurückzugehen, wo ich geschlagen werde und die anderen über mich lachen.«

»Dann laß uns losziehen und ein Dorf finden, in dem du *Ratte* endgültig vergessen kannst, wo ich dir einen Kamm, eine Schere und ein Bad besorge. Ich bin gespannt, wie dein Haar und deine Haut wirklich aussehen.«

Ishidija mußte lächeln und streckte ihm die Hand hin. Travin half ihr aufzustehen und spürte ihre heiße, trockene Haut – so heiß, daß ihn die Berührung erschreckte …

* * *

Einige Gäste des *Gelben Ochsen* hatten es sich zur Aufgabe gemacht, den Spuren des Hexers zu folgen, der ›ihnen den Dämon auf den Hals gehetzt‹ hatte – dieses Gerücht machte inzwischen die Runde. Nachdem ein paar Leute nach Greifenfurt aufgebrochen waren, wo sie im Praiostempel Bericht erstatten wollten, würde sicher jemand kommen, um den Vorfall zu untersuchen, was Ulmia die Wirtin noch ärgerlicher und zänkischer machte, weil das dem Ruf ihrer Schänke schadete.

Nun, da sie Ratte nicht mehr hatte, an der sie ihre Wut auslassen konnte, waren die anderen Mägde ihrem Zorn ausgesetzt, und nicht wenige wünschten sich ›die Schmutzige‹ zurück.

»Bestimmt ist sie davongelaufen und von dem Geistertier gefressen worden …«, mutmaßte die vorwitzige braunhaarige Magd.

Die Verfolger des ›Dämonenknechtes‹ aber fanden nur eine Lichtung mit den Spuren eines lange zuvor geschehenen Mordes und einem Stoffstück, das zu der Kleidung des Hexers gehörte.

Eine Frau mit Elfenblut in den Adern, grub schließlich hinter dem Wurzelwerk, wo sie den Stoff gefunden hatte. »Gib mir mal deine Lampe rüber!« forderte sie einen ihrer Begleiter auf und leuchtete in die Höhlung, die sie entdeckt hatte. »Vielleicht finde ich ja einen … nein …!« Enttäuscht zog sie ihren Kopf wieder zurück. »Da sind keine Wertsachen oder anderen Hinweise drinnen, nur …«

»Was denn?«

»Nur die mumifizierte Leiche eines kleinen Mädchens von vielleicht sechs oder sieben Jahren. Sie muß da wohl während des Überfalls hineingekrochen und später verhungert sein, die arme Kleine …«

Anhang

Erklärung aventurischer Begriffe

Die Götter und Monate

1. Praios = Gott der Sonne und des Gesetzes – entspricht Juli
2. Rondra = Göttin des Krieges und des Sturmes – entspricht August
3. Efferd = Gott des Wassers, des Windes und der Seefahrt – entspricht September
4. Travia = Göttin des Herdfeuers, der Gastfreundschaft und der ehelichen Liebe – entspricht Oktober
5. Boron = Gott des Todes und des Schlafes – entspricht November
6. Hesinde = Göttin der Gelehrsamkeit, der Künste und der Magie – entspricht Dezember
7. Firun = Gott des Winters und der Jagd – entspricht Januar
8. Tsa = Göttin der Geburt und der Erneuerung – entspricht Februar
9. Phex = Gott der Diebe und Händler – entspricht März
10. Peraine = Göttin des Ackerbaus und der Heilkunde – entspricht April
11. Ingerimm = Gott des Feuers und des Handwerks – entspricht Mai
12. Rahja = Göttin des Weines, des Rausches und der Liebe – entspricht Juni

Die Zwölf = Die Gesamtheit der Götter
Der Namenlose = Der Widersacher der Zwölf

Maße, Münzen und Gewichte:

Meile = 1 km
Schritt = 1 m
Spann = 20 cm
Finger = 2 cm

Dukat (Goldstück) = 250 DM
Silbertaler (Taler, Silberstück) = 50 DM
Heller = 5 DM
Kreuzer = 0,5 DM

Unze = 25 g
Stein = 1 kg
Quader = 1 t

Himmelsrichtungen

Osten (Rahja), Süden (Praios), Westen (Efferd), Norden (Firun)

Begriffe, Namen, Orte

Abagund = Landschaft in der Provinz Albernia
Achmad'sunni = Tulamidische Kriegerin
Al'Anfa = Hafenstadt in Südaventurien, gilt als dekadent
Albernia = westliche Provinz des Mittelreiches
Alveran = Wohnort der Götter
Anchopal = Stadt in Südaranien. Bekannt wegen des Heiligen Hains der Peraine
Baltrir = einer der sieben Winde
Beleman = einer der sieben Winde
Beni Novad = Teilstamm der Tulamiden
Bidenhocker = Aventurische Bezeichnung für ein Kamel
Bishdariel = Überbringer der Träume im Auftrag Borons
Borbarad = Berüchtigter Schwarzmagier, dessen kürzliche Wiederkehr Aventurien immer mehr ins Chaos stürzt …
Boronanger = Friedhof
Bosparan = alter Name der Stadt Vinsalt
Bosparanjer = kostbarer perlender Wein
Brache = die Dämonenbrache, Ort der ersten Dämonen-

schlacht 1561 v. Hal., im Südwesten von Gareth gelegen – eine bis heute verfluchte und gemiedene Stätte
Cuanu ui Benain = der König von Albernia
Dabla = kleine tulamidische Trommel
Dere = die Welt
Die sieben Sphären = Das aventurische Weltbild beruht auf dem Modell der Sieben Sphären, von denen die dritte, die Welt der Menschen, die fünfte die Wohnstatt der Zwölfgötter und die siebte das Reich der Dämonen ist
Doge = Bezeichnung für den jeweiligen Herren Punins in den Jahren 829 bis 658 vor Hal
Dryaden = Feenähnliche, in Bäumen hausende Wesen
Elenviner = Pferderasse
Engasal = teilautonomes Herzogtum zwischen Orkland, Nostria und Andergast
Eternen = Gebirge östlich des Alten Reiches
Eternenmarmor = besonders edle Gesteinsart
Etilia = Mutter Marbos
Eslam I. = erster Kaiser der Eslamiden-Dynastie, regierte von 391 bis 348 vor Hal das Mittelreich
Gareth = Hauptstadt des Mittelreiches
Garethi = Aventurische Hochsprache des Alten und Neuen Reiches
Gnitze = sardinenähnliches Süßwasserfischchen
Golgari = der Totenvogel, Borons Bote
Götterlauf = Jahr
Grangor = Handelsstadt und Herzogtum des Lieblichen Feldes
Güldenland = legendär reicher Westkontinent
Hairan = tulamidisches Stammesoberhaupt
Hela-Horas = Kaiserin auf dem Thron zu Bosparan. Die von ihr initiierte zweite Dämonenschlacht führte zu ihrem und Bosparans Untergang
Horas = 1. Göttersohn Praios'; 2. Kaisertitel des Alten und Neuen Bosparanischen Reiches – des Lieblichen Feldes
Horoban = einer der sieben Winde
Ifirn = Tochter des Wintergottes Firun
Kette der Zwölfgötter = heiliges Artefakt das im Praiostempel zu Neetha aufbewahrt wird

Kluge Kaiser = Regenten einer der segensreichsten Epochen des Mittelreiches. Regentschaft 940 bis 660 vor Hal
Khom = Große Wüste östlich des Alten Reiches
Kor = Sohn Rondras und des Drachen Famerlor, Gott der Söldner
Kuslikana = höfischer Tanz des Altern Reiches
Madamal = Mond
Magierkriege = eine Auseinandersetzung zwischen verschiedenen Magiergilden, die sich um das Erbe Rohals des Weisen zerstritten hatten und mittels beschworener Wesenheiten und arkaner Kräfte viele Landstriche verwüsteten. (403 v. Hal bis 398 v. Hal)
Mhanadistan = Von Tulamiden bewohnte Region
Marbobleich = Marbo ist die barmherzige Tochter des Totengottes Boron und wird allgemein als blaßhäutige junge Frau dargestellt.
Mohagoni = dunkles Edelholz
Mohas = Aventurische Volksgruppe, Regenwaldbewohner
Nachtwind = großer, gefährlicher Nachtvogel
Necker = menschengestaltige, blauhäutige Wasserbewohner
Nirgendmeer = in der Mythologie des Zwölfgötterglaubens die Leere zwischen dem Diesseits und dem Totenreich, bzw. den Paradiesen
Nivesen = aventurische Volksgruppe des hohen Nordens
Nöck = männl. Nixe, Wassermann
Noiona = av. Heilige, Schutzpatronin der geistig Verwirrten
Orazal = Klebemittel, gewonnen aus einer Schlingpflanzenart
Orden der göttlichen Kraft = aus der Priesterkaiserzeit stammende Bezeichnung für den Vorgängerorden der Inquisition
Praioslauf = Tag
Praiosscheibe = Sonne
Priesterkaiser = Regentschaft 658 bis 528 vor Hal. Boten des Lichts und gleichzeitig Kaiser des Mittelreiches, die durch falsche Auslegung der zwölfgöttlichen Ordnung viel Unheil über Aventurien brachten
Punin = Hauptstadt der mittelreichichen Provinz Almada
Rahjalieb = Empfängnisverhütende Pflanze
Rhajamanda = Hochgeweihte des Rahjatempels der Stadt Teremon auf den Zyklopeninseln

Rastullah = Eingott der Novadis (ein Wüstenvolk)
Rondrakamm = Zweihänderschwert mit geflammter Klinge
Salzarele = Speisefisch, Meeresbewohner
Satinav = göttliche Wesenheit, Herr der Zeit
Satuaria = hauptsächlich von Hexen verehrte göttliche Wesenheit
Satyare (auch: Satyre, Faune) = bocksbeinige, ansonsten menschenähnliche, stets männliche Bewohner verschiedener Zauberwälder
Schattenkrieger = mysteriöser Kriegerorden
Schivone = aventurischer Schnellsegler
Schlinger = aufrechtgehende Raubechse von bis zu 4 Schritt Höhe
Schwert der Schwerter = Oberste(r) Rondrageweihte(r)
Shadif = 1. Pferderasse der Tulamiden; 2. Steppenlandschaft südlich der Khom
Sharisad = Tulamidische Tänzerin
Sikaryan = mythologisch: Lebenskraft eines jeden Wesens
Sonnen-Gebieter = Statthalter-Titel zur Priesterkaiserzeit
Thalusien = Von Tulamiden bewohnte Region
Tobrien = Provinz im Osten des Mittelreiches. Schwer verwüstet durch die Heerscharen Borbarads.
Trollzacken = ein aventurisches Gebirge im Osten des Mittelreichs
Tsafest = Geburtstag
Tulamiden = Aventurische Volksgruppe, Bewohner der Khom und der angrenzenden Gebiete
Vertrauter = ein magisch und emotional mit einer Hexe verbundenes Tier. Ihr Begleiter und Beschützer
Vinsalt = Hauptstadt des Lieblichen Feldes. Errichtet auf den Trümmern Bosparans
Zulipan von Punin = legendärer Schwarzmagier der Borbaradzeit
Zwölfgötter-Edikt = festgelegt durch Kaiser Silem-Horas im Jahr 1093 vor Hal. Hierin wurde erstmals das Pantheon der Zwölfgötter bestätigt.
Zyklopeninseln = dem Lieblichen Feld vorgelagertes Archipel

SCIENCE FICTION TAGE NRW DORTMUND

ALAN DEAN FOSTER

Christopher FRANKE

Johannes von BUTTLAR

Mark BRANDIS

Thema:
Erotik und Soziologie in der SCIENCE FICTION

21.-22. März 1998
Harenberg City-Center
Kontakt: Fon 0208-592890 Fax 592889
eMail: SFTageNRW@AOL.COM